I0663485

TORLINIE

Harrisburg Railers #6

RJ SCOTT

Übersetzung
XENIA MELZER

Love Lane Books

Torlinie

Torlinie (Harrisburg Railers #6)

Copyright 2018 RJ Scott, Copyright 2018 V. L. Locey

Copyright 2022 RJ Scott, Copyright 2022 V. L. Locey

Cover: Meredith Russell

Lektorat: Sue Laybourn

Übersetzung: Xenia Melzer

Veröffentlicht von Love Lane Books Limited

ISBN - 9781785646362

Alle Rechte vorbehalten

Furcht und Traurigkeit bestimmen Bryans Leben, kann Gatlin ihm zeigen, dass man vertrauen muss, bevor man lieben kann?

Gatlin Pierce geht auf die achtunddreißig zu und ist immer noch Single. Es ist nicht so, dass er allein sein möchte, es ist nur so, dass er zu verdammt alt ist, um in Clubs zu gehen, die mit glitzernden schwulen Jungs gefüllt sind, die nicht einmal wissen, wer die Rolling Stones sind. Da ist es besser, seine Abende in Hard Score Ink zu verbringen – seinem Tattoo- und Kunstatelier – und Meisterwerke auf menschlichem Fleisch zu schaffen, sich die Railers-Spiele anzuhören und ein kaltes Bier zu trinken.

Sein einsames Leben findet ein Ende, als Bryan Delaney, der neue Ersatz-Goalie der Railers, auf der Suche nach einem neuen Motiv für seinen Helm in seinen Laden kommt. In Bryans wunderschönen Augen verbirgt sich eine traurige Geschichte und Gatlin stellt fest, dass er sich mehr als nur ein wenig von dem sanften neuen Goalie angezogen fühlt.

Bryan Delaney hat mit fünfzehn sein Heim verlassen, um bei einer Gastfamilie zu wohnen. Er wünscht sich nur, dass er seinem Alkoholiker-Vater und seiner strenggläubigen Mutter früher hätte entkommen können. Als er von den Arizona Raptors ausgewählt wird, findet er eine neue Familie und seine erste

Liebesaffäre, auch wenn diese Beziehung von Gewalt geprägt ist.

An die Railers verkauft zu werden ist ein Schock für ihn, aber das Team ist ganz anders, als alle, in denen er je gespielt hat und er scheint ihnen wirklich wichtig zu sein. Erst als er den Künstler Gatlin kennengelernt und durch ihre gemeinsame Liebe zur Musik und zum Hockey, erkennt er, wie viel Hilfe er braucht, um der Vergangenheit zu entkommen.

Widmung

Für meine Familie, die mich und all meine Marotten
und Eigenheiten akzeptiert.
Sogar die Plastikbanane in meinem Holster.
VL Locey

Immer für meine Familie.
RJ Scott

Glossar

Da viele LeserInnen wohl keine eingefleischten Hockey-Fans sind, habe ich hier eine kleine Sammlung der Hockey-Begriffe, die in diesem Buch vorkommen. Eventuelle Fehler oder Ungenauigkeiten bitte ich zu entschuldigen.

Poke Check: Gängigste Methode, um den Puck einem anderen Spieler wegzunehmen; kann von jedem Spieler in jeder Zone angewendet werden. Es handelt sich um eine Art Stochern mit dem Schläger.

Original Six: Bezieht sich auf die ersten sechs Teams, die in der NHL gespielt haben.

Expansions-Team: Teams, die während mehrerer *Expansions* (Erweiterungen) der NHL beigetreten sind.

Junior-Liga/Minor/AHL: So viel wie die 2. und 3. Liga im Fußball.

Farm Team: Zweites Team eines Vereins, das in einer niedrigeren Liga spielt und aus dem Spieler für die NHL rekrutiert werden.

Five-Hole: Bereich zwischen den Beinen des Goalies.

Goalie: Torhüter

Saucer: Spezieller Schuss, bei dem sich der Puck wie eine fliegende Untertasse (flying saucer) bewegt.

Toe-drag: Trick, bei dem der Puck mit dem offenen Ende des Schlägers verdeckt und so vom Gegner ferngehalten wird.

Deke: Täuschungsmanöver

Neutrale Zone: Bereich zwischen den beiden Linien, die die Mitte des Eises markieren.

Penalty-Schießen: Vergleichbar dem Elfmeterschießen im Fußball. Findet statt, wenn es nach einer Verlängerung immer noch unentschieden zwischen zwei Mannschaften steht.

Face-off: Eine Art Einwurf des Pucks nach einem Foul oder einer Spielunterbrechung. Findet zwischen zwei Spielern statt. Ist auch der Anstoß zu Beginn des Spiels in der Mitte der Eisfläche.

Lines/Block: Angriffsteams, zu denen ein *Center* und zwei *Flügelspieler/Stürmer* gehören. Sie bilden eine Einheit, die während eines Spiels untereinander ausgetauscht werden, da das Spiel sehr anstrengend ist. In der Regel ist ein Block eine Minute auf dem Eis.

Expansion Draft: Wird von der Liga durchgeführt, wenn ein neues Team im Zuge einer *Expansion* Mitglied wird. Spieler aus anderen Teams werden dafür rekrutiert.

Forecheck: Defensivspiel in der Offensivzone (also vor dem gegnerischen Tor), mit dem Ziel, Druck auf die gegnerische Mannschaft auszuüben.

Roughing: Zu hartes Vorgehen während des Spiels. Führt zu Penaltys (Strafen).

Tape-to-Tape: Pass von Schläger zu Schläger.

Shutout: Spiel, bei dem ein Goalie ohne Gegentor bleibt. Sehr wichtig, weil dies auch in den Statistiken auftaucht.

Slap Shot: Scharfer, direkter Schuss auf das Tor.

Corsi-Statistik: Eine relativ komplizierte Statistik, die beim Eishockey genutzt wird, um Schussversuche auf das gegnerische Tor bei einem ausgeglichenen Spiel (gleich viele Spieler in jeder Mannschaft auf dem Eis) abzubilden und so die Schlagkraft eines Teams einzuschätzen.

Two Way Stürmer: Ein Spieler, der sowohl als Verteidiger als auch als Stürmer agieren kann.

Conference Championships: Dritte Runde der Stanley Cup Finalspiele. Es gibt die Eastern und die Western Conference Championship und der jeweilige Gewinner tritt im Finale an.

Odd Man Rush: Wenn sich beim Eintritt in die Angriffszone mehr Spieler des angreifenden Teams dort befinden als des verteidigenden Teams. Je höher die Angreifer in der Überzahl sind, umso höher die Torchancen.

Back-to-Back: Zwei Spiele hintereinander.

TORLINIE

—— HARRISBURG RAILERS 6 ——

RJ SCOTT &
V.L. LOCEY

Love Lane Books

EINS

Bryan

Behalte Ten im Auge, er macht immer Ärger.

Mehr stand nicht in der Textnachricht und ich las sie ein paar Mal durch, als ob plötzlich mehr Worte erscheinen würden.

Ich weiß nicht, warum ich nach Zuneigung in irgendeiner Nachricht suchte, die Aarni mir schickte, weil, laut meinem irgendwie-festen-Freund, er nicht der demonstrative Typ war. Und er würde immer erwähnen, dass jemand mein Handy in die Finger bekommen könnte. Dann würden sie wissen, dass Aarni Lankinen, der Bösewicht der Arizona Raptors, nicht ganz so war, wie er sich immer darstellte, dass er nicht der Playboy war, der jede Frau in seiner Reichweite fickte. Dass er nebenbei einen festen Freund hatte und das war ich.

Das Handy klingelte und ich nahm ab, sobald ich seinen Namen sah. Aarni war nicht der geduldigste Mann der Welt und er mochte es, wenn ich schnell abhob.

„Hast du meine Nachricht bekommen?", fragte Aarni ohne Umschweife.

„Habe ich."

„Enttäusch mich jetzt nicht."

Als er lachte, bekam ich das Gefühl, dass er genau das von mir erwartete. Ich war mir immer noch nicht sicher, was als ihn enttäuschen zählen würde. Aber wenn man bedachte, was für eine Art Mensch ich war – ungeschickt, still und nur wirklich konzentriert, wenn ich fürs Hockey angezogen war – erwartete ich irgendwie, dass ich es verbocken würde.

Die Arizona Raptors hatten mich in der Auswahl 2014 genommen, kurz nach meinem achtzehnten Geburtstag. Ich war in diesem Jahr der Goalie mit dem zweithöchsten Ranking gewesen, der ausgewählt wurde, etwas, auf das ich stolz sein konnte, nahm ich an. Aber ich hatte es nicht geschafft, auf NHL-Level zu bleiben, hatte den Rest der Zeit im Aufbau-Team der Raptors in Tucson verbracht. Bis letztes Jahr, als ich der Goalie in der Aufstellung gewesen war, nachdem die beiden Haupt-Goalies sich verletzt hatten.

Ich war nicht supergut gewesen und Arizona hatte mich freigestellt, mich verletzlich gemacht, um von wem zur Hölle auch immer aufgesammelt zu werden. Mein Selbstbewusstsein hatte einen Schlag erhalten. Ich war ein solider Goalie für das Aufbau-Team gewesen, aber in dem Moment, in dem ich ins Haupt-Team wechselte, NHL-Niveau, versagte ich. Warum zur Hölle wollten die Railers überhaupt jemanden, der sein früh gezeigtes Potenzial nicht erfüllen konnte? Ich hatte angenommen, dass ich bei diesem Trainingscamp mitmachen und es das dann sein würde. Sie würden mich an das Aufbau-Team der Railers abgeben und dort würde ich bleiben.

Was keine schlechte Sache war, nur, dass sie mich von Arizona und von Aarni weggeholt hatten und das war das erste Mal, dass ich wirklich auf mich gestellt war.

„Hallo? Hörst du mir überhaupt zu?", schnappte Aarni.

„Natürlich. Ich werde dich nicht enttäuschen", log ich.

Ich bin ein guter Goalie, ich halte Pucks, ich kann stark und fokussiert sein und in meinem eigenen Kopf bleiben, um die Spielzüge vor mir im Auge zu behalten.

Dennoch wusste Aarni über mich, was ich über mich selbst wusste. Ich würde auf NHL-Level versagen, genau wie ich das die meiste Zeit bei den Raptors getan hatte.

Ich bin nicht bereit. Ich sollte wieder in die Juniorenliga gehen.

„Und mach es dir da nicht gemütlich. Sie werden dich nicht lange behalten."

„Ich weiß."

„Und vergiss nicht, was für Arschlöcher die Railers sind. Vertrau ihnen nicht, vor allem nicht dem Wunderknaben Rowe. Arroganter Arsch."

Ich fand überhaupt nicht, dass Ten arrogant war, aber andererseits gründete ich meine Einschätzung auf Fernsehinterviews, inklusive dem, das er und Jared gegeben hatten, als sie ihre Beziehung öffentlich gemacht hatten. Ich war stolz auf Ten und Jared gewesen, weil sie das machten und ein Teil von mir, der dunkle, versteckte, ruinierte Teil, war grün vor Neid, dass sie in der Lage waren, der Welt gegenüber offen zu sein.

Ich hatte das zu Aarni gesagt, aber er hatte sich aufgeregt und drei Tage lang nicht mit mir geredet. Seine Enttäuschung war wie ein Messer in meinen Eingeweiden gewesen und ich hatte jede Sekunde davon gehasst. Das würde nicht wieder passieren. Er hatte Recht. Ten war ein Stanley Cup Champion, ein Superstar und wenn NHL-Spieler bei den Olympischen Spielen dabei wären, dann wäre er unzweifelhaft im Team USA gewesen. Kein Team würde ihn bitten zu gehen, nur weil er einen festen Freund hatte. Es schien den Railers nicht zu schaden und sie hatten eine wachsende Reputation, LGBT-freundlich zu sein.

„Verdammt, Bryan, bist du bei diesem Anruf überhaupt dabei?"

Ich zerrte mich vom Abgrund meiner Gedanken zurück. Aarni hatte etwas darüber gesagt, dass Ten arrogant war.

„Ich werde es nicht vergessen." Ich sprach selbstbewusst, damit ihm klar wurde, dass ich zuhörte.

„Und vergiss nicht, dass ich nicht da bin, um auf dich aufzupassen." Er seufzte tief. „Ich mache mir Sorgen, dass niemand auf dich achtgibt, wenn du Ärger bekommst. Vor allem bei Verteidigern wie Max van Hellren. Das Arschloch hätte aus diesem Spiel gegen uns rausgeworfen werden sollen, für das, was er mit mir gemacht hat. Der Mistkerl hat uns die Chance auf den Stanley Cup verdorben. Ich freue mich so sehr, dass er zusammengebrochen ist. Das hat er verdient."

Mein Brustkorb verengte sich. Max war nicht mehr

bei den Railers. Er hatte aufgehört, nachdem sie den Cup gewonnen hatten, aber Aarni hatte recht. Es würde andere Typen geben, die seinen Platz einnehmen würden. Aarni war außer sich gewesen, mit einem Schuss Gemeinheit, wegen dem, was Max mit ihm gemacht, wie er ihn gegen die Bande gecheckt hatte. Aber er hatte sich schließlich beruhigt, gesagt, dass er es Max zeigen würde, wenn sich die beiden Teams das nächste Mal trafen. Er war so enttäuscht gewesen, als Max aufgehört hatte.

Aber Aarni war ein guter Mann. Er war derjenige, der sich eingemischt hatte, als das Mobbing bei den Raptors für mich zu viel geworden war. Als die Typen in der toxischen Umkleide sich auf mich gestürzt hatten. Ich hatte mit den Raptors nur ein paar Spiele auf diesem Niveau gespielt und hatte jedes Einzelne verbockt. Sie hatten das gehasst, aber Aarni war für mich da gewesen.

Er schien den Punkt zu kennen, an dem der Rest des Teams es zu weit trieb, griff immer ein, kurz bevor ich aus dem Raum rennen wollte. Er hatte mir so viel geholfen, aber er war in Arizona, so weit weg.

„Alles wird gut", murmelte ich, Furcht ergriff mich erneut wegen der Dinge, denen ich mich bei diesem neuen Team stellen musste.

„Das bezweifle ich." Er seufzte. „Aber du warst nicht gut genug, dass die Raptors dich behalten haben, darum hast du keine Wahl und es gibt nichts, was wir dagegen tun können, oder?"

„Nein."

Er musste die Verzweiflung in meiner Stimme gehört

haben. Ich hatte nicht gewollt, dass die Raptors mich aufgaben, aber so war Hockey. Eines Tages war ich in Arizona aufgewacht, als Ersatz für den Ersatz, hatte alles versaut und am nächsten Tag hatte das Team mich zum Verkauf gestellt und plötzlich befand ich mich im verschneiten Pennsylvania.

„Guter Junge", war alles, was er sagte, aber das reichte.

Er legte auf, aber diese beiden Worte schickten einen Schuss Stahl in mein Rückgrat und ich beruhigte meine Atmung, bevor ich die Autotür öffnete. Die Security hatte mich direkt auf den Spielerparkplatz gelassen und mein Toyota stand neben einem sexy roten Porsche. Mein Gehalt war gestiegen, drei Millionen für den Zwei-Jahres-Vertrag, den ich hier hatte, darum brauchte ich wahrscheinlich ein neues Auto.

Sogar wenn die Railers mich durchschauten und mich wegschickten, würde ich immer noch genügend Geld haben, um ein Auto zu kaufen.

„Hey", rief jemand hinter mir und ich nahm sofort an, dass ich irgendwo stand, wo ich nicht sein sollte. Der Mann trug eine Wächteruniform, war groß, gut gebaut und lächelte mich freundlich an.

„Es tut mir leid. Sie haben mir gesagt, dass ich hier parken soll."

„Natürlich. Bryan Delaney, richtig?", fragte er und reichte mir seine Hand, die ich sofort schüttelte, nachdem ich meine verschwitzte Handfläche an meiner Jeans abgewischt hatte.

„Ja, Bryan", sagte ich, als mir klar wurde, dass ich seine Frage nicht beantwortet hatte.

„Willkommen." Er deutete auf sich. „Ich bin Pete. Sie haben gesagt, dass ich nach dem Neuen Ausschau halten soll."

Er ließ meine Hand los und ich zwang ein Lächeln auf mein Gesicht, obwohl sich mir der Magen umdrehte. „Danke."

„Hier entlang." Er plauderte über das Wetter, das Leben, Hockey und etwas über seine Schwester, die in Arizona wohnte. Als er mich vor einem Büro ablieferte, wusste ich genug über Pete, um ein Buch zu schreiben. Die Sache war die, sein Geplapper beruhigte meine Nerven und ich betrat diesen Raum nicht blind. Ich kannte den Namen an der Tür, Alain Gagnon, ehemaliger Goalie von Vancouver und einer der besten Goalie-Coaches im Geschäft. Ich hatte einmal mit ihm in seiner Funktion als Goalie Coach für die Railers geskypt, nachdem sie mich gekauft hatten. Er hatte es als positive Sache, als *großartige* Sache angesehen, dass ich zu den Railers kam. Ich hatte nur mein Versagen auf NHL-Level Hockey bei den Raptors gesehen und ich erinnerte mich, wie ich zurück zu Aarni gegangen war, weil ich eine Umarmung gebraucht hatte.

Natürlich hatte Aarni gesagt, dass er mich nicht umarmen musste, aber er hatte mir versichert, dass er, ganz egal wie ich spielte, immer zu mir halten würde. Ich hatte diesen Trost gebraucht. Seine Ratschläge hatte ich sogar jetzt im Kopf.

Ich will nur, dass dir klar ist, was du bist und wo dein Platz im Team sein wird. Ten tut freundlich, aber er wird sich nicht so um dich kümmern, wie ich es tue. Stan? Er hat ein paar Mal Glück bei Paraden gehabt und was diesen Arsch van Hellren betrifft? Du hast gesehen, was er bei unserem letzten Match mit mir gemacht hat. Ich wünschte, du wärest nicht so naiv, Bryan. Es ist unwahrscheinlich, dass du oft starten wirst, sei also nicht enttäuscht, wenn sie dich in die Minors schicken.

Ich würde nicht enttäuscht sein. Ich hatte es Aarni versprochen und ich hatte mir geschworen, nicht zu aufgeregt und engagiert zu sein.

Pete klopfte an die Tür, drehte sich dann um und ging, aber nicht, bevor er mir zugezwinkert hatte, was bedeutete, dass ich rot war, als ich das Büro betrat, was noch schlimmer wurde, als ich einem riesigen Russen gegenüberstand, der mich angrinste und meine Hand pumpte.

„Erfreut zu treffen", brüllte Stanislav Lyamin und klopfte mir auf die Schulter. Stan war ein großer Goalie, breit, stark, riesig. Ich war genauso groß, ja, aber ich war nicht so massig wie er. Er war einer meiner Helden, jemand, den ich bewunderte, und er war hier und schüttelte meine Hand, als ob ich seine Zeit wert wäre.

Ich schüttelte auch Alains Hand. Alain bedeutete mir, mich zu setzen. Stan nahm den Stuhl neben mir. Stan schien sich nicht stillhalten zu können, rutschte auf seinem Stuhl herum und er schien etwas sagen zu wollen.

Alain schüttelte seinen Kopf und starrte ihn nachdrücklich an. „Mach schon, Stan."

Stan drehte sich sofort auf seinem Platz und ich tat dasselbe, bis wir uns ansahen. Ich musste mich vor diesem Mann hüten. Er war so eine Macht bei den Railers und auch wenn sein Englisch nicht das Beste war, konnte er mich genauso verletzen wie der Goalie der Raptors.

„Jets, fünfzehnter Februar, du rettest gut." Er formte mit seinen Händen Dinge in der Luft und mir wurde klar, dass er mich nach etwas Bestimmten fragte. Vielleicht etwas, das er gemacht hatte? Ich hatte auf NHL-Niveau gespielt, ganze sechsunddreißig Mal in vier Jahren und ich erinnerte mich klar und deutlich an jedes Spiel, das ich für die Arizona Raptors auf dem Eis gewesen war. Schnaubend zog Stan sein Handy heraus, scrollte ein wenig und streckte es mir dann entgegen, schüttelte es, damit ich es nahm. Ich hielt das Handy vorsichtig und schaute auf den Bildschirm, sah mich selbst.

Moment, redete er über mein Spiel gegen die Jets? Das konnte nicht sein. Ich *musste* der Einzige sein, der sich an dieses Spiel erinnerte.

Ich hatte die beste Abwehr meines Lebens hingelegt, ein Odd-Man Rush war direkt auf mich zugekommen, eine Wand, durch die ich unmöglich sehen konnte, aber ich hatte gehört, was ich hatte hören müssen, die Kufen auf dem Eis, das Krachen des Pucks auf den Schlägern und ich hatte instinktiv gewusst, wohin ich mich bewegen musste. Glück hatte eine große Rolle bei dieser Parade gespielt, aber irgendwie wusste Stan davon und wollte mit *mir* darüber reden.

„Ich erinnere mich", sagte ich, als er erwartungsvoll wartete.

„Sehr groß", verkündete er und setzte sich dann wieder auf seinen Stuhl, die Arme vor seinem

Brustkorb, ein breites Grinsen im Gesicht. „Sehr groß", wiederholte er. „Ist gute Zeit. Nein?"

„Gute Zeit", sagte ich, weil er eine Antwort zu brauchen schien.

Alain lachte mit ihm. „Nun, jetzt wo der Fan-Moment vorüber ist, lasst uns anfangen zu arbeiten. Bryan, ich möchte, dass du heute mit Stan trainierst, damit du dich an das neue Eis gewöhnen kannst. Coach Madsen hat eine Besprechung mit der Verteidigung und daran wirst du zuerst teilnehmen." Er schob seine Papiere vor sich hin und her und räusperte sich dann. „Wir haben einiges an Arbeit vor uns."

Natürlich würden sie einiges an Arbeit mit mir haben. Die Raptors dachten nicht, dass ich es verdiente zu starten, darum konnte ich mich wohl glücklich schätzen, dass ein anderes Team das Risiko mit mir eingehen wollte.

„Ja", antwortete ich.

„Du bist das, was dieses Team braucht." Alain beugte sich vor, starrte mich so eindringlich an, dass jetzt ich an der Reihe war, mich auf meinem Stuhl zu winden. „Ich will ehrlich mit dir sein …"

Es geht los.

„Ich wollte dich schon vor einem Jahr, konnte dich aber offensichtlich nicht bekommen. Ich war schockiert, dass du zum Verkauf angeboten wurdest, und wir brauchen einen soliden Ersatz für Stan hier. Ich freue mich so darauf zu sehen, was du kannst."

„Wirklich?"

Moment. Habe ich das laut gesagt?

Alain schien die Überraschung in meiner Stimme

aber nicht zu hören oder reagierte zumindest nicht darauf.

„Ich möchte heute anfangen, damit du für unser erstes Back-to-Back bereit bist und ich will dich im Tor. Bist du bereit für die Chance?"

Nein.

„Es ist mir eine Ehre, Teil der Railers zu sein", sagte ich stattdessen.

Stan öffnete die Tür für mich und folgte mir nach draußen und wir traten direkt in eine Ansammlung Hockeyspieler, die vor dem Büro des Goalie Coaches herumlungerten. Ich erkannte alle und es war Connor Hurleigh, der zumindest noch dieses Jahr Kapitän sein würde, der vortrat. Alle nahmen an, Ten würde eines Tages Kapitän werden, aber im Moment war es Connor, der dieses Team führte.

„Willkommen bei den Railers."

Ich schüttelte seine Hand und zwang mich zu einem Lächeln. „Ich freue mich, hier zu sein."

Einer nach dem anderen aus der Gruppe hieß mich willkommen und ich antwortete in einfachen Sätzen. Es ergab keinen Sinn, irgendjemandem eine Gelegenheit zu geben, etwas in mir zu sehen, das ausgenutzt werden konnte.

Halte dich zurück, hatte Aarni mich gewarnt.

Einige der Spieler sahen wegen meiner zurückhaltenden Reaktion verwirrt aus, aber sie sagten nichts. Vielleicht waren sie an Stan gewöhnt, der ganz aus Lärm und Helligkeit bestand.

Nun, das würden sie von mir nicht bekommen.

„Redest du mit deinen Rohren?", fragte Adler

Lockhart. Er war eines der besten Großmäuler in der ganzen Liga, hatte immer einen klugen Spruch oder einen hingeworfenen Kommentar, der einen Spieler zum Explodieren bringen konnte. Irgendwie wurde er nie beim Anzetteln erwischt und dafür bestraft. Wenn es einen Kampf auf dem Eis gab, dann wusste man ganz genau, dass Adler etwas damit zu tun hatte. Ich musste bei ihm aufpassen.

„Nein", sagte ich und schüttelte seine Hand vor Connors Gesicht.

„Oh." Er klang enttäuscht, dann fing er wieder an zu strahlen. „Dann muss es an dem seltsamen Russen liegen." Er duckte sich, als Stan nach seinem Kopf stieß und ich trat zurück und aus dem Weg. Das hier konnte hässlich werden. Es hatte jedoch keine Gelegenheit zu eskalieren, weil jemand um die Ecke schoss und neben Connor zum Halten kam. Ich stand Tennant Rowe gegenüber, Schlittschuhphänomen und das Objekt des größten Teils von Aarnis Verachtung. Was konnte ich zu dem Mann sagen, der das Gesicht des Teams war und einer der besten Spieler seit langer Zeit?

„Ten", sagte er außer Atem, streckte mir eine Hand hin.

Ich wusste nicht, was ich sagen sollte. Ten war hübsch. Wenn das ein Wort war, das man bei einem Mann verwenden konnte. Ganz kantig mit einem breiten Lächeln und strahlenden Augen. Er schüttelte meine Hand und wartete auf meine Antwort.

„Hey", sagte ich. Das reichte aus, um höflich zu sein, und war nicht genug, um mich auf irgendjemandes Radar zu bringen.

Ich wurde den Flur entlanggeschoben, zu einer Tür, auf der Jared Madsens Name stand und das war es. Mit Stan neben mir begann mein erster Tag als Railers-Teammitglied im Hockey-Camp.

Ich war im Training nicht nervös. Nicht wirklich. Ich musste nur da draußen sein, in einem Team, das gerade den verdammten Stanley Cup gewonnen hatte und übergangslos den Posten des Ersatz-Goalies einnehmen.

Kein Druck.

Ich könnte alles verbocken. *Das werde ich wahrscheinlich.* Und dann würden sie mich verkaufen. Aber nicht heute.

Das Training war intensiv, aber auch anders als die wenigen, die ich bei den Raptors absolviert hatte. Dieses Team war fokussiert, aber da war auch Leichtigkeit in der Frotzelei, die ich hörte. Ich machte nicht mit, absolvierte nur meine Zeit im Netz, mein Raptors-Helm mit seinem Rot und Gold passte nicht zu dem Blau des Railers-Übungsjerseys, den ich über meiner Ausrüstung trug. Alain holte mich heraus, um an meiner Blocker-Seite zu arbeiten, die immer schwächer war und tippte gegen meinen Helm.

„Wir wollen sehen, dass wir dir etwas anderes besorgen. Du trägst einen Itech?"

„Ja, eine Schutzmaske."

„Wirst du dir jetzt ein neues Design machen lassen?"

Mein Helm war gewöhnlich und hatte die falschen Farben. Es befand sich kein detailliertes Design darauf abgesehen von den Farben, die ihn als meinen

ausgewiesen. Es gab keine Namen oder Bilder oder
inspirierende Themen. Nur Referenzen an die Gegend
von Tucson, der Standard-Saguaro mitten in der Wüste.
Genug, um damit durchzukommen und nicht genug,
um irgendjemandem irgendetwas zu bedeuten.

Ich hatte einmal darüber nachgedacht, Aarnis
Namen irgendwo darauf zu platzieren, aber er hatte
gelacht, als ich das gesagt hatte. *So werden die Leute ganz
schnell von uns erfahren und zur Hölle, warum solltest du das
überhaupt machen?*

„Das werde ich wohl", sagte ich. Ich würde
wahrscheinlich das dunkle Blau der Railers verwenden
und irgendwelche allgemeinen Ansichten von
Harrisburg. Auf diese Weise würde der Helm nicht
auffallen, wenn ich zurück in die Minors geschickt
wurde.

„Ich sage es Stan." Er fuhr zu Stan, der sehr effektiv
Pucks abwehrte, die ein entschlossen aussehender Dieter
Lehmann verschoss. Er sagte etwas zu dem großen
Mann und sogar noch während Stan redete, blockte er
immer noch diese verdammten Schüsse. Ich würde
niemals so gut sein. Eine vertraute Melancholie
überkam mich und ich schüttelte meinen Kopf, um sie
loszuwerden. Laut Aarni war ich selbst mein
schlimmster Feind und er hatte in der Regel recht.

Ich werde genauso gut sein. Ich kann *genauso gut sein.*

Geduscht und wieder in meine Jeans und mein
Hoodie gekleidet, die Sneakers gebunden und die Jacke
über dem Arm, wartete ich, wie angewiesen, auf Stan.
Er würde mich zu dem Künstler bringen, der seinen
Helm gestaltet hatte, der eine Studie von Kraft war, von

den eisernen Schienen bis zum Dampf eines massigen alten Zuges. Die Bilder strahlten Stärke aus, die nur von der Abbildung eines winzigen, flauschigen Hasen gemildert wurde, unter dem der Name *Noah* in kursiv stand. Es gab auch eine Bergszene und Eis, es konnten irgendwelche Berge sein, aber sie mussten Stan etwas bedeuten. Verschiedene Pokémon waren über seinen Gesichtsschutz verteilt, so winzig, dass ich sie kaum einzeln erkennen konnte, aber bei jedem stand ein Name. Ich erkannte die Worte *Ten* und *Adler*, darum musste es sich hier irgendwie um Team-Repräsentationen handeln.

„Bist bereit?", schrie Stan hinter mir und ich hörte auf, seinen Helm zu mustern und folgte ihm durch die Tür direkt zu einem Van. Keinem Maserati oder Porsche, sondern einem Mom-Van, mit einem Kindersitz und bunten Spielzeugen überall verstreut. Er schloss ihn auf und ich kletterte hinein, aber er wurde von einem Spieler zurückgerufen, Erik Gunnerson, einem lächelnden Mann mit unmöglich lockigen blonden Haaren. Sie redeten, die Köpfe nahe beieinander und dann, nachdem sie gelacht hatten, beugte Stan Erik in einer geschmeidigen Bewegung für einen tiefen Kuss nach hinten und ich schaute zu.

Ich hätte meinen Blick nicht von ihnen abwenden können, wenn ich es versucht hätte. Direkt hier auf dem Spielerparkplatz küsste Stan Erik. Vor dem ganzen verdammten Team und mir. Als sie sich trennten, hob Erik die Hand und umfasste Stans Gesicht, schaute ihn mit so viel Liebe und Hingabe an. Stan sagte etwas, beugte sich nach unten, um näher zu Erik zu kommen, und dann trennten sie sich mit einem letzten Kuss. Ich tat so, als ob ich nicht zusehen würde, aber ich konnte sein breites Grinsen nicht übersehen.

Hört Stan je auf zu lächeln?

„Wir gehen", sagte Stan, parkte rückwärts aus.

Erik kletterte in den tief liegenden Porsche neben meinem Auto, Ten setzte sich ans Steuer. Wenn ein Spieler so viel verdiente wie Ten und den Schein wahren musste, dann fuhr er einen Porsche.

Aarnis Stimme füllte meine Gedanken. „*Eines Tages werden die Leute erkennen, dass Ten gar nicht so toll ist und dass er nur so tut.*"

Ich zog meine Jacke enger um mich, als Stan seine Stereoanlage aufdrehte und Elvis aus den Lautsprechern drang. Er sang mit, laut und ein klein wenig schief. Ich wünschte, ich könnte sagen, seine tief sitzende Fröhlichkeit wäre inspirierend, aber ich hatte nur das Gefühl von sensorischer Überlastung. Als wir vor dem Laden des Künstlers parkten, hatte ich Kopfschmerzen und alles in mir fühlte sich verdreht, linkisch und falsch an. Als ich sah, dass es sich um einen Tattooladen handelte, wurde mir das Herz schwer. Wer auch immer hinter diesen getönten Scheiben arbeitete, würde jung und modebewusst und selbstsicher sein, ganz künstlerisch und so einen Scheiß und da würde ich sein, der etwas ungeschickte kanadische Junge, der nicht so lange bei den Railers sein würde.

Und wieder ertönte Aarnis Stimme in meinem Kopf.

Lass dir ein paar verdammte Eier wachsen.

ZWEI

Gatlin

„Bist du dir sicher?"

Ich musste das fragen, denn Teil meines Jobs als Tattookünstler war es, sicherzustellen, dass meine Kunden mit ihren Tattoos zufrieden waren, nicht nur im Moment, sondern auch noch vierzig Jahre später. Sich den Namen eines Liebhabers irgendwo auf dem Körper permanent stechen zu lassen war problematisch. Wenn man neunzehn war und diesen Namen auf seinem Schwanz haben wollte? Ja, dann musste sich jemand mit dir hinsetzen und dir eine Vaterrede halten. Ich war kein Vater, aber ich war ein Onkel, was irgendwie dasselbe war, nur besser.

„Ich meine damit, willst du das wirklich, Tim?"

Der junge Mann nickte wild. „Ich liebe Dixie."

„Ja, ich kann sehen, dass du das tust, Kumpel, aber ich habe meinen ehemaligen festen Freund, Rex, auch geliebt. Bis zu dem Tag letztes Jahr, als ich nach Hause gekommen bin und gesehen habe, wie er ausgezogen ist. Als ich ihn nach dem Grund gefragt habe, hat er gesagt, dass seine Gefühle für mich nachlassen und dass er mich jetzt eher wie einen Hund schätzt."

Tim blinzelte mich an, seine sanften braunen Augen wurden stumpf. „Das ist brutal."

„Ja." Ich verschränkte meine Arme vor meinem Brustkorb, wartete darauf, dass Tims extreme Liebe zu Dixie ihn dazu brachte zu sagen, dass sie ihn niemals verlassen würde. Während sein Hirn mit dem Schuss Realität kämpfte, den der alte Gatlin ihm gerade verpasst hatte, spielte ELO um uns herum, füllte meinen kleinen persönlichen Bereich ebenso wie den Rest des Ladens. „Wir werden Folgendes tun", sagte ich, als Tim dasaß und wie ein vom Blitz getroffenes Opossum aussah. „Ich werde dir eine Woche Zeit geben, über diese Idee nachzudenken. Wenn du in sieben Tagen herkommst und immer noch entschlossen bist, dir Dixies Namen für immer in deinen Schwanz stechen zu lassen, werde ich liebend gerne dein Geld nehmen und die Arbeit ausführen. Abgemacht?"

Er war zutiefst enttäuscht. Ich hasste es, derjenige zu sein, der ihn auf den Boden der Tatsachen holte, aber es bestand eine große Chance, dass er und Dixie in einem Jahr nicht mehr zusammen sein würden. Wahrscheinlich würde sie für ihn empfinden, wie man das für einen Hund tut. Ugh. Verdammter Rex. Eines Tages würde ich diesen Abschiedsgruß überwinden. Oder nicht.

„Ja, klar, in Ordnung. Dixie hat sich aber wirklich darauf gefreut …"

Er erhob sich von dem verstellbaren Tattoostuhl, der sehr stark einem aus dem Schönheitssalon ähnelte und ging davon, seine Schultern nach vorne gesackt, seine

Schritte schlurfend. Ich strich mir mit den Händen über mein Gesicht und erhob mich von dem kleinen Stuhl, auf dem ich saß, während ich tätowierte.

„Noch ein Traum zerstört", sagte Jess, als sie in meinen Bereich schlüpfte, ihre blauen Augen glitzerten mit dem Versprechen auf Ärger. Ich schaute meine Nichte an, runzelte die Stirn, lächelte dann. Sie war mir so ähnlich, dass es angsteinflößend war. Mein älterer Bruder, Garrett, sagte oft, dass wenn er nicht wüsste, dass ich schwul bin, er schwören könnte, dass ich mit seiner Frau geschlafen hatte und Jessamyn das Resultat war.

„Er wird mir danken, wenn Dixie mehr als seine Sehnsucht zerstört, ihren Namen auf seinem Schwanz zu sehen", antwortete ich, hob die Hände über meinen Kopf, um meinen Rücken zu strecken. Dinge poppten und knackten.

„Nicht jede Beziehung endet so wie deine", erinnerte sie mich, während sie in meinem Arbeitsbereich herumging, dabei die Bilder an den senfgelben Wänden geraderückte. Jess war eine Punk-Göttin, von ihren leuchtend pinken Haaren bis zu ihren schwarzen Kampfstiefeln. Tattoos, die ich gestochen hatte, bedeckten ihre nackten Arme. Hauptsächlich helle Motive, die von Schädeln und Giftflaschen unterbrochen wurden. Garrett war überhaupt nicht beeindruckt von der Kunst auf ihrer Haut. Ich nehme an, das störte sein Investment-Banker-Denken. Wie auch alles, was ich tat, aber er hatte Jahre gehabt, sich daran zu gewöhnen, einen schwulen Tattookünstler als einziges lebendes Geschwister zu haben.

„Stimmt. Nur *meine* Beziehungen enden so." Ich warf einen Blick auf die alte Uhr an der Wand, kunstvoll aufgehängt zwischen Fotos schwuler Paare aus den Vierzigern. Dann gab es noch Farbfotos von Tattoos, die ich für Kunden gestochen hatte und ein paar gerahmte Tour-Poster berühmter Rock-Gruppen aus den Siebzigern. Zusammen mit einer Montage von Bildern, die auf verschiedene Masken gemalt worden waren, die ich für Stan Lyamin entworfen hatte, sowie mehrere andere professionelle Goalies. All diese Arbeit war durch Stans Empfehlungen und Lob zu mir gekommen. „Ich werde eine Pause von der Liebe machen, bis ich vierzig bin."

„Das sind noch dreizehn Monate. Dein Schwanz wird vertrocknen und wegwehen." Sie setzte sich an meinen Schreibtisch und fing an, die Rechnungen durchzugehen.

„Wohl kaum." Ich seufzte, brachte meine persönlichen Sachen aus ihrer Reichweite und ließ sie die Post für den Laden öffnen. Sie war die Königin der Buchführung und Organisation. Was der Grund war, warum ich sie angestellt hatte, sobald sie achtzehn geworden war und Garrett konnte nicht verwinden, dass sie hier arbeitete, statt in der Bank. „Es ist nichts falsch daran, das ruhige Leben eines Mönches zu haben."

„Mönche holen sich nicht täglich einen runter."

„Ich auch nicht. Ich sollte dich für diese Insubordination feuern." Ich lehnte meinen Hintern an den klappbaren Massagetisch neben dem Buchregal. Jess winkte mir mit der Telefonrechnung zu, legte ihre Füße dann auf meinen Schreibtisch, ihr kurzer grüner

Rock zeigte eine Menge Bein und das neueste Tattoo, das sie sich vor zwei Monaten hatte stechen lassen, einen großen Schmetterling mit einem Schädel als Kopf und Regenbogen-Fühlern. Garrett war davon ziemlich beeindruckt gewesen. Wenn man eine Sicherung durchbrennen als beeindruckt bezeichnen möchte.

„Hey, gehen wir heute Abend zu Skipper Joe's?"

Jess und ich schauten beide zur Tür. Woody, mein Teilzeit-Tätowierer, betrat den Raum. Er war ein lustiger Junge, mit zweiundzwanzig im selben Alter wie Jess, groß und dürr, mit leuchtend roten Haaren und einer scharfen Nase, was der Grund war, warum ich ihn Woody nannte, anstatt seinen Geburtsnamen, Paul, zu benutzen. Ich fand es lustig. Nur schade, dass ich den Spitznamen hatte erklären müssen, als ich ihn das erste Mal benutzt hatte. Manchmal fühlte ich mich so alt.

„Wie bist du von ‚Insubordination' auf Skipper Joe's gekommen?", fragte Jess, reichte mir dann die Telefonrechnung. Ich begann, nach meiner Lesebrille zu suchen.

„Oh, du hast ‚Insubordination' gesagt. Ich dachte, du hättest irgendetwas mit Sub oder Station gesagt, was wahnsinnig kinky klang." Woody hatte sich erst vor Kurzem geoutet, suchte sich seinen Weg in der wunderbaren Welt von Daddys, Bären und Leder, alles mit einer Freude, die ich manchmal beneidete. Oh, so energiegeladen zu sein nach zehn Stunden Arbeit. Ich wollte nach der Arbeit nur ein Bier, das Railers-Spiel im Radio und eine Fußmassage. Himmel, war das traurig. Vielleicht hatte Jess doch irgendwie recht, aber Clubs und irgendwelche Aufrisse waren nichts für mich. Nicht mehr.

„Du musst dir die Ohren waschen", kommentierte ich, während ich meine alte Levi's abklopfte, ebenso mein Aerosmith T-Shirt. „Wo zur Hölle ist meine Brille?"

„Auf deinem Kopf." Jess schnaubte, sprang dann auf, als die Klingel, die die Ankunft eines Kunden verkündete, losging. „Also ja, wir könnten zu Skipper Joe's gehen. Ich fühle mich heute Abend ein wenig geil."

„Geht nur, ihr beide. Ich habe kein Interesse daran, mit verschwitzten Twinks, die denken Ronnie James Dio ist der zweite Baseman für die Yankees, Zeit in einem Schwulen-Club zu verbringen."

Jess kicherte und schlüpfte um Woody herum, der dastand und wahnsinnig dämlich aussah. Ich seufzte, zog meine Brille von meinem Kopf und starrte meinen Angestellten direkt an.

„Ronnie James Dio war Mitglied von Black Sabbath, Elf, Rainbow, Dio." Woody schnitt eine Grimasse und schüttelte seinen Kopf. „Verlass meine Domäne und komm nicht zurück, bevor du mir nicht den Namen eines Dio-Albums sagen kannst."

Ich schüttelte die Telefonrechnung in seine Richtung, schob mir dann die Brille wieder auf die Nase. Woody schlich sich wie ein geprügelter Hund davon. Ich schaute mir die Endsumme für die Telefonate des Ladens an, verzog das Gesicht und hob dann gerade rechtzeitig den Kopf, um zu sehen, wie mein Arbeitsbereich sich mit russischem Goalie füllte.

„Hallo, Mr Gatlin Tätowiermann", verkündete Stan

laut, breitete seine Arme weit aus, zog mich dann in einer gewaltigen Umarmung an seinen Brustkorb, die mir beinahe meine Brille an der Nase platt drückte. „Ich mache immer noch lustigen Witz über Namen."

Stan klopfte mir auf den Rücken. Ich hustete eine schwache Antwort, wand mich dann aus seinem Griff. Ich war kein kleiner Mann. Ich war beinahe einen Meter zweiundachtzig groß, darum nannte niemand mich Shorty, aber verglichen mit Stan fühlte ich mich wie ein Bewohner des Shire.

„Es ist immer noch ein lustiger Witz", erklärte ich dem riesigen Mann, dessen Arm auf meiner Schulter ruhte.

„Ich weiß. Ich mache viele lustige Witze. Das hier ist guter, den ich heute für Tennant erzählt habe. Wie bringt man Taschentücher zum Tanzen?" Ich wollte gerade antworten, aber Stan war schneller. „Man bläst hinein!"

Ich kicherte. „Der ist gut." Mein Blick erfasste ein Aufblitzen blauen Materials in der Tür. Dort stand ein junger Mann in einem Railers-Hoodie, mit braunen Augen und einem Mund, über den Poeten Sonette schreiben würden. Groß und mit breiten Schultern, begegnete sein Blick meinem, bevor er wieder davonhuschte. Himmel, der Junge war atemberaubend, seine langen Arme und Beine unterstrichen noch die schlaksige, ungeschickte Aura, die ihn umgab. Dunkle, kurz geschnittene Haare betonten einen starken Kiefer. Diese Augen aber …

Sie waren voller trauriger Geheimnisse.

„Ich habe mehr Witze! Kommt ein Frosch in den

Supermarkt. Fragt der Verkäufer: ‚Hallo, was möchtest du kaufen?' Sagt der Frosch: ‚Quak.'" Stan lachte schallend über den wirklich grauenvollen Kinderwitz. Ich lächelte, löste mich dann von dem aufgeregten Russen. „Adler hat mir Buch voller lustiger Witze gekauft."

„Hast du einen Freund mitgebracht?", fragte ich, nahm meine Brille ab, damit der Junge nicht dachte, ich wäre so alt, dass ich sie brauchte, um die Telefonrechnung zu lesen. Die Tatsache, dass dem so war, spielte keine Rolle.

„Ja! Ist neuer Freund und guter Goalie-Back-up für Railers, Bryan Delaney", informierte Stan mich, nahm seinen Arm von meiner Schulter, damit ich zu Bryan treten und seine Hand schütteln konnte.

„Stimmt, wir haben dich von den Raptors gekauft. Gute Sache für die Railers", sagte ich, während ich ihm meine Hand hinstreckte. Er schaute mich an, meine Hand, die Wand, Stan und dann schob er seine Handfläche endlich über meine. Seine Haut war feucht vor Nervosität.

„Du interessierst dich für Hockey?", fragte Bryan. Seine Stimme war leise, aber dennoch sehr maskulin. Ziemlich anziehend, um ehrlich zu sein.

„In Harrisburg kann man im Winter nicht viel mehr machen." Ich pumpte seine Hand ein paar Mal, war neugierig, wie ein Hockeyspieler so schüchtern sein konnte. Mussten sie nicht durchsetzungsfähig und selbstbewusst sein, um so einen brutalen und aggressiven Sport zu machen? Dieser Mann bestand aus einer Menge Widersprüche in einer wahnsinnig sexy

Verpackung. Nicht, dass ich mich für Verpackungen interessierte, natürlich nicht. Ich löste mich aus Bryans Griff und brachte dreißig oder vierzig Zentimeter zwischen uns. „Seid ihr für ein Tattoo hier oder nur zu Besuch?"

„Wir machen jetzt kein Tattoo. Vielleicht später, wenn wir Bryan für Pokébälle trainieren. Jetzt suchen wir nach Kunst für eine supertolle Maske wie meine."

„Ah, in Ordnung." Ich ging zu meinem Schreibtisch, warf die Telefonrechnung auf meinen Laptop, schob meine Brille in die vordere Tasche meiner Jeans, wandte mich dann Bryan zu, der immer noch mit gehetztem Gesichtsausdruck in der Tür stand. „Ich werde gerne mit Bryan an ein paar Skizzen arbeiten. Ich brauche nur ein paar grundlegende Informationen, was du in den Bildern reflektiert sehen möchtest, irgendwelche speziellen Logos oder Namen, solche Dinge."

Bryan warf Stan einen nervösen Blick zu, presste seine Lippen dann zu einer dünnen Linie, was mich denken ließ, dass er jetzt im Moment nicht darüber reden wollte.

„Wenn es dir lieber ist, können wir einen Termin ausmachen, damit du Zeit hast, darüber nachzudenken. Warum gehst du nicht zu Jess am Empfang und wir verabreden eine Stunde oder so, um herauszufinden, was du möchtest?"

„Klar, ja, okay." Mit diesen Worten wirbelte Bryan herum und verschwand.

Ich schaute von der leeren Tür zu Stan. „Er ist ein wenig schüchtern, oder?"

„Oh ja, ist sehr schüchtern, aber das ist normal für

neuen Spieler. Ich war auch scheu und unsicher, als ich zu Railers gekommen."

„Ich kann mir nur schwer vorstellen, dass du je schüchtern warst." Ich kicherte, als das Telefon am Empfang klingelte, der Laut rollte durch den Laden.

„Pah, ich bin so sehr schüchtern. Verstecke Gesicht in Spind, nehme es erst heraus, als Gestank von Socken und Schlittschuhen meine Haut lila macht und ich ohnmächtig werde, weil ich Luft angehalten habe."

Nun, *das* konnte ich mir vorstellen. Ich lachte den Mann an, den ich mittlerweile als mehr als nur einen Kunden sah. Es war schwer, Stan Lyamin nicht ins Herz zu schließen, sobald man ihn kennenlernte. Es war nur schade, dass man dasselbe nicht über Bryan Delaney sagen konnte, mit seinen wunderschönen melancholischen Augen. Nicht, dass ich mich für hübsche, traurige Augen interessierte.

„Erzähl mir von der Vorsaison", sagte ich, während wir darauf warteten, dass Bryan zurückkam. „Wie sieht es mit dem zweiten Cup-Gewinn aus?"

„Oh, es sieht sehr gut aus." Stan ließ sich auf den Stuhl fallen, seine langen Beine streckte er vor sich aus. „Wir machen gute Züge im Sommer, wie Bryan und viele von uns arbeiten mit Trent, um schneller auf Kufen zu sein. Wir sind jetzt sehr anmutig."

„Ja, ich wette, das seid ihr." Mein Blick wanderte zu Bryan, als dieser zurückkam. „Haben wir eine Zeit gefunden, die für dich in Ordnung ist?"

„Ich, äh … morgen um acht?" Er hielt sich an einer schwarz-und-senfgelben Terminkarte fest.

„Das ist gut. Ich mache um acht normalerweise eine

Pause zum Abendessen. Wir können in die Bar auf der anderen Straßenseite gehen, einen Burger und ein Bier bestellen und über Masken-Designs reden." Ihm mein freundlichstes Lächeln zu geben, schien die Spannung um seinen Mund nicht zu mildern, aber Bryan nickte als Antwort. Ich schaute von einem Goalie zum anderen. „Stan, du kannst sehr gerne mitkommen."

„Oh nein, ich gehe morgen nicht aus. Ich bin zu Hause für meine Familie. Ist große Nacht! Neue Episode von *Doctor Marcus Welby M.D.*, Show, die Mama liebt."

Ich brachte es nicht über mich, ihm zu sagen, dass die Show seiner geliebten Mama überhaupt nicht neu war. Sie war wahrscheinlich älter als ich.

„In Ordnung, nun, dann sind es nur Bryan und ich." Meine Aufmerksamkeit wechselte von dem Russen, der sich Skizzen für Tattoo-Ideen anschaute, zu dem jungen Mann, der immer noch nicht ganz in meinen kleinen Arbeitsbereich getreten war. Hatte er Angst vor Nadeln? Nicht, dass ich irgendwelche herumliegen hatte. Mein Laden war makellos sauber. Dafür sorgte ich. Alle Regeln und Vorschriften von Pennsylvania wurden bis zum letzten Buchstaben eingehalten.

„Richtig. Nur wir." Bryan wich aus dem Raum zurück, als Stan aufstand.

„Dann ist alles gut." Stan hielt mir seine große Hand hin, die ich ein paar Mal pumpte. Ich nickte Bryan zu und bekam einen langen Blick unter dichten Wimpern, bevor er das Nicken erwiderte, dann aus meinem Sichtfeld trat. „Du machst Helm funkelnd schön wie vier polierte Karotten für meinen neuen Goalie-Teamkollegen?"

Polierte Karotte? „Meinst du funkelnd wie vierundzwanzig Karat?"

„Ja! Funkelnd wie goldene Karotten."

„Ich werde mein Bestes tun." Ich grinste, hob dann eine Hand, um zu winken. Ich stand für einen langen Moment da, dachte über den neusten Railer nach und die nicht erzählten Geschichten, die sich hinter diesen wunderschönen Wimpern verbargen.

„Hey, dein nächster Termin ist da."

Ich erschrak ein wenig, als Jess ihren Kopf durch die Tür streckte. „Richtig. Erinnere mich daran, worum es dabei geht."

„Das Mädel, das Schwalben möchte, die aus einem Löwenzahn an ihrem Handgelenk hervorfliegen."

„Großartig. Mehr Schwalben."

„Hat jemand was von Schwellen gesagt?", schrie Woody aus dem kleinen Zimmer neben meinem.

„Ist es schon Zeit, nach Hause zu gehen?", fragte ich meine Nichte. Es musste bald so weit sein.

„Nein, du hast noch vier Stunden mit uns, Glückspilz!" Jess strahlte, ging dann los, um meine nächste Kundin herzubringen. Sie genoss das viel zu sehr.

Schade, dass ich heute Abend nicht die Zeit für ein Bier und einen Burger mit Bryan Delaney hatte. In der Regel fand ich junge Kerle nicht so anziehend, aber an ihm war etwas, das in mir den Wunsch weckte, ihn besser kennenzulernen, ihn zu berühren, die Stressfalten um seine jungen Augen zu mildern und mit einem Finger über seine Unterlippe zu streichen, während er –

„Ich bin so nervös! Oh mein Gott!" Das Geplapper

meiner Kundin stoppte meine Gedanken. „Das ist mein erstes Tattoo. Wird es wehtun? Das wird so cool! Ich liebe diese Idee! Ich habe es auf Pinterest gesehen und habe es Gail erzählt. Sie will zuschauen und sich überlegen, ob sie eines will, das dazu passt. Ich habe Gail gesagt, dass das so mein Vibe ist, oder? Ich habe immer dieses Gefühl, wenn ich Vögel fliegen sehe. Oh, wow, du hast eine Menge Tattoos. Was bedeuten sie? Sie sind so cool! Mein Bruder hat einen Stacheldraht um seinen Bizeps, was jetzt völlig außer Mode ist, habe ich ihm gesagt. Denkst du, die Löwenzahnsamen können in Wasserfarben sein?"

Mein Gott, es *musste* schon Mitternacht sein.

DREI

Bryan

Wir konzentrierten uns für eine Stunde auf Drills, Stan arbeitete so hart daran, seinen Fokus zu finden, wie ich es tat. Er redete eine Menge, während wir immer und immer wieder Bewegungen übten. Nicht mit mir, aber mit dem Eis und den Pucks.

Einmal, das wollte ich schwören, nannte er einen der Pucks Doug, aber ich würde nicht fragen, ob ich das gehört hatte, oder? Denn Goalies waren seltsam.

Ich nahm an, dass ich auch seltsam war, obwohl das, was mich als anders klassifizierte, nicht ganz so offensichtlich war wie bei Stan. Ich redete nicht mit meinen Rohren oder Pucks oder gackerte wie ein Huhn, jedes Mal, wenn ein Spieler auf das Tor schoss und ich hielt. Ich schloss auch während des Spiels nicht meine Augen oder etwas in der Richtung, aber ich verließ mich nicht nur auf meine Sicht und das war das Verrückte in mir. Ich hörte zu, über dem Lärm des Geplappers und der Musik und dem Knallen der Pucks gegen das Glas hinter dem Netz. Ich konnte die seltsamsten Dinge hören.

Niemand hatte mir das je gesagt, darum war ich wohl einmalig, aber Eis klang, abhängig von hunderten Faktoren, immer unterschiedlich. Jedes Mal, wenn ich im Netz stand, beugte ich mich nach unten, um das Eis zu berühren, nur mit der Spitze meines behandschuhten Fingers und für jeden, der zusah, musste es wie ein simples Dehnen aussehen, aber es war viel mehr als das.

Es war eine Verbindung, eine Abmachung zwischen uns, dass die kalte Oberfläche mir die ganze Zeit, die ich dort stand, Informationen zukommen lassen würde. Das Krachen eines Pucks wurde ignoriert, wenn das flüsternde Kratzen von Kufe auf Eis mich entspannen ließ. Das war Ten, der in meine Richtung unterwegs war. Ich musste nicht einmal um Arvid ‚Arvy' Ulfsson herumschauen, den einen Meter achtundneunzig großen schwedischen Verteidiger, der meine Sicht blockierte, während wir an der Spielübersicht arbeiteten. Die Idee dahinter war, dass Arvy effektiv die Sicht blockte und ich Ten nicht gut genug sehen würde, um zu wissen, was er tun würde.

Aber ich hörte Ten. Ich wusste nicht, wie es funktionierte, ich konnte es nicht erklären, aber ich *hörte* ihn.

Er war ein brillanter Schlittschuhläufer und hatte diese stille Art, den Raum um sich herum zu nutzen, überhaupt nicht auffällig oder protzig, sondern entschlossen und konzentriert. Ich hatte mir in den letzten Wochen viele Aufnahmen von Ten angesehen, seit ich erfahren hatte, dass ich bei den Railers landen würde.

Die Sache bei Ten war, dass er nicht vorhersehbar war. Er war nicht der Typ, der immer von links schoss. Er war derjenige, der tanzte und wirbelte und dann einen One-Eighty machte und mit der Rückhand schoss. Ich hatte gesehen, wie er einen Puck aus der Luft schlug, zwei Verteidiger abwimmelte, seinen Fuß benutzte, um den hüpfenden Puck einzufangen, um dann auf die Handschuhseite eines selbstbewussten Goalies zu schießen und dabei die kleine Lücke zu finden, die den Puck ins Netz beförderte.

Er war flexibel, darum gab es keine sichere Methode, seine Schüsse zu kontern.

Ich würde geduldig sein und bis zur letzten Minute warten müssen. Auf das Flüstern seiner Kufen lauschen und mitbedenken müssen, wie Arvy sich bewegte, damit ich Tens Position daraus schließen konnte.

Arvy war aber gut. Er bewegte keinen Muskel.

Für mich ging es immer um die Reaktion, nicht nur um Drop und Stopp. Wenn ich mich auf die Knie fallen ließ, den Blocker auf dem Boden, den Schläger vor meinem Five-Hole, dann würde ich sicher ein Tor hereinlassen, das über meinen Kopf ging.

Ich musste auf Ten warten.

Als er seinen Schuss machte, war ich da, stoppte den Puck in meinem Handschuh, fing ihn, warf ihn dann auf das Eis, keine Chance auf ein Rebound-Tor. Ich ließ ein *Whoop* der Freude hören.

Es mochten ja nur Konditionierungsschüsse gewesen

sein, aber ich hatte ein Tor vom *verdammten* Tennant Rowe gestoppt.

Scheiße. Ich hatte Ten gestoppt.

Alles im Stadion erstarrte, oder war das nur ich? Schauten alle in meine Richtung? Warnten sie mich, mich nicht mit ihrem Star anzulegen? Ich schaute an Arvy vorbei und sah Ten zurückkommen.

Fuck.

Er grinste, klopfte mir mit dem Schläger gegen die Beinschiene, das uralte Zeichen der Anerkennung und lachte. „Gut", sagte er und fuhr zurück zum Rest des Teams.

Arvy drehte sich ebenfalls und grinste. „Weiter so."

Niemand war wütend, weil ich Ten gehalten hatte, oder zumindest würden sie es nicht auf dem Eis zeigen und für einen Moment gestattet ich es der Freude, mich zu füllen, ehe ich mich für den nächsten Schuss bereit machte, dieses Mal vom Kapitän selbst.

Wenige Positionen auf dem Eis sind mit der des Goalies zu vergleichen. Goalies können als Helden verehrt oder als Sündenböcke niedergemacht werden, je nachdem, wie ein Spiel endete. In diesem Moment fühlte ich mich wie ein Held.

Wie dämlich ist das?

Connor schaffte einen Schuss an mir vorbei, genau wie zwei weitere, inklusive Tens zweitem Schuss und seinem dritten und vierten, aber ich machte meine Sache gut und Stan grinste während der ganzen Übung, als wir uns im Tor immer wieder abwechselten.

Ich wartete darauf, dass sich alles zum Negativen

änderte, aber ich würde das Gefühl, kompetent zu sein, ganz sicher genießen, solange es andauerte.

ICH MUSSTE EIN APARTMENT FINDEN. Die Railers hatten mich in ein Hotel gesteckt, bis ich etwas fand, aber noch während ich dasaß und für den Makler des Teams eine Liste der Dinge schrieb, die ich wollte, zögerte ich, um etwas Nobles zu bitten. Ich brauchte nur ein Schlafzimmer, eine kleine Küche und ein großes Wohnzimmer, in dem ich meine Dehnübungen machen konnte.

Und einen Fernseher. Das wäre gut. Ich hatte meine Musikanlage noch nicht aus dem Lager geholt, seit ich meine Gastfamilie verlassen hatte. Es war immer noch alles dort. Mein Yamaha-Verstärker, der CD-Spieler, die Mission-Lautsprecher und der Rega-Plattenspieler waren liebevoll eingepackt und eingelagert worden, obwohl meine Gasteltern gesagt hatten, dass das System in meinem alten Zimmer bleiben konnte. Sie hatten nicht verstanden, warum ich wollte, dass sie einen leeren Raum hatten, den sie für einen anderen Junior-Hockeyspieler verwenden konnten, der sie so sehr brauchte, wie ich das getan hatte.

Ich hatte Daisy Jacobs zum Weinen gebracht, als ich das gesagt hatte.

Daisy und George Jacobs aus Erie, Pennsylvania, *sind* meine echten Eltern. Nicht durch Blut. Emma und Tom, ihre Kinder, sind nicht wirklich meine Geschwister. Aber sie sind die einzigen Menschen, die ich je als Familie bezeichnen werde und sie haben mich gerettet.

Und ja, es klingt dramatisch, wenn ich sage, dass sie mich gerettet haben, aber das haben sie. Sie haben mir ein Heim geboten, das mit Liebe und Lachen gefüllt war, anstatt der strikten religiösen Kontrolle in meiner eigenen Familie und dem Alkoholiker-Vater, der mich gerne als seinen Sandsack benutzt hatte. Hockey war mein Weg aus diesem Leben gewesen und dadurch war ich am bestmöglichen Ort gelandet. Ich musste Daisys Stimme hören.

Ich durchsuchte meine Kontakte und rief Daisy an, die nach dem ersten Klingeln abhob. Ich stellte mir vor, wie sie in ihrem Büro stand, mit dem Blick über den Garten der Jacobs', Beck, ihr riesiger Neufundländer, zu ihren Füßen ausgestreckt. Ich konnte mir das so leicht vorstellen, dass es wehtat.

„Erzähl mir alles", verlangte sie zur Begrüßung. „Ist Ten im echten Leben so sexy wie im Fernsehen?"

„Das sage ich dir nicht", zog ich sie auf und ich konnte mir vorstellen, wie sie schmollte. Sie hatte eine gesunde Liebe für schwedische Goalies, die in New York spielten und, wie es schien, für Tennant Rowe.

„Wie geht es dir, Liebes? Wie war dein erster Tag? Tom hat gesagt, dass er dir letzte Nacht eine Nachricht geschrieben hat, aber er war sich nicht sicher, ob du sie bekommen hast."

Schuld machte sich in mir breit. Daisy hatte diese Art zu sagen, „du hättest deinem Irgendwie-Bruder zurückschreiben sollen", ohne es tatsächlich zu sagen.

„Ich habe sie nicht gesehen, tut mir leid. Sie nehmen

uns ziemlich ran." Ich log nicht direkt. Ich *hatte* Toms Nachricht gesehen, aber die Railers waren, was die Konditionierungsarbeit betraf, sehr intensiv und ich war erschöpft gewesen. Aber ich hatte auch die beiden Nachrichten von Aarni gesehen und darauf ziemlich schnell geantwortet.

Feste Freunde sind etwas anderes.

„Ich muss die Abläufe lernen", fügte ich hinzu.

„Er versteht das. Ich wollte dich nur wissen lassen, dass wir uns alle freuen, von dir zu hören."

Sie wusste instinktiv, dass ich diese Versicherung brauchte und sie war diese Art Mutter. Mit fünfzehn hatte ich in der Ontario Hockey League gespielt, was hunderte Kilometer von meinen biologischen Eltern entfernt war. Ich hatte eine amerikanische Gastfamilie in Erie, Pennsylvania gebraucht, jemanden, bei dem ich wohnen konnte, jemanden, der sich um mich kümmerte. Ich hatte mit George und Daisy richtig Glück gehabt, denen ich, nach einer Weile, genügend vertraute, um ihnen von meiner Mutter und meinem nutzlosen Vater zu erzählen. Ja, sie wussten alles über mein früheres Familienleben. Wenn man das Wort Familie überhaupt benutzen konnte. Oder Leben.

„Ich muss in Harrisburg ein Apartment finden." Ich änderte absichtlich das Gesprächsthema, bevor sie damit anfing, darüber zu reden, wie sehr sie mich vermisste. Es war ein paar Jahre her, seit ich ihr Haus verlassen hatte. Ich sah sie, so oft ich konnte, aber ich konnte es nicht ertragen zu diskutieren, wie sehr sie alle mich liebten oder wie sehr ich sie vermisste. Nicht heute.

„Haben die Railers nicht jemanden, der helfen kann?", fragte Daisy.

„Das haben sie, aber ich muss eine Liste der Dinge machen, die ich will."

„Einen Ort, an dem du schlafen, essen und dich dehnen kannst, oder?"

Das war ein leichtes Gespräch und ich entschied mich, Tom zu schreiben, sobald ich und Daisy auflegten.

„Hauptsächlich das", stimmte ich zu und dann wurde ich still.

„Liebes, ist alles in Ordnung?"

Ich hätte lügen können. Ich hätte sagen können, dass alles in Ordnung war, aber das war es nicht. Wie sollte ich klarkommen, wenn Aarni nicht in der Nähe war? Wer würde sich für mich mit allen anderen Leuten auseinandersetzen? Wie würde ich damit zurechtkommen, wenn der Tag kam, an dem die Railers erkannten, dass ich ein leichtes Ziel war?

„Nein", sagte ich. Ich konnte in Bezug auf die Dinge, die wichtig waren, nicht lügen, nicht wo es Daisy war, die mich zu jedem einzelnen meiner Treffen mit dem Therapeuten gebracht hatte, als ich frisch in Erie angekommen war. Sie hatte meine Hand gehalten, wenn ich das erlaubt hatte, und sie hatte mich umarmt, wenn ich verzweifelt war, und sie hat mich deswegen nie dumm angeredet. Daisy Jacobs war meine ganze Reise bis zur NHL-Auswahl für mich da gewesen und dann bis zu jenem einzelnen, furchtbaren Punkt, an dem ich sie verlassen und erwachsen werden musste.

Gott sei Dank hatte ich Aarni gefunden, der sich um mich kümmerte.

„Möchtest du darüber reden?", fragte sie mit ihrer sanftesten Stimme.

Ich wollte nicht oft über Dinge reden. Was sollte ich sagen? Das hier war nicht der erste Tag in einer neuen Schule. Das hier war ein professioneller Vertrag mit einem Team, das den Stanley Cup gewonnen hatte. Das hier war das echte, gottverdammte Leben und ich war kein Kind, das das Nächste, was ich zu einer Mutter hatte, brauchte, die mich verhätschelte und beruhigte.

„Ich weiß es nicht", war das Beste, was mir einfiel.

„Oh, Lieber, hast du wieder einen Brief bekommen?"

Nur an die Essays zu denken, die ich von meiner biologischen Mutter bekam, die mich vor der Hölle warnten und vor Gott und weiß der Himmel, was ihr noch alles einfiel, ließ meinen Brustkorb schmerzen. Sie ließ nicht locker.

Kann mich nicht gehen lassen.

Soweit es sie betraf, würde ich für meine Abartigkeit in der Hölle schmoren und sie musste meine Seele retten. Sie kamen regelmäßig an, Schreiben, in denen stand, wie gut mein biologischer Vater sich in der Arbeit machte, dass der Priester nach mir gefragt hatte und sich Sorgen darum machte, dass meine Seele in der Hölle brennen würde. Dass Darren eine Konversionstherapie gemacht hatte und jetzt mit Gina zusammen war, der Tochter des örtlichen Autohändlers.

Ich schloss meine Augen, als Schmerz mich überkam und Gedanken an Darren und was er durchgemacht hatte, standen dabei im Vordergrund. Er hatte mich einmal angerufen, eine lange Zeit, nachdem ich dieses erste Heim verlassen hatte, die Grausamkeit der Kirche meiner Mutter eine Bürde, die ich nicht tragen konnte. Er hatte eine Nachricht auf meinem Handy hinterlassen, hatte mir gesagt, dass ich ihn nicht anrufen sollte, hatte sich verabschiedet, noch hinzugefügt, dass er einen Weg gefunden hatte, ‚normal' zu sein und hoffte, dass mir das auch gelingen würde.

Ich hatte versucht, ihn anzurufen, aber er nahm nie ab und zwei Tage später war die Nummer abgemeldet.

„Bryan, hast du wieder einen Brief bekommen?", fragte Daisy erneut, dieses Mal voller Sorge in ihrem Tonfall. Sie wusste, wie ich gewesen war, als sie angefangen hatten zu kommen, hatte gesehen, wie sie mich jedes einzelne Mal zerstörten.

„Nein. Kein Brief." Ich dachte fieberhaft nach. „Ich bin nur nervös wegen des neuen Teams."

Sie ließ ein kleines erleichtertes Seufzen hören. „Vergiss nicht, sie sind wegen dir so nervös, wie du es wegen ihnen bist."

Sie sagte das immer über jedes Drama in meinem Leben. Ich fühlte mich dann besser, weil es mich an Momente mit heißer Schokolade, warmen, gekauften Cookies und ihre sanfte Stimme erinnerte.

Aarni war nicht begeistert, dass ich eine Verbindung zur Jacobs-Familie hatte. Er hatte es als seltsam bezeichnet, wie eng ich Menschen verbunden war, die nicht einmal mit mir verwandt waren. Er hatte mir nie ein überzeugendes Argument geliefert, warum ich aufhören sollte, an sie zu denken, oder sie wie meine

Eltern zu behandeln. Darum behielt ich sie für mich. Das war am einfachsten.

Ich erzählte ganz bestimmt niemandem, dass sie mich gerettet hatten.

Ich erzählte den Leuten, dass ich die Jacobs-Familie genauso sehr liebte wie meine eigene, aber das war gelogen. Ich liebte sie mehr, absolut und an dem Tag, als ich ihr Haus verlassen hatte, hatte ich geweint. Ich sollte dieser starke Hockey-Goalie sein, aber als ich von den Arizona Raptors genommen wurde, hatte ich in Daisys Armen geweint und verlangt, dass sie alle mit mir nach Arizona ziehen.

Das haben sie natürlich nicht gemacht, aber sie waren immer nur einen Anruf entfernt und während ich hart im Aufbauteam der Raptors arbeitete, kamen sie zu so vielen Spielen, wie sie konnten. Ich spielte bei jeder sich bietenden Gelegenheit *Fortnite* mit Tom, sogar als ich mit meinem ersten professionellen Team für Tryouts in Arizona war und er auf dem College in Seattle und dort lernte, etwas sehr Wichtiges im Strafrecht zu sein. Emma hatte mir immer mindestens fünf Mal am Tag eine Nachricht geschrieben, versucht, mich mit ihren Freunden zusammenzubringen, die alle „superniedlich" waren und Hockey „liebten". Sie hatte jetzt einen festen Freund und ich wusste, wie das war, darum verstand ich, warum sie nicht mehr so viel mit mir redete. Ich vermisste aber ihre Nachrichten.

Ich warf einen Blick auf die Uhr, wusste, dass ich zu meinem Treffen mit dem Tattookünstler gehen musste, schob die Sorge von mir und konzentrierte mich auf das, was Daisy mir über Tom, Emma, George und Beck erzählte.

„Wir freuen uns so, dass du wieder in Pennsylvania bist", sagte sie. „Wir sind nur vier Stunden von dir entfernt, darum kannst du viele Besuche erwarten. Werden wir dich sehen, bevor die Saison anfängt?"

„Bald", sagte ich und dann, nach einem emotionalen Austausch von *liebe dich* und *vermisse euch* und dem Versprechen, mir ein Geschenk zu schicken, beendete ich den Anruf und hatte noch ungefähr dreißig Minuten bis zu meinem Treffen.

Daisy war nicht wirklich die backende Art Mutter, aber sie schickte mir regelmäßig andere Dinge, wie Gutscheine für Essen und Briefe, in denen jede Neuigkeit stand, die ihr einfiel. Letzten Monat hatte sie mir eine Packung gekaufter Cookies geschickt, die sie in eine Dose gesteckt hatte, die *ihrer* Mom gehört hatte. Ich hatte die Dose noch nicht geöffnet, denn die Luft, die darin gefangen war, kam aus dem einzigen Heim, das ich je gekannt hatte und ich wollte sie nicht entkommen lassen.

So schlimm stand es um mich. An manchen Tagen wurde ich von der Verzweiflung übermannt, dass meine *Familie* zu weit weg war.

Ich hatte im Stadion geduscht, darum zog ich mir eine saubere Jeans an, ein T-Shirt und einen der vielen Railers-Hoodies, die ich bekommen hatte. Ich hatte zugestimmt, die Nummer einunddreißig zu sein, die Ziffern standen groß auf meinem Rücken und ein seltsamer Teil von mir vermisste die Nummer dreißig

nicht, die ich getragen hatte, als ich für Arizona spielte.
Das hier war ein Neuanfang.

Aarni schickte mir ein Foto seines Abendessens,
Steak und Pommes und eine halb geleerte Flasche Wein.
Darauf folgte ein Selfie von ihm, mit seinem Arm um
eine blonde Frau gelegt, die ein Weinglas in der Hand
hielt und roten Lippenstift hatte.

Ich hasste sie. Ich hasste ihn, weil er mir das
geschickt hatte.

Nein. Tue ich nicht. Ich liebe ihn.

Auch wenn er mich nicht auf dieselbe Weise liebe.

ICH HATTE VERGESSEN, wo wir uns treffen sollten, und
das machte mich nervös. Sollte ich direkt in den
Tattooladen gehen oder mich in der Bar mit dem
Künstler treffen? Ich kannte seinen Namen, er stand
auf der Karte und es war kein Name, den ich je gehört
hatte – Gatlin. Das wusste ich, aber ich war unruhig.
Etwas an dem Mann von gestern verunsicherte mich.
Wahrscheinlich waren es die Tattoos. Ich hatte Haie
gesehen, Schildkröten und andere polynesische Motive,
die über sein Handgelenk auf seine linke Hand
reichten. Die Bilder auf seinem rechten Arm waren
bunter. Zu starren war mir unhöflich vorgekommen,
darum hatte ich nur ein paar kurze Blicke erhascht. Es
konnte die auf stille Weise selbstbewusste Art gewesen
sein, auf die er mit Stan geredet hatte, während seine
hellblauen Augen sich immer wieder auf mich
gerichtet hatten. Oder die Art, wie er mich angelächelt
und darauf gewartet hatte, dass ich mit ihm redete. Er

hatte mir Fragen über die Namen gestellt, die ich auf dem Helm haben wollte oder Bilder und das hatte mich auch nervös gemacht. Oder es konnte sein, dass ich mich nervös fühlte, einfach weil ich vergessen hatte, wo wir uns treffen wollten und ich jetzt auf dem Gehweg vor seinem Laden stand und wie ein Idiot aussah.

Ich entschied, dass der Laden die beste Option war, aber ehe ich mich in Bewegung setzen konnte, öffnete er die Tür von innen, hatte ein freundliches Lächeln im Gesicht und streckte mir die Hand hin.

„Hey, Bryan."

Ich nahm seine Hand und schüttelte sie, und dann balancierte er einen Skizzenblock und ein Federmäppchen und schloss die Tür hinter sich.

„Ich hoffe, du hast deinen Appetit mitgebracht. Sie machen hier die besten Burger."

Wir gingen zu der Bar, keine dreißig Schritte und ich musste zugeben, dass sie von außen nicht wie der beste Platz zum Essen aussah, aber sobald ich eintrat, fühlte ich mich wie zu Hause. Was wahrscheinlich daran lag, dass sie Queen spielten und die Kellnerin Gatlin angrinste, als ob ihn zu sehen ihr den Tag rettete. Er zog sie in eine kurze Umarmung und wir folgten ihr zu einem Tisch in der Ecke, direkt neben einer alten Jukebox. Ich setzte mich nicht sofort, nahm mir die Zeit, mir die Playlist anzusehen. Von Queen zu The Beatles, über die Dire Straits und Black Sabbath, konnte ich keine schlechten Songs entdecken.

Trotz all des Mists, mit dem ich aufgewachsen war, bis ich fünfzehn war, hatte ich doch Zugang zu einer

Bibliothek aus Vinyl und einen alten HMV Plattenspieler gehabt. Musik war meine Flucht gewesen.

Die Jukebox war offensichtlich mit einer Playlist bestückt, für die bereits bezahlt worden war, weil sie übergangslos von Queen zu Black Sabbath wechselte, und ich nickte für ein paar Sekunden im Takt, bevor ich mich auf den Stuhl gegenüber von Gatlin setzte.

„Du magst Sabbath?", fragte Gatlin mit schockierter Stimme. Ich fühlte mich sofort in der Defensive und schob das von mir, als mir klar wurde, dass ich mich gerade entschuldigen wollte. „Wie alt bist du?"

Ich hob mein Kinn. „Beinahe dreiundzwanzig, aber ich habe alle Sabbath-Alben auf Vinyl."

Gatlin beugte sich in seinem Stuhl vor. „Auch ihre Live-Aufnahmen, wie *Live Evil*?"

„Ja."

Er lehnte sich zurück und atmete mit einem Pfeifen aus. „Nett. Eines Tages muss ich zu dir kommen und sie mir anhören."

Ich schluckte. „Mein Plattenspieler und die Anlage sind in Erie, mit all meinen Platten."

Irgendwie hatte ich die Richtung dieses Gesprächs abgeblockt. Ich musste aufpassen. Aarni sagte, dass ich zu vertrauensvoll war und ich kannte Gatlin überhaupt nicht.

„Da kommst du ursprünglich her?" Das Gespräch wurde von unserer Kellnerin unterbrochen, die Wassergläser füllte und auf eine Tafel mit der Speisekarte zeigte, die auf vier Möglichkeiten begrenzt zu sein schien. „Das Übliche", sagte Gatlin und schaute mich erwartungsvoll an.

„Huhn", sagte ich und sie ließ uns wieder allein.

Er öffnete seinen Skizzenblock und hatte mit ein paar einfachen, sicheren Strichen die Form eines Helms geschaffen. „Also, etwas für die Railers?" Er fing an, skizzierte Dampf und Eisen, nahm sich dann einen blauen Bleistift zum Schattieren und ich konnte nur auf seinen gebeugten Kopf starren. Er hatte kurze, hellbraune Haare, dasselbe Braun in seinem Bart, in dem sich auch großzügige Mengen Silber fanden. Es war schwer zu sagen, wie alt er war, obwohl das Grau vermuten ließ, dass er mehr als ein paar Jahre älter war als ich. Seine Haut wirkte weich, seine Stirn war vor Konzentration gerunzelt und ich wusste, dass wenn er den Blick hob, ich in die freundlichsten blauen Augen sehen würde. Er war das genaue Gegenteil von Aarni. Er war schlanker, er hatte mehr Tattoos, offensichtlich, und Grau in seinen Haaren.

Aarni hat auch freundliche Augen.

Nein, hat er nicht. Sie sind Feuer und Leidenschaft, nicht Freundlichkeit.

Ich schüttelte meinen Kopf, um meine Gedanken davon zu abzuhalten, Gatlin mit Aarni zu vergleichen. Ich war mit Aarni zusammen und ich war absolut treu, trotz des Fotos der blonden Frau, die heute Abend in seinem Arm saß. Er war die Art Mann, die es brauchte, dass andere Männer und Frauen ihn liebten. Ich brauchte nur einen Mann. So funktionierte unsere Beziehung.

„Familie? Eltern, Geschwister?"

Mir wurde klar, dass Gatlin mich wieder anstarrte. „Nein." Ich schob dem sofort einen Riegel vor, ehe mir klar wurde, wie das geklungen haben musste. „Ich habe schon eine, aber ich will sie nicht auf ...“ Ich winkte den Rest des Satzes ab. Sein Gesichtsausdruck war erstaunt, aber nur für einen kurzen Moment, dann lächelte er wieder.

„Heimatstadt?“

Ich dachte an den Ort, an dem ich geboren war, mitten in Nirgendwo, Kanada, mit der Frau, die ich Mutter genannt hatte.

„Nein, das will ich nicht.“

Er nickte, als ob er zustimmen würde, dann tippte er auf den Skizzenblock. „Das Design ist ganz deine Entscheidung. Das ist dein Helm, deine Motive, deine Vorlieben und Abneigungen, die Dinge, die dir wichtig sind. Was dich ausmacht, was deine Essenz ist. Ich möchte in dich hineinsehen und ein gutes Gefühl dafür bekommen, wer du bist.“

Ich blinzelte ihn an. Das ging viel zu tief und mir wurde schlecht.

„Nein“, sagte ich.

Und ging.

Gatlin

Was zur verdammten *Hölle?*

Unsere Kellnerin kam mit unserem Abendessen an. Sie stand da mit zwei Tellern Essen, sah, wie ich mir vorstellte, mir sehr ähnlich.

Ich warf ihr einen schnellen Blick zu, lächelte trotz der aufkeimenden Wut, die ich verspürte und stand ruckartig auf.

„Tina, kannst du das zurück in die Küche bringen und warmhalten?"

Sie nickte, während ich mich aufmachte, den Hockeyspieler mit den schlechten Manieren zu verfolgen. Ich fand ihn auf dem Weg in Richtung Westen und joggte, um ihn einzuholen.

„Hey, hübscher Junge!", schrie ich.

Er blieb nicht stehen. Er eilte einfach weiter, den Kopf gesenkt, als erwartete er, dass ein Piano auf ihn fallen würde. Ich rannte ein wenig schneller und erwischte ihn vor einem Matratzenladen, der gerade dichtgemacht hatte. „Hey!"

Ich packte seinen Arm. Er wirbelte herum, seine Augen waren geweitet, sein Arm hob sich verteidigend. Meine Finger glitten von seinem Ärmel.

Bryan blinzelte, als wäre er schockiert zu sehen, dass ich ihn wütend anstarrte.

„Ich muss gehen", sagte er, schaute dann an mir vorbei, um den direktesten Weg irgendwohin zu finden, wahrscheinlich zu seinem Auto. Ich stellte mich zwischen ihn und seine Fluchtroute. Klar, er war ein paar Zentimeter größer als ich und ungefähr fünfzig Pfund schwerer. Außerdem war er viel jünger und ein Athlet, darum hätte er mich mit Leichtigkeit zur Seite stoßen können, wenn er das gewollt hätte. Aber etwas tief in mir sagte mir, dass er nicht zu Gewalt neigte. Er hatte sie jedoch erlebt, wenn diese spontane Reaktion auf meine Berührung an seinem Arm etwas zu sagen hatte.

„Du kannst gehen, sobald ich meinen Teil gesagt habe", verkündete ich, verschränkte meine Arme über meinem Lieblings-Emerson, Lake & Palmer-T-Shirt. Gott sei Dank war die Herbstnacht warm, weil ich meine Jacke in der Bar gelassen hatte. Er hatte sich in sich zurückgezogen, wie eine Ackerwinde, die ihre Blütenblätter am Abend schloss. „Das war so ziemlich das Unprofessionellste, was ich je gesehen habe. Dir ist klar, dass ich mir eine Stunde meiner Arbeitszeit genommen habe, um mit dir zu reden, oder?"

„Ja. Es tut mir leid."

Ich starrte ihn an, war ein wenig überrascht, wie automatenhaft seine Worte klangen.

„Nun, ja, das sollte es. Ich hätte Geld verdienen können."

„Ich bezahle dich für deine vergeudete Zeit." Er griff nach hinten, um seine Geldbörse zu suchen.

„Nein, darum geht es mir hier nicht. Du kannst nicht einfach aus einem geschäftlichen Treffen verschwinden. Das ist amateurhaft und ehrlich gesagt unter dem, was ich als Standard der Railers-Spieler und des ganzen Teams sehe."

Ein Auto fuhr vorbei, ein alter Blink 182 Song wehte die Straße entlang, als es vorbeirollte. Bryan verlagerte sein Gewicht von einem Fuß auf den anderen. Ich wartete. Er hob seinen Blick für einen Moment von meinen Schuhen zu meinem Gesicht.

„Es tut mir leid, dass ich mich auf eine Weise benommen habe, die die Railers schlecht aussehen lässt." Sein Gesichtsausdruck war traurig. Ich hatte gescholtene Hunde gesehen, die nicht so mitleiderregend ausgesehen hatten. Scheiße, schön, jetzt fühlte ich mich wie ein Arsch. „Ich will jetzt wirklich gehen. Kann ich los?"

Mein Verstand kämpfte damit, all den wilden Input zu verarbeiten, den Bryan hineinstopfte.

„Klar, ja, wenn du gehen willst, dann geh." Was sonst konnte ich sagen? Ich konnte den Mann schlecht zurück in Binky's Pub zerren und ihn zwingen, mit mir über Helm-Designs zu reden. „Du weißt, wo du mich erreichen kannst, wenn du das hier noch einmal versuchen möchtest."

Er nickte, sein Blick wanderte zu dem leeren Laden hinter mir. Ich sah zu, wie er davoneilte, seine Schultern hatte er zu den Ohren gezogen, als wäre ihm kalt, aber die Nacht war überhaupt nicht kühl. Es fühlte sich an, als würde ich eine sehr lange Zeit vor Bargain Barney's Bedding stehen und darüber nachdenken, was da gerade passiert war. Irgendwie war meine rechtschaffene Empörung angesichts von Bryans … was war es genau gewesen? Furcht? Nervosität? Konditionierte Reaktion? verglüht.

Ich marschierte zurück zum Pub, ging in Gedanken durch, was geschehen war. Unsere Kellnerin hatte unsere Mahlzeiten netterweise eingepackt, darum zahlte ich und gab ihr ein Trinkgeld, entschuldigte mich, bevor ich zurück in den Laden ging. Ich hatte einen Termin um neun, aber er würde erst in dreißig Minuten kommen. Ich betrat den Laden durch die Eingangstür, marschierte dann zur Theke und stellte die Tüte mit dem Essen vor Jess ab. Sie hob eine gepiercte Braue.

„Mein Partner fürs Abendessen ist abgehauen", erklärte ich ihr, während ich die große braune Tüte öffnete.

„Hast du wieder angefangen, über deine Obsession für Joe Perry zu reden?"

„Nein, habe ich nicht." Ich schnaubte, holte das Huhn heraus und reichte es meiner Nichte. Judas Priest spielte, Robs unglaubliche Stimme beruhigte meine Nerven ein wenig. „Ich bin nicht von Joe Perry besessen. Ich bin von Eddie Van Halen besessen."

„Eddie ist gut gealtert." Jess seufzte, zog dabei den Deckel von einer kleinen Schüssel Krautsalat.

„Das ist er. Wie auch immer, nein, ich habe nicht

angefangen, über Eddie zu reden. Ich habe den Jungen nur gefragt, was er auf seiner Maske haben möchte. Wir haben für eine Sekunde über seine Familie geredet und dann ist er aufgestanden und weggerannt."

Ich ging zur gegenüberliegenden Wand und ließ mich auf das Sofa fallen. Die lila Wände waren bedeckt mit Tattoodesigns auf Postern und Papieren, die flatterten, als ich nach unten sank. Jess hatte letztes Jahr die Malerarbeiten überwacht. Ich hätte die verdammten Wände schwarz gelassen, wie sie das jahrelang gewesen waren, aber Jess hatte etwas Farbe im Laden gewollt. Wir hatten drei Monate lang diskutiert und dann hatte ich aufgegeben und ihr ihren Willen gelassen. Was der Grund war, weshalb ich jetzt einen Tattoo-Laden in Pflaume besaß, mit Bereichen, die von Senfgelb über einen beschissenen Orangeton bis hin zu einer rosa Toilette gestrichen waren. Rosa. In einem Tattooladen.

„Er hat dich die Rechnung zahlen lassen?" Sie schnitt ihr Huhn auf, das Plastikmesser gab ein schmerzliches Quietschen von sich, als es in das Styropor drang.

„Nun, ja." Ich nahm meinen Burger und biss ab, mein Blick huschte zu der PS4 und dem Fernseher in der Ecke. Die Spielekonsole gab den Leuten etwas zu tun, während sie auf ihren Termin warteten, was sie glücklich machte.

„Was für ein Geizhals", murmelte sie um einen Mund voller gebratenem Huhn. „Das schmeckt köstlich."

„Es ist nicht die Sache mit der Rechnung, die mich

wütend gemacht hat. Scheiße, ich hätte ohnehin bezahlt, weil er ein potenzieller neuer Kunde ist und die Rechnung für das Design seine zwölf Dollar Mahlzeit abgedeckt hätte. Es war … nun, zuerst war es die Art, wie er abgehauen ist, aber dann …"

Ich lehnte mich zurück, meinen Knöchel auf meinem Knie und biss erneut von meinem Burger ab. Saftig und perfekt blutig. Ich kaute und schluckte und dachte lange nach. Ich hatte diese Art Reaktion bei einer Person seit langer, langer Zeit nicht mehr gesehen. Es versetzte mich zurück in die Zeit, als ich während meiner vier Jahre bei der Navy in Pearl Harbor-Hickam stationiert gewesen war, gleich nachdem ich mich nach der High School verpflichtet hatte. Ich versuchte, nicht an Akumu und die wilde erste Liebe zu denken, die so schlimm geendet hatte, zwang mich, die Erinnerungen an meinen ehemaligen Geliebten zu überspringen und mich auf seine Schwester zu konzentrieren. Die süße, winzige Haunani, die einen Ehemann hatte, der sie gerne mental und körperlich missbrauchte. Ihre dunklen Augen hatten dieselbe Art von Leblosigkeit gezeigt wie die von Bryan.

„Nun, ich finde, er klingt wie ein Arsch, auch wenn er heiß wie die Sünde ist.", bemerkte Jess, schob sich dann mehr Huhn in ihren Mund.

Ich ließ das Thema fallen, weil Jess nicht den Gesichtsausdruck des jungen Mannes gesehen hatte, als ich angefangen hatte, ihm eine Predigt zu halten. Er war aus Furcht weggelaufen. Er hatte diesen Arm vor Panik gehoben. Angst davor, geschlagen oder verbal niedergemacht zu werden. Darauf würde ich das Einkommen des nächsten Monats wetten. Aber vor was oder wem konnte ein großer, muskulöser Junge wie Bryan Delaney Angst haben?

DIE ZEIT VERGING ohne einen Mucks aus der Hockey-Welt. Ich war unter Arbeit vergraben, was großartig war und ich würde mich niemals darüber beschweren, viel zu tun zu haben. Nun, schön, das würde ich, aber ich weiß, dass ich es nicht sollte. Ich hatte Woody einbestellt, dass er einen Abend übernahm, damit ich früher gehen und mir das erste Spiel der Vorsaison für die Railers ansehen konnte. Ich hatte ein Saisonticket, warum also nicht? Außerdem würde ich dadurch die Gelegenheit haben, den neuen Goalie zu sehen, da die Teams bei den Vorsaison-Spielen die Goalies während des Spiels wechselten. Wenn die Saison richtig anfing, würde Stan das letzte oder die letzten beiden Spiele durchspielen, aber für den Moment bekam jeder Goalie dreißig Minuten im Netz. Ich wollte Bryan unbedingt studieren. Er war mir seit dem missglückten Abendessen nicht aus dem Kopf gegangen. Ich wollte ihn wiedersehen. Im Netz. Ich war nicht da, um zu gaffen oder zu sabbern, obwohl der junge Mann sicher einiges an Sabber wert war. Mein Interesse war rein als Fan des Sports. Das redete ich mir zumindest ein.

„Ich wünschte, du würdest intensiver darüber nachdenken, einen Teil deines Geldes in Fonds zu investieren", redete Garrett weiter. Er war zu seinem monatlichen Besuch hier, um zu versuchen, mich dazu zu bringen, in diese oder jene Sache von der Bank zu investieren, was mich befürchten ließ, dass ich den Puck Drop verpassen würde.

„Ja. Werde ich tun", sagte ich, während ich mir mein Tennant Rowe-Oberteil anzog.

„Wirst du wann tun?"

Ich zog, um den Kragen über meinen Kopf zu bekommen, dann warf ich meinem älteren Bruder einen finsteren Blick zu. Er tat so, als würde er mein wütendes Starren nicht sehen.

„Wenn ich Zeit habe." Die Suche nach meiner Brille begann. Ich fand sie auf dem Bücherregal, ohne Hilfe von Garrett.

„Was wann sein wird?"

Ugh. Ich schwöre, er war die größte Nervensäge aller Zeiten. Sah ich so aus, als wäre ich in der Stimmung, über Zinsen, Rente oder Portfolios zu reden? Nein. Ich war bereit für Hockey.

„Wenn du dir von mir das erste Tattoo stechen lässt", konterte ich, schob mein Handy und meine Brille in verschiedene Taschen, überprüfte, dass ich meine Geldbörse und meine Eintrittskarte hatte, und starrte dann meinen Bruder direkt an. Er war gut gealtert. Niemand würde vermuten, dass er zehn Jahre älter war als ich.

„Banker haben keine Tattoos." Er ließ seine Tasche zuschnappen.

„Lass dir eines stechen, wo nur Marissa es sehen kann", zog ich ihn auf, wusste, dass seine Frau die Scheidung einreichen würde, wenn er je mit einem

Tattoo nach Hause kam. Sie waren ein gutes, respektables, erfolgreiches Paar, das irgendwie mit einer Tochter verflucht worden war, die, was ihre sexuellen Vorlieben betraf, flexibel zu sein schien und einem Schwager, der Schwänze leckte, Leuten Tattoos stach und sich, *KEUCH!* Heavy Metal anhörte. Was erklärte, warum ich meine Schwägerin seit drei Jahren nicht gesehen hatte. Mein Anblick hätte eine massive Migräne oder irgendeinen anderen Mist ausgelöst. Sie spielte ihr Missfallen gut aus. Das musste ich der knöchernen alten Kuh lassen.

„Ja, natürlich, ich werde das in meinen Kalender schreiben. Fischtattoo auf die Eier, Dienstag um eins." Garrett schniefte.

Ich lachte leise. Der Mann war schrecklich lustig auf eine sarkastische Art und Weise, die sich in meiner Gegenwart zu brillanten Höhen aufschwang. Wir waren immer so gewesen, schon als Kinder. Nur Gina, unsere kleine Schwester, war in der Lage gewesen, die Schärfe bei unseren Auseinandersetzungen zu mildern. „Dann steht es dir frei, dein Geld im Kamin zu verbrennen." Er zog sich einen Mantel an, einen ziemlich schönen, lang und aus Wolle und warf mir seinen patentierten flachen Blick zu.

„Wo wir gerade dabei sind, ich gehe zu einem Hockeyspiel. Soll ich dich nach draußen begleiten?" Ich winkte elegant in Richtung Tür.

„Ich kenne den Weg. Ich möchte unserer Tochter eine Nachricht von Marissa überbringen."

Er machte nicht einmal eine abfällige Bemerkung darüber, Geld für dämliche Dinge wie Hockey- oder

Konzertkarten auszugeben oder für Schwulen-Pornos.
Wie enttäuschend. Ich hatte mir schon etwas Bissiges für
seine Hockey-Bemerkung überlegt.

„Ja, in Ordnung, es war schön, dich zu sehen. Sag
deiner Frau Grüße", rief ich, während ich mich um ihn
herumschlich und dann zur Rezeption joggte. „Er hat
eine Nachricht", flüsterte ich Jess zu. Sie verdrehte die
Augen und ich ging, ehe ich in irgendeine Familiensache
hineingezogen wurde. Ich musste zu einem Spiel.

Es dauerte nur zehn Minuten, mit dem Bus ins
Stadion zu kommen. Die kurze Strecke selbst zu fahren
war dämlich und mein Auto war ohnehin in der
Werkstatt. Die Zuschauerzahlen während der Vorsaison-
Spiele waren in der Regel niedrig, darum war ich
ziemlich allein auf meinem Sitz, fünf Reihen oberhalb
der Heim-Bank. Ich machte es mir gemütlich, Bier in
einer Hand, einen Hotdog mit jeder Menge Senf und
Relish in der anderen, für ein relativ sinnloses Spiel
zwischen den Railers und den Devils. Ich trank und ich
aß und ich entspannte mich. Einige Namen von Carlisle
Rush trugen an diesem Abend das Dunkelblau.
Vielleicht würde ein junger Nobody die letzte Hürde
schaffen und ab Oktober im Team sein. Oder vielleicht
würden sie alle wieder zurückgeschickt werden.

Stan leistete hervorragende Arbeit im Netz. Er
schien ein wenig eingerostet zu sein, obwohl er und der
Rest des Teams den ganzen Sommer über daran
gearbeitet hatten, stark und bereit zum Spielen
zurückzukehren. Ich schaute auf meinen kleinen Bauch
und seufzte. Hört nur zu, wie ich darüber redete, dass
andere in Form bleiben mussten. Wohin war der

steinharte Körper verschwunden, den die Navy mir
gegeben hatte?

*Versuch es mit weniger Bier, Hotdogs und Burgern mit
Pommes, Gatlin.*

„Halts Maul, Selbst", grummelte ich, dankbar, dass
die Sitze um mich herum leer waren. Das erste Drittel
zog sich hin, die Veteranen fuhren sich den Rost ab. Die
jungen Wilden von Rush hängten sich voll rein,
versuchten, die Coaches mit ihren irren Fähigkeiten zu
beeindrucken. Und dann war da noch Tennant Rowe,
mein Held. Ich hatte die Freude gehabt, beinahe alle
Mitglieder des Teams kennenzulernen, weil sie für all
ihre Tattoos und ihre Masken zu mir kamen. Tennant
war ein verdammt guter Junge, klug, freundlich,
großzügig und talentiert. Er war mein Held wegen
seiner Stärke, sich in einer Welt, die schwulen Männern
gegenüber nicht immer offen war, als schwul zu outen.
Er hatte das mit seinem Mann an seiner Seite
durchgestanden. Dazu brauchte es Rückgrat. Er bekam
immer noch Einiges ab, da das Land weniger geneigt zu
sein schien, Dinge zu akzeptieren.

Also ja, ich bewunderte den Jungen. Und er war ein
Phänomen, zweifellos. Sogar jetzt, im ersten
Vorsaisonspiel, wo die anderen noch herumalberten,
war Tennant Rowe die personifizierte Entschlossenheit.
Er schmuggelte einen Fast Shot schneller am Goalie der
Devils vorbei, als ich blinzeln konnte. Die wenigen Fans,
die da waren, jubelten, das rote Torlicht blitzte auf und
der Railers Tor-Song spielte.

Dieses Tor war alles an Aufregung, was wir
bekamen, bis der Goalie gewechselt wurde. Dann wurde

ich etwas aufmerksamer, was nichts war, worüber ich mir zu viele Gedanken machen wollte. Bryan und Stan klatschten sich mit den Handschuhen ab, als sie aneinander vorbeifuhren. Mein Bier war leer und ich wollte wirklich noch eines, aber das Bedürfnis, Bryan im Netz zu sehen und die Stimme in meinem Kopf, die etwas über meinen winzigen Bauch flüsterte, hielten mich auf meinem Platz.

Es war interessant, Bryan arbeiten zu sehen. Er schien fokussiert zu sein, auf das Spiel fixiert, seine Bewegungen waren schnell und sicher. Er war nicht besonders auffällig, aber er hatte scharfe Augen und seine Handschuhhand war ein herrlicher Anblick. Er raubte den Spielern der Devils einen Puck mit einer Drehung seines Handgelenks. Diese Parade, die man einen Moment später am Jumbotron sehen konnte, würde es in die Highlights schaffen. Bryan bestand rein aus Reflexen. Ich konnte das an seiner Art, sich zu bewegen sehen, als wäre sein Körper mit dem Puck verbunden und wie der auf ihn zufliegen würde. Der Rest des Spiels flog vorüber. Ich war schockiert, als der Stadionsprecher die Warnung für die letzte Minute aussprach.

Bryan bekam nach dem Abpfiff von seinen neuen Teamkollegen jede Menge Stupser an den Kopf und Klopfer auf den Rücken. Er zog sich eine verdammt hässliche Maske herunter. Seine dunklen Haare waren schweißgetränkt, lagen flach an seinem Schädel und sein Gesicht glänzte vor Schweiß. Er schüttelte seinen Kopf wie ein Hund und dann lächelte er. Ich hatte noch nie so ein strahlendes Lächeln gesehen. Es entzündete etwas in mir, einen winzig-kleinen Funken unleugbaren Begehrens, von dem ich gedacht hatte, dass Rex ihn dauerhaft gelöscht hatte. Ich hatte dieses wahnsinnige Bedürfnis, Bryan Delaney irgendwie wieder zum Lächeln zu bringen.

FÜNF

Bryan

Wir hatten gewonnen! Ich war high und ich konnte es nicht erwarten, Aarni von meinem Erfolg zu erzählen, auch wenn er nur in der zweiten Hälfte des Spiels stattgefunden hatte. Ich schrieb und schickte die Nachricht, bevor ich überhaupt daran gedacht hatte, nachzusehen, wie es den Raptors an diesem Abend gegangen war und eigentlich wusste ich es besser.

Himmel, Junge. Es ist die Vorsaison. Zählt nicht, Idiot. LOL, war Aarnis Antwort. Als ich die Ergebnisse in der NHL-App nachschaute, sah ich, dass das Vorsaisonspiel der Raptors gegen die Kings mit einer Sechs zu Eins Niederlage für die Raptors ausgegangen war.

Scheiße.

Was sollte ich jetzt sagen? Sollte ich zurückschreiben und sagen, dass es mir leidtat, dass sie verloren hatten? Hier in Harrisburg war ich weit weg von allem, was mit den Raptors passierte.

Ich hätte nachschauen sollen.

Mir kam es vor, als hätte ich die letzten Tage nichts

anderes getan, als Leute zu verärgern. Was mit Gatlin passiert war, bescherte mir Schuldgefühle und ich war den ganzen Tag nicht in der Lage gewesen, sie abzuschütteln. Ich konnte meine Unhöflichkeit, meinen Zusammenbruch, nur vergessen, als ich heute Abend gespielt hatte. Wenn ich darüber nachdachte, wie ich Aarni und Gatlin zornig gemacht hatte, wurde ich so verdammt wütend auf mich selbst.

Gatlin hatte mich nicht angeschrien, aber die Enttäuschung in seinem Gesichtsausdruck und die Tatsache, dass er mich auf meine Unhöflichkeit angesprochen hatte, hatten mir eine sehr ruhelose Nacht und einen mit Nachdenken gefüllten Tag beschert.

Ich tippte ein *tut mir leid* und ein trauriges Emoji für Aarni, schickte es aber nicht. War es richtig, das zu sagen? Es könnte so aussehen, als würde ich angeben und Aarni hatte recht, es war ein Vorsaisonspiel, eine Möglichkeit, nach der Sommerpause den Rost loszuwerden. Es war nicht so, als wäre es wichtig. Ich löschte die Nachricht.

Vielleicht könnte ich tippen, dass ich einen Scherz gemacht hatte, vielleicht mein eigenes LOL hinzufügen, um meiner offensichtlich übertriebenen Freude die Schärfe zu nehmen? Mir wurde klar, dass ich das Handy zu fest umklammerte und ich zwang jeden Muskel, sich zu entspannen. Wenn ich noch einen Handy-Bildschirm zerbrach, wären das sieben Telefone, die ich ruiniert hatte.

Wie Aarni gesagt hatte, ich kannte meine eigene Stärke nicht.

Jemand stupste meinen Fuß mit den Zehen an und ich schaute überrascht auf.

„Wartest du darauf, dass deine Freundin anruft?", fragte Connor mich. Der Kapitän war rot vor Hitze und trug nur ein Handtuch. Er war einschüchternd gut aussehend und definiert, stand direkt vor mir.

„Fester Freund und nein", sagte ich, bevor ich überhaupt Zeit hatte, darüber nachzudenken zu lügen oder die Wahrheit zu schönen. Die Worte hingen in der Luft.

Connors Mund klappte auf und dann sagte er mit einer leicht hohen und quietschenden Stimme „fester Freund?"

Mein Herz wurde schwer. Ich hatte gedacht, die Railers wären inklusiv. Was war mit Ten? Aarni hatte recht gehabt. Es gab wahrscheinlich eine Regel für ihn und eine andere für alle anderen.

Connor schüttelte seinen Kopf, als ob er Spinnweben abschütteln würde. „Ten", rief er.

„Kap?", antwortete Ten schnell.

„Komm her. Adler, du auch. Stan, Erik, Dieter, verdammt … ihr alle kommt *auf der Stelle* her."

Ich konnte nicht verstehen, was vor sich ging. War das eine neue Art des Schikanierens? Ich war vor meinem Spind gefangen, Connor ragte über mir auf, seine Hände hatte er in seine Hüften gestemmt, das Handtuch blieb Gott sei Dank an Ort und Stelle und er hatte andere Spieler hergerufen.

„Was ist los?", fragte ich.

Erik kam als Erster, seine blonden Locken waren nass und lagen flach an. Stan war nicht weit hinter ihm, größer als Erik und starrte auf mich herunter. Er zog seine Nase nachdenklich kraus und nickte dann, als ob nur zu Starren für ihn ausreichte, um eine Art Erleuchtung zu haben. Dieter schlenderte zu mir, als ob er alle Zeit der Welt hätte und grinste, als Connor ihn finster anstarrte. Ten eilte zu uns, seine dunklen Haare in weichen Stacheln und er schaute in die Gesichter der kleinen Gruppe und sah erwartungsvoll aus.

„Was ist los?" Er fuhr fort, sein glattes blaues Hemd zuzuknöpfen.

Connor schien auf etwas zu warten, Adler, nahm ich an und als Adler nicht sofort kam, seufzte Connor.

„Ads, schwing deinen Arsch hier rüber."

„Sagt es mir nicht. Jemand hat den neuen Goalie umgebracht", sagte Adler von hinter der Gruppe, dann schob er sich nach vorne. „Oh", meinte er, als er mich sehen konnte. „Nein, er lebt. Das ist cool, denn mal ehrlich, er ist besser als Jezza mit all diesem schwedische Fleischbällchen und IKEA Scheiß."

Erik schlug Adler auf den Arm und fluchte auf, wie ich annahm, Schwedisch. Es schien nicht so, als würde es Adler kümmern, was Erik gesagt hatte, oder vielleicht verstand er ihn einfach nicht.

Mich kümmerte *sehr*, was alle sagten. Mich kümmerte, dass eine ganze verdammte Gruppe Hockeyspieler um mich herumstand, mich einschloss, über mir aufragte. Mein Brustkorb verengte sich, meine Handflächen begannen zu schwitzen und ich krallte mich an den Blocker in meinem Schoß, bereit, ihn als Waffe zu benutzen. Aarni wäre hergekommen, hätte sie nach einer Weile von mir weggezogen, hätte sich für mich eingesetzt, das, was sie taten, lachend abgetan. Alles, um die Situation zu entschärfen.

Ich brauche Aarni.

Was zur Hölle machte ich in diesem Team? Wer hatte gedacht, ich wäre gut genug, um in einem Meisterteam zu spielen? Ich hatte es heute ganz gut gemacht, vielleicht mehr als gut, ich war euphorisch gewesen und jetzt war ich so tief gesunken. Ich wartete auf die Worte der Männer vor mir, die mein Selbstbewusstsein erschüttern würden.

Connor deutete auf mich. „Er wartet auf einen Anruf von seinem festen Freund." Dann legte er eine Hand auf meine Schulter und ich konnte nicht anders, ich zuckte zusammen. Er beruhigte mich mit einem Klopfen. „Willkommen im Railers-Team, dem alternativen Railers-Team, wo du Regenbogen-Boxerunterwäsche tragen und Serienmelodien mögen musst."

„Ich mag keine Serienmelodien", verteidigte Adler sich und dieses Mal bekam er von Dieter einen Ellbogen in die Seite.

„Was ist Boxer?", fragte Stan. Erik brachte ihn zum Schweigen.

„Ist dein fester Freund ein Hockeyspieler?", fragte Ten ohne Bösartigkeit und mit echtem Interesse. Als ob ich Aarni vor dem einen Mann outen würde, den er hasste.

Ich schaute sie alle nacheinander an und dann zurück zu Connor.

„Es ist ein Scherz, Mann", sagte Connor nach einem Moment peinlichen Schweigens. „Ich habe nur …

Scheiße … Ten, ich habe das falsch gemacht." Dann ging Connor vor mir in die Hocke und hielt mir eine Hand hin, die ich nahm, immer noch absolut überzeugt, dass ich blöd angemacht werden würde. „Mein Fehler. Ich bin mittlerweile so an die gleichgeschlechtliche Sache gewöhnt, aber es kann sein, dass ich zu sehr wie Adler war und wie ein Arsch geklungen habe."

„Hey, das verbiete ich mir", sagte Adler ohne Nachdruck.

Connor hielt meine Hand fest und ich versuchte, den Instinkt zu unterdrücken, meine wegzureißen. Etwas passierte hier, aber es war nicht grausam. Es war nur … seltsam.

„Bryan, du weißt von Ten, aber ich verspreche dir, die Railers sind inklusiv. Ja, wir bekommen immer wieder Hass von ein paar Fans und anderen Teams ab. Es ist schlimmer, wenn wir auswärts in einigen der weniger tollen Stadien spielen. Es ist nicht leicht. Eigentlich ist es verdammt hart, aber wir sind ein großartiges Team und wir können wie die Besten von ihnen die Reihen schließen. Ich würde nicht wollen, dass irgendjemand anderes mit mir zusammen spielt. Die Railers sind meine besten Freunde und wir alle sind willens, jeglichen Scheiß, der uns entgegenbracht wird, als Team anzugehen."

„Immer Team", betonte Stan dramatisch.

Adler spielte demonstrativ die kleinste Violine der Welt und jetzt war Ten an der Reihe, ihn zu schubsen und ihm zu sagen, dass er aufhören sollte. Adler war wirklich ein Idiot. Niedlich, ein genialer Spieler, aber vor allem ein Idiot, der seinen Mund nicht halten konnte.

Ich mochte ihn. Wenigstens sagte er, was ihm durch den Kopf ging und ich kam mit Dingen klar, die ich verstand.

„Okay?", sagte ich. Denn Connor wartete darauf, dass ich etwas sagte. Er ließ meine Hand los und grinste zu mir auf.

„Du bist jetzt einer der Railers und wenn du irgendetwas brauchst, dann wendest du dich an uns. Jeden von uns, Regenbogen-Boxerunterwäsche oder nicht. Wir sind ein Team. Klar?"

„Team. Bestes", fügte Stan hinzu und alle nickten, inklusive mir.

„Danke", murmelte ich und zog meine Schultern zurück. Ich hatte Lippenbekenntnisse wie diese schon gehört, aber die waren nach ein paar Wochen immer nichtig geworden. Dennoch, wenn diese Männer um mich herum Verbündete waren, dann konnte ich mich darauf verlassen, nicht allein zu sein, zumindest für eine Weile. Bis ich irgendwie alles verbockte.

„Gut. Ist das wöchentliche Treffen der Einhorn- und Regenbogengruppe vorbei?", fragte Adler und seufzte laut.

Connor wirbelte zu ihm herum und obwohl er nicht wütend auf Adler war, schubste er ihn. Wie es schien, wollte jeder Adler herumschieben, aber auf eine gute Art. Wenn das überhaupt Sinn ergab.

„Adler." Connor schnüffelte dramatisch in der Luft um ihn herum. „Du stinkst, Mann."

Adler schlug mit einem Handtuch nach Connor und ging dann in die Duschen, hinterließ eine Spur aus Kleidungsstücken.

Die Gruppe löste sich auf, mit Ausnahme von Ten, der sich auf die Bank zwei Spinde von mir entfernt setzte.

„Adler meint es gut", sagte er und schaute nach unten, um den Rest seines Hemdes zu knöpfen, seufzte, als er sah, dass er es falsch geschlossen hatte, und löste, was er bereits getan hatte. „Aber was Connor gesagt hat? Wenn du irgendetwas brauchst, reden willst, einen Kaffee trinken möchtest oder Möglichkeiten hören willst, wie man mit den Sprechgesängen umgehen soll, die wir uns anhören müssen? Du kannst mich oder einen der anderen fragen." Er hielt seine Faust in die Höhe und nach einem kurzen Zögern machte ich mit meiner eigenen Hand eine Faust und stieß sie an seine.

„Danke", sagte ich und meinte es auch.

Ich duschte und verweilte vor den Spiegeln, tat so, als würde ich meine Haare machen. Ich musste nachdenken und das bedeutete, nicht von Leuten umgeben zu sein, die mit mir reden oder mich aufmuntern wollten. Nicht, wenn ich Aarnis neueste Nachricht im Zentrum meiner Gedanken hatte. Ich hatte ihm ein trauriges Emoji geschickt und ein einfaches *Ja, du hast recht*. Es *war* nur ein Vorsaisonspiel gewesen. Die Punkte spielten keine Rolle. Sich so verdammt zu freuen war albern. Zur Hölle, ich hatte nur dreißig Minuten gespielt.

Er hatte mir nur ein *Bis später, gehe aus, Bier*, geschickt. Mit dem Team? Ich bezweifelte es. Das Team war gespalten. Es hieß wahrscheinlich Bier mit der Blondine auf dem Foto.

Eine Hand landete auf meiner Schulter und ich

erstarrte, begegnete Alain Gagnons ernstem Blick im Spiegel. Der Goalie-Coach lächelte, als unsere Blicke sich trafen.

„Gute Minuten im Netz", sagte er. „Gut gemacht. Ich denke, wir müssen am Five-Hole arbeiten, aber zur Hölle, für einen jungen Goalie, der in einem beschissenen Team wie den Raptors hochgekommen ist, war das ein großartiger Start."

Ich wollte mich gegen den Begriff *beschissenes Team* verwehren, aber das konnte ich nicht, nicht, wo es doch zum Großteil stimmte. Der Stolz, der mich bei seinen Worten überkam, war überwältigend. Ich respektierte Coach Gagnon, war damit aufgewachsen, ihn und die Goalies seiner Ära vor fünfzehn Jahren zu verehren, wollte wie sie sein, trotz allem, was alle anderen für mich gewollt hatten.

„Danke." Mir kam es vor, als würde ich das im Moment sehr oft sagen.

„Weiter so, Bryan. Komm für das Training morgen zwei Stunden früher und dann arbeiten wir an Achtsamkeit. Wenn wir Stan festnageln können. Hast du das schon einmal genutzt?"

Ich wusste, was es war, ein Zustand, in dem man sich seiner selbst bewusst war oder so etwas Ähnliches. Ich dachte, dass wenn ich im Tor stand, ich eine Art Achtsamkeit erreichte, aber ob das stimmte oder nicht, spielte keine Rolle. Ich wollte alles lernen.

„Etwas. Ich würde gerne mehr erfahren und ich werde da sein."

„Gut." Er verließ mich und ich zog mich fertig an.

Ich war der Letzte, der das Stadion verließ, die Stadt

um mich herum war hell erleuchtet, der Klang der Sirenen in der Ferne das Einzige, was ich hören konnte. Meines war das letzte Auto, sah ganz einsam aus, wie es auf seinem designierten Platz stand. Das Vorsaisonspiel hatte früh angefangen, ein Matinee-Spiel und es war erst kurz nach halb acht. Ich war mir sicher, dass der Tattooladen am Sonntag bis neun offen hatte, aber konnte ich mich erinnern, wie man dorthin kam?

Ich suchte über Google und fand den Laden, ein Logo mit einem Schädel und zwei Pfeilen und den Namen, Hard Score Ink. Der Name allein weckte mein Interesse. War das eine Referenz an Hard Core Kink? Oder ging es um die Punkte in einem Hockeyspiel? Wer wusste das schon?

Du solltest ihn fragen. Was ist das Schlimmste, das er tun kann, wenn jemand ihm eine Frage stellt?

Ich parkte vor dem Laden, viel näher, als ich es am Vortag geschafft hatte und sah, dass ich nicht mehr viel Zeit hatte, bis der Laden schloss. Innen war alles hell erleuchtet, das Logo und die Designs im Fenster ein wildes Durcheinander aus bunter und schwarz-weißer Kunst.

Ich kanalisierte das Positive von Coach Gagnons Lob und die Freundschaftsangebote mehrerer Mitglieder des Teams und verließ das Auto. Es brauchte nicht mehr als zwanzig Schritte, um zum Laden zu kommen und als ich die Tür aufstieß, erklang ein Klingeln, um einen Kunden zu verkünden. Das Kratzen von Metall auf dem Boden wurde gefolgt von Schritten, die hinter der Trennwand erklangen, hinter der sich die Arbeitsbereiche befanden. Mein Atem stockte. Gatlin.

Er blinzelte mich an, als ob er nicht glauben konnte, dass ich hier war.

„Kann ich dir helfen?", fragte er mit Neugierde in seiner Stimme.

„Ich kann warten."

Gatlin öffnete seinen Mund, wahrscheinlich, um mich daran zu erinnern, dass er bald schließen würde, aber dann schenkte er mir stattdessen ein kleines Lächeln und nickte.

„Setz dich, ich bin fast fertig."

Ich wählte den Sitz, der dem Fenster am nächsten war, von wo aus ich die Straße draußen und das Kommen und Gehen in der Bar gegenüber sehen konnte. Das Schild vor der Bar machte Werbung für einen Railers-Burger, was immer zur Hölle das war, aber ich konnte mir vorstellen, dass ich ihn wahrscheinlich mögen würde. *Ich sollte mir einen kaufen.*

Mein Magen knurrte und ich drückte eine Hand dorthin, in Gedanken verloren und wurde erst aufgerüttelt, als die Klingel erklang und mir klar wurde, dass der Kunde, um den Gatlin sich gekümmert hatte, den Laden verlassen hatte. Gatlin verschwand wieder hinter der Trennwand und ich war mir nicht sicher, was ich tun sollte. Bleiben und warten oder nachschauen, was er machte? Ich entschied mich, es zu wagen und ging zu ihm. Er reinigte Utensilien, legte sie in Behälter, die mit einer blauen Flüssigkeit gefüllt waren. Als er anfing, Farbtuben zu schließen, musste ich reden.

„Ich entschuldige mich", platzte ich heraus. „Für das, was passiert ist. Es war ein schlechter Tag."

Er warf mir einen Blick zu, der Bände sprach und

dann lächelte er erneut. „Alles gut", sagte er. „Bist du hier, um über dein Design zu reden?"

Ich wich zurück. Deswegen war ich nicht hergekommen. Ich wollte mich nur entschuldigen. Das war alles.

„Nein, wir können einen Termin ausmachen. Es tut mir leid, dass ich dich gestört habe-"

„Hast du Hunger?"

Nein lag mir auf der Zungenspitze, aber ich war hungrig und es war dämlich, etwas anderes zu behaupten.

„Ja."

„Lass uns absperren und uns einen Burger holen. Sie haben heute Abend das Railers-Spezial. Das gibt es immer an Spieltagen." Er nahm meinen Ellbogen und drückte und in seinem Blick lag so viel Ernsthaftigkeit. „Glückwunsch zum Sieg. Als Fan möchte ich sagen, wie cool es ist, einen verlässlichen Ersatz für Stan zu haben. Manche Leute sagen, dass die Vorsaison überflüssig ist, aber zu sehen, wie das Team sich zusammenfindet und die Neulinge ausprobiert ist etwas Gutes."

Ich musste knallrot geworden sein, weil er lachte und meinen Ellbogen erneut drückte. Er überprüfte alles im Laden, schaltete die meisten Lichter aus, mit Ausnahme der Spotlights, die die Entwürfe im Fenster beleuchteten und zog dann die Jalousie herunter. Wir verließen den Laden durch die Hintertür und gingen durch die kleine Gasse zur Straße, dann direkt in Binky's Pub.

Dieselbe Kellnerin wie beim letzten Mal, Tina, brachte uns an einen Tisch und füllte Wassergläser.

„Zwei Railers-Spezial?", fragte sie mit einem Zwinkern.

Ich nickte so enthusiastisch, wie ein Mann das konnte, der nicht wusste, was in einem Railers-Spezial war.

Erst als sie gegangen war, beugte ich mich zu Gatlin. „Was ist ein Railers-Spezial?"

„Es ist ein normaler Burger, mit allem, was dazugehört, aber mit spezieller Railers-Soße."

Ich dachte über meine nächste Frage nach, um nicht zu dumm zu wirken. „Und in der Soße ist?"

Gatlin zuckte mit den Schultern, lächelte mich dann an. „Wer zur Hölle weiß das schon, aber sie ist gut."

Ich nahm einen Schluck von dem Wasser und stellte das Glas ab, nahm die Gabel von meinem Besteck und drehte sie in meinen Händen.

„Also, ich nehme an, du möchtest über mögliche Designs reden?", fragte Gatlin und holte den Skizzenblock aus dem Rucksack, den er mitgenommen hatte, als wir den Laden verlassen hatten. Er holte seine Brille aus dem abgewetzten blauen Rucksack, setzte sie auf und blätterte zu einer leeren Seite, auf die er wieder den einfachen Helmumriss zeichnete. Dann schaute er mich erwartungsvoll an. „Wo möchtest du anfangen?"

„Ich weiß es nicht." Zumindest war ich ehrlich.

Er klopfte mit seinem Bleistift auf den Block und er hatte diesen seltsamen Gesichtsausdruck, beinahe so, als könnte er durch mich hindurchsehen. Ich war verloren in seinem Blick, der Art, wie er lächelte und es seine Augen erreichte. Ich wusste, dass er älter war als ich. Aber um wie viel? Das Grau in seinem ordentlichen

Bart konnte jedes Alter andeuten und die geschickte Weise, wie er den Bleistift wie einen Trommelstock benutzte, lenkte meine Aufmerksamkeit auf seine Hände und die kurzen Nägel, zusammen mit dem Ende eines Designs, das unter seinem roten T-Shirt hervorschaute. Dasselbe T-Shirt, das sich an seine schlanke, muskulöse Form schmiegte und in mir den Wunsch weckte, die Hand auszustrecken und –

„Erzähl mir, warum du ein Goalie werden wolltest." Er unterbrach meinen Gedankengang und ich schüttelte innerlich meinen Kopf, um meine Gedanken zu klären.

Konnte ich an diesem Punkt ehrlich sein? Der wahre Grund, warum ich ein Goalie war, von Anfang an? Ich hatte unbedingt ins örtliche Team kommen wollen, lange bevor ich mich vor meinen biologischen Eltern geoutet hatte. Eine Position im Team bedeutete Trainings und Spiele, wo man in einem Bus fahren musste, um zu ihnen zu gelangen. Im örtlichen Team zu sein, auch wenn ich erst sieben war, gab mir einen Grund, nicht zu Hause zu sein, und ich brauchte das dringender als Luft zum Atmen. Keiner der Spieler damals wollte der Goalie sein und mit acht entschied ich, dass ich das sein wollte. Es bedeutete, dass ich einen Platz im Team hatte und wie sich herausstellte, war ich verdammt gut. Ich war sogar damals schon ein ziemlich guter Schlittschuhfahrer, was mir immer zugutegekommen war.

Ich war Gatlin gegenüber aber nicht vollkommen ehrlich und fokussierte mich stattdessen auf die technische Seite, in einem Tor zu stehen.

„Ich glaube, dass ich vielleicht … oder zumindest

fühlt es sich so an …" Ich räusperte mich. Zu Glück drängte Gatlin mich nicht. „Ich glaube, dass ich eine verblüffende Fähigkeit habe, den Puck zu spüren, wie er auf mich zukommt."

„Wie einen Tunnelblick?", fragte Gatlin und skizzierte eine Form in die Ecke des Blatts. Für mich sah es aus wie ein Raubvogel. Er war so talentiert.

„Eine Eule", korrigierte ich. „Es ist beinahe so, als ob ich sogar mit geschlossenen Augen sehen kann, in der Dunkelheit, meine ich, wie eine Eule oder zumindest hören." Ich senkte meinen Kopf wegen des Wortdurchfalls, den ich produzierte. „Nichts davon klingt auch nur annähernd rational, oder?"

„Ich liebe es und deine Geschichte gehört dir", murmelte Gatlin und dieses Mal sah die Skizze noch mehr wie eine Eule aus. Er richtete seine Aufmerksamkeit auf die Maske und zeichnete ein Auge, holte einen bernsteinfarbenen Stift heraus und füllte die Fläche. Ich hatte einen Tag voller Emotionen hinter mir, von angebotener Freundschaft und dann sanftem Lächeln und ich war verloren.

Nein, eigentlich war ich verzaubert. Davon, zu sehen, wie das Bild geschaffen wurde, zu hören, wie der Stift über das Papier kratzte, aber vor allem, die Wölbung seiner Braue zu mustern, die Weichheit seiner Haut und das Rosa seiner Lippen, die ich wirklich schmecken wollte. Ich wollte niemals aufhören, ihn anzusehen.

Was?

Gatlin

Raubvögel hatte ich schon immer am liebsten gezeichnet. Vielleicht war es die Schönheit ihrer Federn oder das Blitzen in diesen Jägeraugen. Eulen waren besonders interessant und diese hier stellte ich mir als ein wenig Steampunk vor, vielleicht. Ich könnte die Schönheit dieser nächtlichen Jägerin mit der Kraft und dem Stahl der Railers vereinen.

„Das Essen ist da."

Ich schaute von meinem Skizzenblock auf. Bryan nickte Tina zu, die unsere Teller hielt.

„Tut mir leid." Ich schenkte beiden ein verlegenes Lächeln und schob meinen Skizzenblock zurück in meinen alten Rucksack. Tina stellte unsere Burger vor uns und füllte unser Wasser auf. Ich schob meine Brille auf meinen Kopf. „Ich verliere mich immer, wenn ich etwas erschaffe. So muss es für dich sein, wenn du auf dem Eis bist und der Jägerblick einsetzt."

Seine dunklen Augen weiteten sich ein wenig. „Jägerblick. Das ist ziemlich cool."

„Es gibt ein Videospiel, *Assassin's Creed*, bei dem die Hauptcharaktere diese besondere Fähigkeit haben, den Blick eines Adlers zu bekommen, irgendwie." Ich nahm das obere Brötchen von meinem Burger und salzte den mit Käse bedeckten Patty ordentlich ein. Die Railers-Soße tropfte von dem Brötchen und mein Magen knurrte. „Der Blick der Figur schärft sich, wenn man in diesen Modus geht, ich denke, so kann man es nennen. Die Feinde des Spielers sind leichter zu finden. Ist dein Puck-Sinn so in der Art?"

Er nahm sich eine einzelne Pommes und dippte sie in die Soße, die aus seinem Burger quoll. „Kann sein, nicht wirklich, aber irgendwie so."

„Das klärt es definitiv", scherzte ich, während ich die obere Brötchenhälfte wieder auflegte.

„Es tut mir leid, ich sollte klarer reden."

Ich schaute von meinen Pommes auf, die ich ebenfalls salzte. Salz war gut, ganz egal was mein Arzt darüber sagte und über meinen unheimlichen Blutdruck.

„Bryan, du musst dich nicht entschuldigen. Ich habe nur einen Witz gemacht. Manchmal haben wir einfach keine klare Möglichkeit, etwas Spirituelles zu beschreiben."

Er nickte, aß seine Pommes und begann dann, sich in dieses Schneckenhaus zurückzuziehen, in dem er so viel Zeit zu verbringen schien. Ich wollte nicht, dass das wieder passierte. Ich hatte gespürt, dass er ein wenig lockerer wurde, und ich mochte ihn entspannt. Seine Augen waren dann nicht so traurig, sein Gesichtsausdruck nicht so auf der Hut.

„Also, was hältst du von einer radikalen Steampunk-Eule auf deinem Helm?" Ich hob meinen Burger mit beiden Händen und nahm einen großen Bissen, stellte sicher, dass er Zeit hatte, sich seine Antwort zu überlegen.

„Sie wäre dann irgendwie roboterhaft?" Er biss ebenfalls in seinen Burger und sein Gesicht wurde weich, wie das passierte, wenn der Mund sich mit Herrlichkeit füllte.

„Gut, huh?", fragte ich um einen Bissen perfekt über der Flamme gegrillten Rindes herum.

„Supergut", murmelte er, lächelte mich dann schwach an.

Oh ja, da war es. Da war das Lächeln. Ein wenig mickrig, aber es war da. Wenn ich jetzt irgendwie noch eines bekommen könnte, eines, das weniger fragil war. Eines, wie ich es gesehen hatte, als er auf dem Eis gewesen war, umgeben von seinem neuen Team.

„Nun, ja, ein wenig. Steampunk bedeutet generell dampfbetriebene Maschinen. Ich denke, wir könnten mit diesem Design wirklich Spaß haben, wenn du willens bist, es zu versuchen?"

Er nahm noch einen Bissen und kaute träge. Sein Kiefer war stark und wurde von einem frischen Bart bedeckt. Gott, er war ein schöner Mann. So jung, so schüchtern, so anziehend auf so viele verschiedene Arten.

Er ist so alt wie deine Nichte oder nahe dran. Was bedeutet, dass er so alt sein könnte wie dein eigenes Kind, wenn du eines hättest.

Nein. Nein. Garrett ist zehn Jahre älter als ich. Das Alter ist nur eine Zahl. Verdammter Scheiß. In der Schwulen-Gemeinschaft ist es normal, dass jüngere und ältere Männer miteinander ausgehen. Also halt den Mund, innere Stimme. Und wir gehen nicht miteinander aus. Wir flirten nicht einmal. Das hier ist nur ein Geschäftsessen. Fick dich.

Genau. Du hast also nicht gerade seinen Kiefer bewundert und diese glatte, weiche Haut, die seinen Hals bedeckt? Das machst du also mit all deinen Kunden? Lustmolch.

„Alles in Ordnung?"

Ich blinzelte mich zurück ins hier und jetzt. „Tut mir leid, ich habe über deinen Helm nachgedacht."

Er schien mir diese Lüge zu glauben. „Oh, in Ordnung. Ich glaube, ich möchte sehen, was dir zu dem Steampunk-Eulen-Design alles einfällt."

Ich lächelte ihn breit an und bekam ein Grinsen zurück. Oh, zur Hölle. Mein Gott, er war wunderschön, wenn die Schatten seine Augen verließen. Was für ein atemberaubender Mann. Mein Magen zog sich zusammen, als ich ihn anstarrte, mir wünschte, dass er weiterlächelte. Natürlich konnte er nicht den ganzen Abend hier sitzen und grinsen wie ein Idiot.

Wir schafften es aber, uns zu unterhalten, über andere Dinge als Hockey, die ihn weniger verspannt auf seinem Stuhl sitzen ließen. Als wir aufgegessen hatten und über eine Nachspeise nachdachten – schön, ich war derjenige, der nachdachte – war Bryan beinahe wirklich entspannt. Sein Blick ruhte auf mir, während wir redeten, hauptsächlich über meine Vergangenheit, da er nicht willens zu sein schien, über viel zu reden, es sei denn, es handelte sich um Musik oder Hockey.

„Bist du sicher, dass du kein Eis oder so etwas

möchtest?"", fragte ich, während ich zu entscheiden versuchte, welche Dekadenz ich mir gönnen sollte.

„Nein, danke. Der Burger und die Pommes waren üppig genug. Ich werde morgen auf dem Laufband zusätzliche Einheiten absolvieren müssen, um all diese leeren Kalorien zu verbrennen."

„Ja, ich auch." Ich schaute heimlich auf meinen Bauch, warf die Nachspeisenkarte dann auf den Tisch. „Tina? Die Rechnung bitte."

Wir schlenderten in die Nacht hinaus, Bryan plauderte über ein altes KISS-Album, das ihm gehört hatte. Ich drehte mich, um seinen Blick einzufangen.

„Du redest von *KISS Alive*. Das habe ich, auf Vinyl, signiert von Gene Simmons." Ich schaute nach rechts und links, beugte mich dann nahe genug zu ihm, um den holzigen Geruch seiner Seife wahrzunehmen. „Es kann sein, dass ich ein Mitglied der KISS-Armee bin, seit …" Ich hustete in meine Hand.

Er lachte leise, der Laut so wunderschön wie sein Lächeln visuell atemberaubend gewesen war. „So lange, huh?"

„Wir können zu mir gehen und es uns anhören."

Und da war er, der erste Versuch meinerseits, dieses Geschäftsessen in etwas vollkommen Unprofessionelles zu verwandeln. Vielleicht hätte ich diese Einladung zurücknehmen sollen. Ich hatte Stan schließlich nie in meine Wohnung über Hard Score eingeladen, um uns zerkratzte alte Platten anzuhören. Ja, das war wahrscheinlich keine gute –

Sein Handy klingelte. „Da muss ich ran. Moment." Er hob einen Finger, drehte sich dann von mir weg, sein

Handy an seinem linken Ohr. Ich nickte und wartete, dankbar für den Anruf, weil ich kurz davorgestanden war, eine Linie zu überqueren, die ich respektieren sollte. *Wahrscheinlich. Sollte ich? Nein. Warum nicht?*

Bryan wirbelte zu mir herum, sein Gesicht war jetzt angespannt und düster. „Ich denke, wir sollten zu dir gehen und uns KISS anhören."

„Oh, in Ordnung, gut." Ich bedeutete ihm, die Straße zu überqueren. Ich ging an seiner Seite. All die Weichheit und die gute Stimmung, die ich gesehen hatte, waren fort. Sein Kiefer war wieder angespannt, sein Blick zu Boden gerichtet und seine Schultern waren oben an seinen Ohren. „Wir müssen nur zur Rückseite gehen."

Ich führte ihn zu der Treppe am rückwärtigen Teil von Hard Score. Ich zeigte den Weg, sagte kein Wort, Bryans Schritte folgten meinen, hallten durch die Gasse. Die Tür öffnete sich mit einem leisen Schnarren der rostigen Scharniere und ich tastete herum, um das Licht anzuschalten. Es war eine kleine Wohnung, sehr heimelig, dank Jess und ihrer Neigung, alles anzumalen, auf das sie einen Pinsel klatschen konnte. Die Wände waren honiggelb, der große runde Teppich strahlend rot und die Möbel Schattierungen von Blau und Grün.

„Das ist farbenfroh", bemerkte Bryan, der in der Tür stand.

„Jess, meine Nichte, mag es, Farbe auf alles zu geben. Komm rein." Ich stellte meinen Rucksack ab und zog meine Jacke aus, warf beides auf den Tisch hinter dem Sofa und ging zu dem Regal, in dem sich eine Tonne Bücher und meine Stereoanlage befanden.

Er betrat mein Apartment langsam, schloss die Tür leise, als ob er Angst hatte, jemanden zu wecken. Unter uns war nichts außer ein leerer Tattoo-Laden. Seine Nervosität machte mir Sorgen. Ich wünschte, er würde sich ein wenig öffnen, vielleicht über die Probleme reden, die ihn so zurückhaltend gemacht hatten, aber ich bezweifelte, dass er das würde. Jedenfalls nicht heute Abend. Aber vielleicht ein wenig später …

„Zieh deinen Mantel aus und komm zu mir", rief ich, zog eine lange Schublade am Fuß des maßgefertigten Buchregals heraus, das Ergebnis eines Handels mit einem talentierten Schreiner im Austausch für ein Ganzarm-Tattoo. Dann deutete ich auf meine große Plattensammlung.

Bryan machte, worum ich ihn gebeten hatte, und kniete sich dann neben mich, um in den klassischen Rockalben zu stöbern. Er hatte lange Finger. Sie berührten jedes Album sanft. Er hielt bei den KISS-Alben an und hob vorsichtig meine Ausgabe des Live-Doppelalbums hoch, das vor vielen Jahren, 1975, veröffentlicht worden war.

„Wie hast du Gene Simmons dazu gebracht, das zu signieren?", fragte er auf eine atemlose, bewundernde Weise, die ich liebte. Man konnte sehen, dass der Junge hin und weg war von dem Autogramm eines Heavy Metal Dämonengottes des Donners.

„Das ist eine lange Geschichte. Willst du ein Bier?"

Er nickte, darum stand ich auf, nahm ihm das Album aus der Hand und holte eine der großen Scheiben heraus. Innerhalb eines Moments steckten wir bis zu unseren metal-liebenden Ohren in einer

Liveaufnahme von *Deuce*. Ich marschierte los, um zwei Bier aus dem Kühlschrank zu holen. Als ich ins Wohnzimmer zurückkam, stand Bryan am Plattenspieler, die Augen geschlossen, verloren in der absoluten Seligkeit von Ace Frehleys Gitarrenriffs.

„Sie sind unglaublich", sagte Bryan, als ich seinen Ellbogen mit einer kalten Flasche Miller antippte.

„Sie sind verdammt gut. Willst du dich setzen?" Ich deutete mit meinem Bier auf das Sofa. Er neigte seinen Kopf, die Stressfalten um seinen Mund waren etwas weniger tief. Er bewegte sich aber nicht, stand da, das kalte Bier in seiner Hand, starrte mich an, als würde ein Seestern auf meinem Kopf Macarena tanzen. „Wir können uns setzen", bot ich noch einmal an.

Er sagte nichts, beugte sich nur vor und drückte seinen Mund auf meinen.

Zu sagen, dass ich schockiert war, wäre die Untertreibung des Jahres gewesen. Ich blinzelte und ließ ihn tun, was er wollte, weil ich nicht so schockiert war, dass ich ihn von mir stoßen würde. Seine Augen schlossen sich. Er übte mehr Druck aus, sein Atem war warm, als er über meine Wange flatterte. Das Schlagzeug und die Bassgitarre wurden zu einem Hintergrundgeräusch, als der Kuss andauerte, seine Lippen weich an meinen. Dann öffnete ich meinen Mund weit genug, um seine Unterlippe mit meiner Zunge anzustoßen. Ein leises Knurren in seiner Kehle sagte mir, dass ihm das gefiel, darum machte ich es erneut. Rückblickend hätte ich vielleicht einen Moment abwarten und ihn fragen sollen, warum er mich küsste.

Vielleicht hätte ich ein guter Mann sein sollen und kein geiler Bock.

Aber nein, ich überließ meinem steifen Schwanz das Kommando. Ich leckte verführerisch an seinen Lippen und berührte ihn an der Seite. Nur eine Berührung. Kein lüsternes Grapschen, nur ein flüchtiges Streichen meiner Fingerspitzen über seine Rippen. Er zuckte wild zurück, sein Bier glitt ihm aus den Fingern und fiel auf den Boden.

„Ich kann nicht …" Er drängte sich an mir vorbei und ging mit solcher Eile, dass er durch die Tür war, bevor ich einen klaren Gedanken fassen konnte.

Wieder rannte ich ihm hinterher, aber dieses Mal war er weg. Ich saß auf der untersten Stufe, die zu meiner Wohnung führte und starrte in die leere Gasse. Ein Kater kam ein paar Minuten später vorbei, sein dunkles Fell glatt und glänzend im flackernden Licht einer Straßenlampe.

„Was zur verdammten Hölle?", fragte ich den streunenden Kater. Er sprang auf den Deckel des Mülleimers, der dem okkulten Buchladen nebenan gehörte und starrte mich mit goldenen Augen an. „Wenn du ein Vertrauter bist oder so etwas in der Richtung, kannst du mir helfen? Vielleicht eine magische Kraft, die dafür sorgt, dass mein Schwanz nicht die Führung übernimmt?"

Der Kater fing an, seine Eier zu lecken. Nett.

Da ist dein Zeichen, Dummkopf.

„Wenn ich das könnte, würde ich keinen Mann in meinem Bett brauchen." Ich seufzte, stand auf und erklomm die Stufen zurück in mein Apartment, um Bier aufzuwischen und darüber nachzudenken, worauf ich mich einließ und warum. Das warum war offensichtlich. Bryan hatte angefangen, sich in mein Fleisch zu bohren und, zu einem gewissen Grad, in mein Herz. Er war verletzt, das war offensichtlich und ich wollte derjenige sein, der ihn heilte, wenn ich dazu in der Lage war. Sein Lächeln sollte von der ganzen Welt stündlich gesehen werden. Das worauf aber? Da trat ich in eine wolkige Masse aus Unsicherheit. Auch wenn ich ein paar Ideen hatte, wusste ich doch nichts Konkretes und darum würde ich warten müssen, bis der wunderschöne, aber scheue Goalie wegen seines Mantels zurückkam. Oder ich könnte ihn ihm morgen bringen?

Oder du könntest kalt duschen und den Mann in Ruhe lassen.

Richtig. Ja, das ergab Sinn, denn wenn ich ihm zu früh folgte, würde er nur wieder weglaufen. Also schaltete ich Paul, Gene, Ace und Peter aus und stieg in die Dusche. Ich wäre beinahe an die Decke gegangen, als das kalte Wasser auf meine Eier traf, aber es erfüllte seinen Zweck. Allein in mein großes Kingsize-Bett zu klettern war beschissen. Ich warf das zweite Kissen herum, schlug darauf ein und presste es dann an meinen Bauch, rollte mich darum zusammen. So, wie ich Rex immer gehalten hatte. Ehe ich in seinen Augen das Äquivalent eines Schnauzers geworden war. Der Arsch.

Ich warf mich unruhig herum und dachte über diese Bryan-Sache nach. Ich entschied mich, den Jungen nie wiederzusehen. Dann schwor ich mir, ich würde mein Bestes geben, ihn aus der gefährlichen Situation herauszuholen, in der er sich, wie ich befürchtete, befand. Dann nannte ich mich selbst einen Vollidioten und rollte mich auf meinen Bauch. Und dann, um halb drei herum, glitt ich aus meinem zerwühlten Bett, zog mir eine Schlafanzughose und ein altes T-Shirt an und ging ins Wohnzimmer, um an einem Bier zu nippen und mir Yes anzuhören. Ihr *Fragile*-Album schien genauso gut zu meiner Stimmung zu passen wie zu dem zärtlichen jungen Mann, in den ich mich langsam zu verlieben begann. Meine Lider wurden schwer, als ich spürte, wie die Musik in mich eindrang.

Der Schlaf übermannte mich endlich um drei herum und zum Glück konnte ich bis ungefähr elf schlafen, weil mein Laden erst später am Tag öffnete. Trotz des Schlafes war ich ausgezehrt. Ich war kein Jungspund mehr, aber ich sah sogar noch älter aus als normal und ich spürte es. Mein Herz war schwer vor Sorge über einen Mann, der nichts anderes tat, als vor mir zu fliehen, wann immer wir uns näherkamen. Warum rannten alle in meinem Leben davon? Ich zog die Tür auf und da saß der schwarze Kater. Er fauchte und spuckte, rannte dann die Treppe hinunter und außer Sichtweite.

„Typisch", murmelte ich, schnappte mir Bryans Mantel vom Sofa und schwang meinen Hintern und den dicken Parka hinunter in den Laden, um mich dem Tag zu stellen. Ich war überhaupt nicht darauf vorbereitet, meinen älteren Bruder zu sehen, der auf dem abgewetzten Sofa in seinem engen Kragen und makellosen Anzug auf mich wartete. Ich wusste, dass ich ihm nie einen Schlüssel für den Laden hätte geben sollen. Brauchte ich das heute? „Wenn du wegen der

Bank oder dem Ruhestand hier bist, kannst du dir das alles in deinen überkorrekten Arsch schieben."

„Darüber nachzudenken, was du tun wirst, wenn dieser Laden schließt, würde ich wohl kaum als überkorrekt bezeichnen", murmelte Garrett laut genug, dass ich ihn sicher hören konnte.

Uff. Ich wollte ihm unbedingt eine Tätowiermaschine an den Kopf werfen, nur um seine ordentlich gekämmten Haare durcheinanderzubringen. Hatte ich meine überhaupt gekämmt? Scheiße. Ich glaubte, dass ich das getan hatte.

„Du siehst aus, als ob jemand deinen Hund überfahren hätte."

„Harte Nacht."

Ich schob den Raumteiler zur Seite und betrat meinen kleinen Bereich der Abgeschiedenheit. Ups, nicht heute, weil Garrett eine Sekunde später nachkam.

„Hast du diese schlechte Laune wegen eines Mannes?"

Ich warf einen finsteren Blick in seine Richtung, drehte mich dann im Kreis, fragte mich, wo meine Brille war. Verdammt, wie konnte ich sie ständig verlieren?

„Es ist kein Mann", log ich, hielt dann inne, um mit zusammengekniffenen Augen zu Garrett zu schauen, der neben meinem Schreibtisch stand. „Erinnerst du dich, dass du immer gesagt hast, ich müsste alles und jeden retten? Denkst du, das stimmt immer noch?"

„Das sind die wahrsten Worte, die je von jemandem auf Erden gesprochen wurden." Ich verdrehte meine Augen. „Möchtest du, dass ich all die Tiere aufzähle, die du während unserer Kindheit mit nach Hause gebracht hast oder die Männer, die du vor sich selbst oder der großen, grausamen Welt um sie herum retten musstest? Wage ich es, Rex zu erwähnen, den nicht wirklich geheilten Alkoholiker, den du geschworen hast, mit reiner Entschlossenheit, Liebe und Willenskraft zu retten?"

„Schön, Rex zu erwähnen war vollkommen unnötig."

„Ich schließe meine Beweisführung ab, aber wenn du Beweise brauchst, ich habe eine Liste all der Tiere." Er hob eine Braue an. Ihm diese Tätowiermaschine nachzuwerfen, klang mit jeder Sekunde besser und besser. „Ich bin mir sicher, dass wir die Daten für die Liste ruinierter Männer ebenfalls vervollständigen können, wenn wir ein oder zwei Tage Zeit haben, uns an sie alle zu erinnern."

„Fick. Dich." Ich hob meine Hand, um mit den Fingern durch meine Haare zu streichen, und fand meine Brille. Ich riss sie von meinem Kopf und setzte sie mir auf die Nase. „Schön, es ist ein Mann. Ein junger Mann und mein Gott, Garrett, er hat gewaltige Probleme. Ich kann spüren, dass etwas Dunkles ihn umgibt, aber er ist so ängstlich."

„Gatlin, du musst wirklich überwinden, dass du nicht in der Lage warst, Gina zu retten." Er legte eine Hand auf meinen Schreibtisch. Sein Blick war schmerzerfüllt. „Du kannst unmöglich jeden Menschen retten, der Probleme hat."

„Dieser Mann hat *nichts* mit Gina zu tun!"

„Alles, was du tust, hat mit Gina zu tun", sagte mein

Bruder seufzend, klopfte mir dann auf die Schulter und ging, ehe wir uns wieder prügelten.

Die Glocke über der Eingangstür erklang, als er den Laden verließ. Es erfüllte mich mit Freude zu wissen, dass er fort war, vor allem, weil der Bastard in diesem einen Punkt recht hatte. Alles, was ich tat, ging auf meine kleine Schwester zurück und dass ihr Tod meine Schuld war.

SIEBEN

Bryan

Das Tippen an meinen Helm riss mich so schnell in die Realität zurück, dass ich jaulte und rückwärts taumelte, die Person schubste, die sich in meinem persönlichen Raum befand, dann ein Jersey packte und denjenigen mit mir riss.

„Scheiße!", schrie der Läufer.

„Fuck!", fügte ich hinzu und ließ los, fuhr ein wenig rückwärts, legte dann meine behandschuhte Hand auf mein Herz.

Ten war nach vorne gebeugt, den Schläger quer über den Knien, atmete schwer und mir wurde klar, dass ich wohl mit meinem Blocker zugeschlagen und ihn am Brustkorb erwischt hatte. *Fuck. Scheiße. Nicht Ten.*

Ich näherte mich ihm sofort, lege meine Hand auf seine Schulter und wurde mir dann bewusst, dass wir eine kleine Gruppe der Jungs in den weißen Übungshemden angezogen hatten.

„Alles in Ordnung, Hotshot?", fragte Connor Ten, stupste seinen Hintern mit dem Schläger an.

Ich hätte Ten das fragen sollen, aber ich war wie vom Donner gerührt von der reinen Dummheit dessen, was ich getan hatte.

Ich war so in Gedanken verloren gewesen wegen der verdammten Scheiß-Show, die meine letzte Woche gewesen war, dass ich in einen Tagtraum abgedriftet war.

Einen Anruf von Aarni zu bekommen, gerade bevor ich losgezogen war, um mir mit Gatlin Musik anzuhören, war, was ich gebraucht hatte. Ich fühlte mich zu Gatlin hingezogen und Aarnis Stimme zu hören hätte mich davon abgehalten, dem nachzugeben. Aber es war nicht Aarni, es war irgendein Typ, der Aarnis Handy genommen und genuschelt hatte, als er mir erzählte, dass er bis zu den Eiern in ihm war und ob ich Fotos wollte? Natürlich hatte Aarni das Handy schnell wieder an sich gebracht, aber er war außer Atem gewesen und hatte gelacht und so getan, als ob es überhaupt nichts wäre.

Er irrte sich. Es war *etwas*.

Wut trieb mich dazu, Gatlin zu küssen. Zorn, vermischt mit Schmerz und Enttäuschung wallten in mir hoch und liefen über, brachten mich dazu, den schlimmsten Fehler meines Lebens zu machen. Dann hatte Gatlin den Kuss vertieft und mich berührt und Aarni war in meinem Kopf gewesen, hatte gesagt, dass ich Gatlin nur in die Irre führte und verlangt, dass ich ging.

Zur Hölle, ich war so schnell verschwunden, dass Gatlin mich auf gar keinen Fall einholen konnte, sogar wenn er es versucht hätte, was er vermutlich nicht getan hatte. Ich hatte Glück, dass Aarni durch meine soziale Ungeschicklichkeit hindurch den Mann sah, der ich darunter war. Ich hatte jeden anderen Mann von Sex oder Freundschaft vertrieben.

Aber ich hatte meine verdammte Jacke bei Gatlin gelassen. Was hieß, dass ich sie zurückholen musste. Und was war mit dem Helmdesign? Ich würde ihn erneut treffen und die Enttäuschung in Gatlins Augen sehen müssen, dass er Zeit mit einem Idioten wie mir verschwenden musste.

Verführer.

„Erde an Bryan. Alles in Ordnung bei dir?" Connor redete mit mir und ich kehrte ins Hier und Jetzt zurück.

Adler zog Ten auf. „Mann, Superstar, wenn du mit einem Blocker im Gesicht nicht fertig wirst, wie kommst du dann mit einem vollen Check gegen die Bande klar?"

„Fick dich, Lockjaw", sagte Ten und richtete sich auf. Ich erwartete, dass er in diesem Moment die Kontrolle verlor, mir sagte, was für ein verdammter Idiot ich war, aber er grinste nur und klopfte sich auf den Brustkorb. „Du hast einen ziemlich heftigen rechten Haken, Bry."

Ich schaute auf meine Blockerhand und hob sie hoch.

„Eigentlich ein linker Haken", schaffte ich zu sagen und alle lachten. Nicht über mich, sondern *mit* mir. „Tut mir leid, Ten."

Er schlug mir auf die Schulter. „Mein Fehler, weil ich mich an dich rangeschlichen habe."

„Du bist nicht geschlichen. Ich habe nur nachgedacht, das ist alles."

„Nun, worüber auch immer du nachgedacht hast, es war todernst." Die anderen waren weggefahren, ließen Ten und mich allein und meine üblicherweise tollpatschigen sozialen Umgangsformen zeigten sich.

„Ich habe meinen Mantel bei Gatlin gelassen", platzte ich heraus.

Er warf mir einen Blick zu, mit dem ich vertraut war. Er verstand nicht wirklich, was ich meinte, war aber zu höflich, mich darauf anzusprechen.

„Okaaaay", sagte er und fuhr zurück zur Gruppe. „Wie auch immer, du bist dran."

Ich eilte zum Netz und drehte allen meinen Rücken zu, legte beide Hände auf das Netz und neigte meinen Kopf. Gott sei Dank würden sie meine Idiotie wahrscheinlich auf irgendeine seltsame Goalie-Eigenheit schieben. Schließlich waren sie an Stan gewöhnt. Was ich aber brauchte, waren nur ein paar Momente, um den wilden Schlag meines Herzens zu beruhigen und die Tatsache zu vergessen, dass ich geistig vollkommen ausgestiegen war, über Dinge nachgedacht hatte, über die ich nicht hätte nachdenken sollen.

Ich konnte den Kuss nicht vergessen. Sieben Tage und ich sehnte mich nach einer weiteren Kostprobe von Gatlin oder zumindest einer weiteren Mahlzeit in der Bar, wo wir über Musik reden konnten. Er hatte sich meine Meinungen tatsächlich angehört und hatte mich anscheinend interessant gefunden, bis ich alles versaut hatte.

Aarni hatte mich angerufen, um zu erklären, wer der Fremde mit dem Handy gewesen war. Ein Freund, der ihn besuchte. Das war alles. Der Grund war real und ich akzeptierte sein Bedauern, während ich gleichzeitig von Schuldgefühlen verschlungen wurde.

Vielleicht sollte ich mich einfach von Gatlin fernhalten. Ich hatte genügend Geld, um eine neue Jacke zu kaufen, und ich konnte einen anderen Künstler für den Helm finden.

Aber ich möchte Gatlin sehen.

Ich schuldete dem Mann eine fette Entschuldigung, weil ich mich ihm aufgedrängt hatte, und meine lahme Erklärungstextnachricht am nächsten Morgen war ohne Antwort geblieben. Ich machte mir immer noch Vorwürfe wegen dem, was geschehen war.

Ein dämlicher Anruf von Aarni und ich hatte die Kontrolle verloren. War zu einem verzweifelten Mann geworden, der seine Größe und sein Gewicht nutzte, um einem Mann einen Kuss aufzuzwingen, der vielleicht nicht einmal auf Männer stand.

Du hast gesehen, wie er dich ansieht. Du hast das Regenbogentattoo auf seinem Handgelenk gesehen. Du hast gespürt, wie er dich auf vertraute Weise berührt hat.

Spannung schoss durch mich hindurch und ich fühlte mich krank, Übelkeit kroch in mir hoch und Gott helfe mir, ich dachte, ich würde mich übergeben.

Jemand erschien an meiner Seite und ich wusste, dass es Stan war. Er war in den letzten Tagen immer in meiner Nähe gewesen. Wir hatten ein weiteres Vorsaisonspiel gegen Boston bestritten und ich hatte es so sehr verbockt, dass ich überrascht war, dass ich überhaupt noch einen Vertrag hatte. Zehn Minuten auf dem Eis, fünf Schüsse auf das Tor der Railers und jeder einzelne verfickte Puck war an mir vorbeigekommen. Ich war wie ein Sieb da draußen gewesen und Coach hatte mich vom Eis geholt, hatte Stan wieder rausgeschickt.

Mentale Stärke war lebenswichtig für einen Goalie und mein Raubtiersinn hatte auf spektakuläre Weise versagt.

Stan klopfte an die Rohre. „Gute Rohre, mögen reden."

Ich schaute in seine warmen Augen, sah die Maske auf seinem Kopf, das Logo der Railers dort, in wunderschönem, wirbelndem Rauch, Gatlins Arbeit und etwas packte meinen Brustkorb mit brutaler Kraft.

„Anfassen", befahl Stan und stupste das Netz an und ich tat instinktiv, was mir gesagt wurde, tätschelte, wie Stan es machte, und klebte mir ein Lächeln ins Gesicht. „Ist gut für Kopf", fügte er hinzu und fuhr dann zurück ans andere Ende des Eises zu Coach Gagnon. Was sagte er zu dem Goalie-Coach? Erklärte er, dass ich es verbockte?

Ich zog meine Gesichtsmaske nach unten und wandte mich entschlossen dem Team zu. Sie alle standen in einer Reihe, warteten und plauderten und starrten absolut nicht ihre lahme Entschuldigung eines Ersatz-Goalies an.

Ich beruhigte meine Atmung, beugte mich vor und leerte meine Gedanken, hüpfte dann an Ort und Stelle, beugte meine Knie und war dann endlich bereit.

Ich nickte und Tens Block kam zuerst, ein Geben und Laufen, schnelle Pässe und als meine Hand da war, der Handschuh den Puck fing, war es, als ob ich Stahl in meinem Rückgrat hätte. Zur Hölle mit allem anderen, das war es, was ich liebte und ich war gut darin. Der Rest war nur Lärm.

Das Training endete, ich war verschwitzt, müde und glücklich und wir kehrten in die Umkleide zurück, wobei Adler über Erdbeershampoo und Eiskunstläufer oder irgendwelchen Unsinn in der Art herzog und Dieter ihn immer wieder schubste.

„Ein Wort, wenn du hier fertig bist", sagte Coach Gagnon im Vorbeigehen. Es lag kein Vorwurf in seiner Stimme. Er schien nicht wütend zu sein, aber das Gefühl der Furcht, das diesen Morgen geprägt hatte, kam mit Verstärkung zurück.

Geduscht und angezogen ging ich zum Büro des Coaches, machte Platz, um Jared Madsen herauszulassen, und war nicht in der Lage, ihm in die Augen zu sehen, nach dem, was ich mit Ten gemacht hatte. Er wirkte nicht so, als ob er mich umbringen wollte, das war also eine gute Sache.

Vielleicht hat er es noch nicht gehört.

Ich klopfte an den Türrahmen und Coach Gagnon, der am Telefon sprach und lächelte, bedeutete mir, einzutreten.

„Schließ die Tür, Sohn", sagte er. Die Furcht wurde intensiver, ein totes Gewicht auf meinem Brustkorb. „Setz dich."

Ich nahm den alten Stuhl und schob ihn vom Schreibtisch weg, damit ich in den kleinen Raum passte, der für Besucher blieb.

„Ich kann es besser", sagte ich schnell. „Das mit Ten tut mir leid."

Er ignorierte, was ich gesagt hatte, stützte seine Ellbogen auf den Tisch, presste seine Fingerspitzen aneinander und musterte mich nachdenklich. „Wie geht es dir, Bryan?"

„Gut", log ich. Er gab einen leisen Laut von sich, ein ungläubiges *hmmm* und das war kein guter Laut, vor allem, weil er dazu die Stirn runzelte.

„Wie findest du das Achtsamkeitstraining?"

Ich öffnete meinen Mund, um zu lügen, aber er starrte mich direkt an und ich dachte, dass er mich durchschauen konnte. Ich fand es unmöglich, weil ich still dasitzen und auf meinen Körper hören sollte und das war nicht natürlich. Ich dachte, dass ich das bereits machte, aber nicht auf so direkte Weise.

„Schwierig, Coach."

Er nickte und lächelte sanft und ich war erleichtert, dass ich etwas Richtiges gesagt hatte. Er zögerte für einen Moment und ich fragte mich, ob er noch etwas hinzufügen wollte.

„Schön, es ist so. Ich weiß, wie schwer es ist, von einem anderen Team zu kommen, und ich hätte gerne, dass du ein wenig Hilfe hast, dich hier einzugewöhnen. Ich habe einen Termin mit Mitchell Grafton ausgemacht. Er ist der neue Therapeut für die Railers. Er ist ein ehemaliger Spieler, ein guter Mann und ich hätte gerne, dass du dich mit ihm unterhältst."

Ein Therapeut? Himmel, ich hatte den Großteil meines Lebens damit verbracht, diesen Scheiß zu meiden, und ich suchte hektisch nach einem Grund, warum ich nicht über meine Gefühle reden musste.

„Ich habe mich schon dafür entschuldigt, Ten

getroffen zu haben. Es war ein Unfall. Falscher Ort, falsche Zeit", verteidigte ich mich.

„Ten hat schon Schlimmeres erlebt als einen Blocker gegen den Brustkorb."

„Es war ein Unfall. Er hat mich angesprochen, mich überrascht. Ich war in der Zone."

Die Lüge schmeckte grauenvoll auf meiner Zunge, aber Alain Gagnon war ein ehemaliger Goalie und würde wissen, wie es war, in der Zone zu sein.

Es funktionierte. Er lachte leise, räusperte sich dann. „In Ordnung, du hast einen Termin, der in zehn Minuten losgeht. Geh rauf auf die nächste Ebene und dort in den Raum C dreiundzwanzig."

„Was? Jetzt?"

„Jetzt."

„Aber Coach, ich habe Zeit für Kraft- und Konditionstraining gebucht."

„Das kannst du aufholen."

Er schaute mich ruhig an und ich wusste, dass ich etwas sagen musste, um dafür zu sorgen, dass das alles aufhörte, aber ich würde nicht mit dem Mann streiten, der meine Zukunft in seinen Händen hielt. Er musste nur dem Besitzer oder dem Head Coach sagen, dass ich mental nicht fit für das hier war und dann wäre ich bei den Railers Geschichte.

„Bryan?"

Ich konzentrierte mich wieder auf die Stimme von Coach. „Wie bitte?"

„Das ist nicht verhandelbar."

Aarnis Kichern füllte meinen Kopf. *„Ich wusste, dass du hier keinen Monat durchhalten würdest."*

„Ja, Coach."

So FAND ich mich vor Raum C dreiundzwanzig, die Hand zur Faust geballt, bereit zu klopfen. Ich fühlte mich wieder wie ein Fünfzehnjähriger, der seine Gastfamilie zum ersten Mal traf. Ich wusste damals, dass meine neue Familie so viele Fragen haben würde und es war eine vertraute Furcht, die mich packte. Ich trat von der Tür zurück und lehnte mich an die Wand, war dankbar, dass dieses Zimmer sich in einem gekurvten Flur befand, der dahinter aufhörte. Es gab keinen Grund für irgendjemanden, vorbeizukommen und zu sehen, wie kaputt Bryan Delaney war.

Dann, ehe ich mich noch mehr hinterfragen konnte, klopfte ich an der Tür und trat nach dem gedämpften „Herein" ein.

Ich hatte eine Couch und einen Mann mit grauen Haaren erwartet, der mich anstarrte, während ich mir einen Weg durch mein Leben weinte.

Stattdessen gab es Sofas mit Kissen und Jerseys in Glasrahmen überall an den Wänden. Der Füllerhalter auf dem Schreibtisch war eine Miniatur des Stanley Cups und der Mann, den ich treffen sollte, war auf Händen und Knien am Boden, sammelte auf, was wie ein lebenslanger Vorrat an Heftklammern aussah.

„Scheiße", sagte er. „Tut mir leid, ich bin gleich für dich da. Ich habe diesen Termin erst vor einer halben Stunde bekommen und ich war noch am Auspacken." Er kehrte wieder zu seiner Aufgabe zurück und schob die Heftklammern auf einen Haufen. „Kannst du mir das bitte geben?" Er deutete auf einen Pappbehälter, der in Richtung Tür gerollt war. Ich hob ihn auf und reichte ihn weiter. Er schaufelte alle Heftklammern hinein und stand dann endlich auf, klopfte seine Hose ab und hielt mir seine Hand hin.

„Mitchell Grafton, nenn mich Mitch und du bist Bryan Delaney, der Ersatz-Goalie. Ich habe dich damals zwanzigfünfzehn gegen die Jets spielen sehen. Gute Paraden beim Shootout, gute Hände."

Ich hatte keinen Typen erwartet, der nicht aufhörte zu reden, aber er bestand nur aus Lächeln und Glücklich und Selbstbewusstsein. Ich hasste ihn und wollte wirklich aus diesem Zimmer entkommen.

„Danke", sagte ich stattdessen.

„Setz dich, setz dich." Er wählte ein Sofa, darum nahm ich das andere, lehnte mich zurück in die Bequemlichkeit dunklen Leders und wartete darauf, dass die Fragen begannen. „Sag mir die Wahrheit", fing Mitch an und beugte sich vor, ganz ernst und fokussiert.

Es geht los.

„Ich werde es versuchen", sagte ich.

„Ich habe gelesen, dass du manchmal beim Training deine Augen schließt. Stimmt das?"

Moment. Wo war die Frage nach meinen Eltern oder meinem Sexualleben oder meiner Meinung über Bilder, die ich in Tintenflecken sehen konnte?

„Ja." Ich räusperte mich. „Ich weiß, dass es seltsam ist, aber ich stelle eine Verbindung zum Eis her."

Mitch grinste mich an. „Das ist das Coolste, was ich je gehört habe. Ich habe Hockey auf College-Niveau gespielt, nicht als Goalie, aber als Teil der durchlässigsten Verteidigung in der NCAA. Vielleicht hätten wir alle unsere Augen schließen und eine Verbindung mit dem Eis spüren sollen."

Zieht er mich auf? Lacht er, weil ich seltsam bin?

Das schien er nicht zu tun. Ich konnte nicht sehen, dass er etwas anderes als aufrichtig war.

„Vielleicht", sagte ich.

„Wie dem auch sei, wo fangen wir an? Coach Gagnon wollte, dass ich mit dir über Achtsamkeit rede, aber bevor wir das tun, würde ich gerne ein Gefühl für den echten Bryan Delaney bekommen. Wo bist du geboren?"

Ich deutete auf seinen Schoß. „Brauchst du kein Notizbuch oder eine Akte?"

Er schüttelte seinen Kopf. „Ich mache mir keine Notizen. Ich bin nicht diese Art Therapeut. Ich möchte nur reden, von Mann zu Mann, sehen, wie wir zusammenarbeiten können, um deine Gedanken im Netz ein wenig ruhiger zu bekommen."

„Was, wenn ich das nicht brauche?"

„Wir finden heraus, ob du es brauchst oder nicht und sehen dann weiter."

Resigniert und nicht in der Lage, durch die Tür zu fliehen, verflocht ich meine Finger auf meinem Schoß, meine Handflächen schwitzten, mein Brustkorb verengte sich und ich stählte mich für alle möglichen bohrenden Fragen. Beginnend mit meinem Geburtsort, was zu meinen Eltern führen würde.

„Ich wurde in Kanada geboren", sagte ich, ehe er mich erneut fragen konnte. Ich hatte diese Geschichte sorgsam ausgeklügelt und wenn man genau hinsah, stand das alles in meiner Biografie. „Mein Dad war Mechaniker, meine Mom war eine Sekretärin in der örtlichen katholischen Kirche. Ich bin in der Stadt, in der ich geboren wurde, zur Schule gegangen, habe mit vier mein erstes Hockeyspiel zusammen mit meinem besten Freund Darren gespielt und bin mit fünfzehn zu einer Gastfamilie nach Erie gezogen."

Mitch schaute mich eindringlich an. „Lass uns zum Anfang gehen."

Bitte nicht.

„Warum?"

„Ich möchte nur ein klareres Bild bekommen."

Wut flammte in mir auf. Was zur Hölle gab den Railers das Recht, mehr zu wissen als die Grundinformationen? Ich gehörte ihnen jetzt, aber all diese Dinge aus meiner Kindheit waren nicht wichtig. Mir lagen genau diese Worte sogar auf der Zunge, aber Mitch war schneller.

„Dein Dad war also ein Mechaniker, deine Mom eine Sekretärin. Hat einer von ihnen Hockey gespielt?"

Ich konnte das geschnaubte Lachen nicht unterdrücken, als ich mir vorstellte, wie meine Mutter mit saurer Miene auf Kufen stand oder mein Dad vollkommen betrunken versuchte, auf dem Trockenen aufrecht zu bleiben, ganz zu schweigen von Eis. Natürlich war das genau falsch, weil ich ein Aufblitzen von Interesse in Mitchs ruhigem Blick sah.

„Wie bist du zum Hockey gekommen?"

„Der Onkel meines besten Freundes war ein Coach und unser Priester. Er hat uns beide mitgenommen."

„Priester? Bist du praktizierender Katholik?"

„Nein."

Das war eine Büchse der Pandora, die ich *nicht* öffnen würde und ich nahm an, mein Tonfall reichte aus, dass er das Thema fallen ließ. Die Wut in mir war wie Säure unter meiner Haut und ich musste mich verdammt anstrengen, um auf dem Stuhl still zu sitzen.

„Du hast dein Elternhaus mit fünfzehn verlassen."

Nicht einen Tag zu früh.

„Eine Menge Hockey-Kinder werden zum Spielen ausgewählt und wohnen dann bei neuen Familien."

„Ich weiß. Erzähl mir von der Familie, bei der du gelandet bist."

„Daisy, meine Gastmutter, ist mit George verheiratet und sie haben zwei eigene Kinder, Emma und Tom. Ich habe meine Zeit bei ihnen geliebt, bis die Auswahl mich nach Arizona zu den Raptors verschlagen hat."

„Aber du warst zu Hause in Kanada nicht glücklich?"

„Das habe ich nie gesagt."

Mitch runzelte die Stirn und schüttelte seinen Kopf. „Die Raptors sind ein hartes Team." Er ging nicht ins Detail und ich würde nichts verraten. „Stehst du deiner Gastfamilie immer noch nahe?"

Als die Therapiestunde beendet war, wusste Mitch sehr wenig über mein wahres Ich und ich hatte ihm ganz bestimmt nichts über die ersten fünfzehn Jahre meines Lebens erzählt oder wie ich dabei erwischt worden war, den Neffen des Priesters zu küssen, oder warum ich kein Katholik mehr war. Zur Hölle, ich hatte ihm nicht einmal erzählt, dass Aarni mein fester Freund war, obwohl ich ihm gesagt hatte, dass ich schwul war.

Er zuckte mit keiner Wimper wegen irgendetwas, das ich mich herabließ, ihm zu erzählen. Ich gratulierte mir zu meinem Erfolg und fühlte mich tatsächlich ruhiger, darum war vielleicht an dem ganzen Reden doch etwas dran.

„Danke, dass du zu mir gekommen bist", schloss Mitch und schüttelte meine Hand. Ich hatte es bis in den Flur geschafft, war in Richtung der Treppe unterwegs, als er mir nachrief: „Selbe Zeit am Freitag?"

Ich winkte ihm, sagte aber nicht, dass ich da sein würde. Das war alles, was ich im Moment schaffte. Ich war erschöpft davon, die Wahrheit zu umgehen und die Vergangenheit zu meiden, und mein Kopf schmerzte.

Es half nicht, als Ten mich bei den Spinden in die Ecke drängte, während ich gerade das dicke Fleece herausholte, das meine Jacke ersetzt hatte.

„Schau auf dein Handy. Da ist eine Einladung für eine Vorsaison-Party bei uns. Bier, Quatschen und ich glaube, Jared grillt."

„Ich bin mir nicht sicher, ob ich es schaffe", platzte ich heraus und dann wurde mir klar, was ich getan hatte. Er hatte nicht einmal ein Datum erwähnt und ich hatte mich ins Aus geschossen. Das Letzte, was ich wollte, war, das Team in geselliger Runde zu treffen. Wenn die Raptors sich außerhalb von Hockey trafen, war das eine Entschuldigung, sich zu betrinken und auf jeden loszugehen, der Schwäche zeigte. Der stille Goalie stand bei allen ganz oben auf der Liste. Aber glaubt nicht für einen Moment, dass ich nicht schnell denken kann. „Ich wasche mir da die Haare", scherzte ich und verwandelte das alles in einen Witz.

Ten wechselte von verwirrt zu glücklich in einer Millisekunde und wir schlugen unsere Fäuste aneinander.

„Sonntag, Beginn um vier, Einzelheiten auf dem Handy."

Dann ging er, in seiner coolen Railers-Jacke und ich schaute auf mein dämliches Raptors-Fleece und warf es wieder in den Spind.

Ich mochte nicht lange bei den Railers sein, aber ich konnte mir eine der Jacken besorgen und sie später auf eBay verkaufen, wenn sie mich rauswarfen.

Ich hatte zwei Vorsaisonspiele, um zu beweisen, dass ich kein Rohrkrepierer war, und meine Position als legitimer Ersatz für Stan zu zementieren und eine Teamparty zu überstehen, ohne wie ein Idiot auszusehen.

Aber ich konnte nur an Aarni denken und die Blondine oder den unbekannten Mann am Handy oder Gatlin und seine sanfte Stimme und seine freundlichen Augen.

Und ich hatte das alles so satt.

ACHT

Gatlin

„Du kommst."

Ich schaute zu dem Russen auf, der auf meinem Stuhl saß, etwas Farbe auf ein neues Tattoo bekam. Stan starrte mich an.

„Du kommst."

„Stan, ich weiß das Angebot zu schätzen, aber das ist doch sehr spontan. Vielleicht habe ich für diesen Abend etwas geplant."

„Was für Plan? Du hast besseren Plan als Party mit uns?" Er starrte direkt in mich hinein. Ich richtete meine Aufmerksamkeit wieder auf das sanfte Blau, das den Baby-Hasen auf seinem Handgelenk ausfüllte. Ein kleiner blauer Hase. Ganz pelzig und anbetungswürdig, mit dem Namen seines Sohnes zwischen die Blumen tätowiert, in denen Noah, der Hase, herumhüpfte. Nun, Noah war eigentlich Eriks Sohn, aber das konnte man Stan nicht erzählen. Oder Stans Mutter. Dieser Junge gehörte genauso zu ihnen, wie er zu Erik gehörte.

„Ich habe nicht gesagt, dass ich etwas vorhabe. Ich

habe nur gesagt, dass dem so sein könnte. Alles in Ordnung?" Ich hob den Blick wieder, zog die Nadel von seiner Haut fort, nachdem er seine Hand bewegt hatte. „War es am Pulspunkt zu intensiv? Viele Leute beschweren sich darüber. Wir können eine Pause machen."

„Nein, ist gut in Ordnung für Pulspunkte. Ich muss hören, dass du kommst. Große Party. Wir bringen Mama und Noah. Viele Ehefrauen und Kinder. Ein Bier nur weil hart trainieren für neue Saison. Haben gute Zeit. Du kommst."

Ich seufzte. „Stan ..." Es war nicht so, dass ich nicht gehen wollte. Das wollte ich wirklich. Ich liebte die Jungs im Team und war irgendwie von dem Gedanken geschmeichelt, dass ich zu ihrem inneren Kreis gehörte. Aber wo die Railers waren, würde ganz sicher Bryan sein und dieses ganze schwärende Durcheinander musste erst noch gelöst werden. Warum? Oh, weil der große böse Tätowierer nicht die Eier in der Hose hatte, den Mann anzurufen, was umgekehrt genauso zu gelten schien. Dieser Kuss hatte die Dinge von bloßer Attraktion zu fick-mich-jetzt erhöht und ich war mir nicht sicher, ob Bryan damit einverstanden war –

„Du siehst albern aus."

„Ich wurde so geboren", scherzte ich zurück, um meinen Ausfall zu überspielen.

Stan kicherte, ballte dann seine Faust, um, wie ich vermutete, das Kribbeln in seinen Fingern loszuwerden.

„Du sexy alter Mann."

„Danke." Ich lachte leise, setzte mich aufrecht hin,

um die Verspannungen loszuwerden, die über seinen Arm gebeugt zu sein mir eingebracht hatten.

„Ich meine nicht alter Mann. Alter Mann wie junger Mann, aber nicht so alt, dass Schwanz nicht mehr gut arbeitet. Siehst du? Ich mache klar wie sonnigen Tag im Gesicht!"

Ich hatte keine Ahnung, was er gerade gesagt hatte. „Ja, klar wie sonniger Tag im Gesicht."

„Ah, wir reden gutes Gespräch. Du kluger Mann. Klug kommt mit alt. Also kommst du."

Ich verschränkte meine Arme vor meinem Brustkorb, die Tätowiermaschine in meiner rechten, mit Latex bedeckten Hand. „Wirst du mir auf die Nerven gehen, bis ich nachgebe?"

Er nickte nachdrücklich. „Ich gehe sehr auf die Nerven. Du kommst. Siehst Freunde. Isst gutes Essen. Hüpfst Baby Noah auf Knie. Du kommst."

„In Ordnung, ich gebe auf." Ich hielt meine Hände in die Luft. „Ich komme. Schreib mir, wie ich zu Tennants und Jareds Wohnung komme."

Sein Grinsen war breit und aufrichtig. „Ist gut, dass du kommst! Du wirst sehen. Große schöne Zeit für alle."

Ich bezweifelte, dass der Sonntagabend mit großer schöner Zeit für alle gefüllt sein würde, aber wenigstens war es besser, als herumzusitzen und Bryans Jacke anzustarren, während ich an mir selbst herumspielte.

„Jetzt mach Arbeit an neuem Noah-Tattoo."

„Du warst es, der mich abgelenkt hat", betonte ich mit einem leisen Lachen.

Stans Lächeln wurde breiter. „Ja, aber du kommst jetzt. Ablenken macht Arbeit sehr gut."

. . .

DER SONNTAG KAM und ich war mir ziemlich sicher, dass nicht viel sehr gut oder auch nur ein wenig gut sein würde. Ich fühlte mich dumm, schlecht angezogen, zu verdammt alt und wollte gerade an Jared Madsens Tür klopfen, mit Bryans Jacke über meinem Arm. Scheiße. Vielleicht hätte ich zurückgehen und sie in mein Auto werfen sollen. Ja, gute Idee. Ich rannte zurück zu meinem Auto, deponierte die Jacke dort und joggte dann wieder zu Jareds Tür und klingelte *dann*. Ich konnte von hier draußen die Party hören. Als die Tür aufgerissen wurde, drang der Klang von Lachen, sowohl von Erwachsenen wie von Kindern, in den frühen Oktoberabend.

„Gatlin, Kumpel, ich freue mich, dass du Zeit hattest!" Tennant packte meine Hand, schüttelte sie und zog mich dann in sein Heim. „Hey! Unser Tattoo-Mann ist da."

Alle in dem geschmackvoll eingerichteten Apartment begrüßten mich. Ich hob meine Hand und mein Blick flog zu Bryan, der neben einem alten Piano stand. Ihn zu sehen, saugte mir die Luft aus den Lungen. Wie war es möglich, dass er sogar noch besser aussah als das letzte Mal, als ich ihn gesehen hatte? Dieser zittrige Kuss blitzte in meinen Gedanken auf, als wir dastanden, einander anstarrten, während ich mit Ten und Jared plauderte. Sie drückten mir ein Getränk in die Hand. Zwei Jungen rannten an uns vorbei, einer prallte gegen Tennants Bein und dann davon ab.

„Also ja, ich tue mein Bestes, Bryan zu überreden,

sich unserer Pokémon-Gruppe anzuschließen, aber er
ziert sich extrem. Denkst du, du könntest vielleicht mit
ihm darüber reden, wie wenig es wehtut, ein neues
Tattoo zu bekommen?"

Ich hob eine Braue in Tennants Richtung. Der Junge
hatte den Anstand, ein wenig beschämt auszusehen.

„Schön, sie tun *irgendwie* weh, aber er zögert nur, weil
… nun, ich weiß nicht warum. Ich weiß, dass er
mitmachen möchte, weil es schließlich Pokémon ist, aber
jedes Mal, wenn wir die Sache mit dem Tattoo
erwähnen, wird er ganz bleich und so."

„Vielleicht will er einfach kein Tattoo. Nicht alle von
uns möchten so etwas, Tennant", warf Jared ein. Seine
Hand lag auf Tens muskulösem Nacken, direkt über
Rowes eigenem Tattoo.

„Vielleicht, aber ich glaube, wenn er einfach mit
einem Profi darüber reden würde …"

„In Ordnung, ich werde mit ihm über Tattoos
reden."

„Du bist der Beste." Ten und ich stießen die
Fingerknöchel aneinander und dann wanderte ich in
Bryans Richtung. Jeder Schritt wurde von
Hockeyspielern oder ihren Frauen verzögert, von
denen sich viele ebenfalls von mir hatten tätowieren
lassen, bis ich fünfzehn Minuten später endlich vor
dem Mann stand, der seit Tagen meine Träume
heimsuchte.

„Du bist beliebt", bemerkte Bryan, der eine Dose
Ananas-Limonade hielt.

Ich hatte noch nie zuvor Ananas-Limonade gesehen.
„Ist das ein kanadisches Ding?", fragte ich, deutete mit

meiner guten alten Dose Coke auf die gelbe Dose in seiner Hand.

„Oh, nicht, dass ich wüsste. Stan hat gesagt, dass das ein amerikanischer Klassiker ist."

„Stan ist wahrscheinlich nicht die Person, mit der man über amerikanische Traditionen reden sollte."

„Wahrscheinlich nicht." Er hob seinen Blick von der Limo in seiner Hand. Unsere Blicke trafen sich und ließen nicht mehr los. „Ich nehme an, du fragst dich, warum ich in dieser Nacht gegangen bin."

„Nein, ich habe eine ziemlich gute Vorstellung, warum du weggelaufen bist. Ich mache dir Angst."

Seine hübschen Augen blitzten für einen Moment auf. Dann atmete er aus. Es klang auf verzweifelte Weise traurig. „Irgendwie, ja."

„Du machst mir auch irgendwie Angst."

Sein Blick wurde ein wenig wärmer. Der Impuls, mich vorzubeugen und meinen Mund auf seinen zu legen, war groß und ich hätte es getan, zum Teufel mit den Konsequenzen, wenn da nicht die Kinder mit den aufblasbaren Hockeyschlägern mit dem Dampflok-Logo der Railers herumgelaufen wären.

„Ich habe deine Jacke."

„Ja, ich weiß."

Das hier lief super. Wenn ein Auto über eine Klippe zu jagen super war.

„Ich wette, dich friert ohne sie."

Er zuckte mit den Schultern.

Ich war jetzt hin- und hergerissen, an seiner Zunge zu saugen oder ihn wie eine Rassel zu schütteln. Beides hätte Sinn ergeben.

„Gatlin."

„Bryan."

Wir blinzelten uns an, nachdem wir beide gleichzeitig gesprochen hatten. Ich drängte mich in die peinliche Stille, die folgte.

„Bryan, wie wäre es, wenn wir austrinken und irgendwohin gehen, um zu reden. Ich denke, das wäre wirklich nötig."

Er nickte langsam, aber überzeugt. Ich werde nicht sagen, wie glücklich mich diese Kopfbewegung machte. Ein Baby fing hinter mir zu weinen an. Ich schaute hinter mich und sah Stans Erik, der versuchte, seinen unruhigen Sohn zu beruhigen. Stan rieb den Bauch des Jungen sanft, aber der Kleine war auf bestem Weg zu einem richtigen Heulanfall, so wie seine Lautstärke anschwoll.

„Ich denke, er hat queren Furz", verkündete Stan dem Raum. Mehrere Leute, wahrscheinlich Eltern, kicherten und der Rest von uns gluckste einfach nur über Stan. „Oder ist wütend wegen hässlicher Musik im Radio. Tennant, finde uns guten Babysong."

„Äh, nun, ich kann nicht einfach Kindermusik aus dem Hut zaubern", meinte Tennant.

„Spiel etwas für den Jungen. Das wird vielleicht seine schlechte Laune lindern", schlug Jared vor, als Noah immer lauter wurde. „Ryker hat es immer geliebt, wenn ihm etwas vorgesungen wurde."

„Stimmt, in Ordnung, ich kann etwas spielen. Bring ihn hierher." Tennant schob sich an mir vorbei. Ich trat in den kleinen Raum links von Bryan. Unsere Arme rieben mit warmer Vertrautheit aneinander und ich war begeistert, dass er vor der Berührung nicht zurückwich.

Ten setzte sich auf den Klavierhocker, Jared legte seine Hände auf Tennants breite Schultern. Stan machte es sich auf dem Sofa neben Tennant bequem, Erik stand hinter dem großen Russen. Die Leute fingen an, sich um das Piano zu sammeln. Ich hatte keine Ahnung gehabt, dass Tennant Rowe Klavier spielen konnte, auch wenn er vielleicht einmal Noten für einen Panic! At the Disco Song während eines seiner Tätowier-Termine erwähnt hatte.

„Ich glaube, ich habe ein altes Buch voller Disney-Lieder", sagte Ten, während er zwei große Stapel Notenbücher durchging.

„Sie sind unter dem Bach", meinte Jared. Ten schenkte ihm ein strahlendes Lächeln, zog dann das Buch unter den losen Blättern voller Linien und Noten hervor. Für mich war das alles unverständlich. Ich liebte Musik zutiefst, konnte aber keine Noten lesen.

„Schön, es geht los." Ten tippe auf eine Taste und Noah schniefte ein wenig, sein Geschrei hörte abrupt auf. Stan tupfte die runden, nassen Wangen des Jungen mit einem Taschentuch trocken. „Mag er Winnie Puh?"

„Ja, er mag Puh und Ferkel sehr. Auch Tigger!", antwortete Stan, ließ den Jungen auf seinem Knie hüpfen.

Mehrere der älteren Kinder schlängelten sich durch die Erwachsenen. Ten lächelte sie alle an und spielte dann. Noahs Augen wurden rund wie Suppenteller, seine Unterlippe hörte auf zu zittern. Tennant fing an, mit einer so schönen Stimme, dass ich vor Schock ganz

baff war, darüber zu singen, sich zu strecken und zu
bücken und den Boden zu berühren. Als die nächste
Strophe begann, sang jedes Elternteil in dem großen
Apartment mit, genau wie ein Großteil der Kinder.
Noah lief vor Freude der Speichel aus dem Mund, seine
Augen funkelten.

Bryans Fingerknöchel strichen über meinen
Handrücken. Ich schaute zur Seite und war mir nicht
sicher, was ich in seinem Blick sah. Überraschung,
vielleicht, gemischt mit einigen anderen starken
Emotionen. Wollte er, dass ich vor allen hier seine Hand
nahm? Nein, sicher nicht. Ich reagierte, indem ich seine
Fingerknöchel mit meinem Zeigefinger kitzelte. Seine
Lippen zuckten ein wenig. Ich war erfreut. Man stelle
sich einen Mann meines Alters und mit meiner
grauenvollen Romantik-Historie vor, der sich über etwas
so Simples wie ein leichtes Streicheln von Haut über
Haut freute. Es war verrückt. *Ich* war verrückt.

Als das Lied zu Ende war, quietschte Noah vor
Freude, die Gäste klatschten und Ten ließ seinen Kopf
nach hinten fallen, wo er an Jareds Bauch ruhte. Unser
Defensiv-Coach beugte sich nach unten und küsste
seinen festen Freund so liebevoll, dass es mich innerlich
schmerzte. So sah Eifersucht aus.

„Willst du jetzt reden?", flüsterte Bryan neben
meinem Ohr.

„Gern."

Wir schummelten uns irgendwie durch die Gruppe
aus Männern, Frauen und Kindern und schlüpften nach
draußen, um zu entkommen. Ich holte seine Jacke vom
Rücksitz meines Autos und reichte sie ihm. Er schob

seine langen Arme hinein, hatte dabei ein unsicheres Lächeln auf den Lippen.

„Danke."

„Also, wo wollen wir hingehen, um zu reden?"

„Es tut mir leid wegen letztem Mal, als wir zusammen waren."

In Ordnung. Wir würden wohl hier reden. Auf dem Parkplatz von Jareds relativ vornehmen Apartmentgebäude.

„Mir auch", gab ich zurück. „Bryan, vielleicht sollten wir das irgendwo machen, wo es weniger zugig ist als auf diesem Parkplatz."

Er sah sich um, als ob er vergessen hätte, dass wir im Freien standen. „Ja, stimmt, äh, zu dir?"

„Klar." Ich setzte mich in mein Auto, nachdem ich ihm ein unsicheres Lächeln geschenkt hatte. Er folgte mir in gemächlichem Tempo. Wir parkten vor dem Laden und gingen nach hinten, er hinter mir und die quietschenden Metallstufen hinauf. Auf dem Fußabstreifer zusammengerollt lag dieser schwarze Kater. Er schien nicht vorzuhaben, sich zu bewegen, darum stieg ich über ihn, nachdem die Tür aufgesperrt war.

„Soll ich die Tür für deine Katze auflassen?", fragte Bryan, als er an dem Kater vorbeiging, der auf dem Abstreifer döste.

„Das ist nicht meine Katze." Ich wurde meinen Mantel los und warf ihn über meinen alten Lieblingssessel. Ich holte tief Luft und drehte mich um. Bryan schloss die Tür sachte, als ob er Angst hatte, den schlafenden Kater einzuklemmen. Es war ein ziemlich niedlicher Anblick. Und da war es – dieses dämliche, glückliche Gefühl. Um Himmels willen. Das war albern. Man könnte meinen, dass ich noch nie zuvor geküsst worden war.

„Möchtest du etwas trinken?"

„Nein, ich will keinen matschigen Kopf und wir werden bald die Saison eröffnen." Er legte seine Jacke ab und platzierte sie genau dort, wo sie zuvor gewesen war. Ich konnte nicht anders, als ihn anzuschauen. Seine schwarze Jeans passte ihm gut, genau wie das langärmelige Oberteil, das er unter einer weichen grauen Weste trug. „Bist du wütend auf mich?"

„Nein, überhaupt nicht. Ich fühle mich ein wenig verlottert, um ehrlich zu sein", scherzte ich, zupfte an meinem Lieblingspulli, einem alten, rostfarbenen Teil, das Rex, der Arsch, mir geschenkt hatte. „Das hier ist für mich schon Herausputzen." Ein alter Pulli und abgewetzte Levi Strauss Jeans. Typisch Gatlin.

„Du siehst gut aus. Ich meine …" Er schlug eine Hand auf seinen Nacken. „Gut, wie gut gekleidet für eine Party. Lässig. Ich habe immer das Gefühl, dass ich … äh, mehr tun muss."

Scheiße, das war unangenehm. Erotische Pulse tanzten zwischen uns, aber ich hatte keine Ahnung, wie ich mit ihnen umgehen sollte.

„Wir sollten uns setzen." Da, das war gut. Sitzen war besser als stehen. Du liebe Güte, was war ich doch für ein Idiot.

Aber wir setzten uns, nachdem wir es geschafft hatten, eine Musik auszusuchen, ohne einander wirklich anzusehen. Wir einigten uns auf Rush, bevor wir zueinander gewandt Platz nahmen.

„Hast du sie je live erlebt?", fragte Bryan, glitt ohne Probleme in ein Gespräch über Musik. Über Rock-Bands zu plaudern war nicht wirklich das, was ich gehofft hatte zu tun, aber wenn ihn das beruhigte, konnten wir die ganze Nacht über Rush reden.

„Einmal, in den späten Achtzigern. Ich war damals acht oder neun. Garrett, mein älterer Bruder, war neunzehn und hat mich mitgenommen. Ich habe einen Riesenaufstand gemacht, bis er zugestimmt hat, mich mitzunehmen. Meine kleine Schwester, Gina, sie war erst zwei. Sie wollte auch mitkommen, aber Garrett wollte kein Kleinkind mit zu einem Rush-Konzert nehmen. Das war mein erstes Rock-Konzert. Sie waren phänomenal."

„Hat deine Schwester sie je spielen sehen? Sie waren erst vor ein paar Monaten auf Tour", sagte er, beeindruckte mich mit seinem Wissen über die Welt des Rock.

„Nein, sie, äh, sie hat sie nie gesehen."

Dieses Mal initiierte ich etwas. Es war linkisch und dämlich, beinhaltete ein verpeiltes Vorlehnen, das damit endete, dass wir mit den Nasen aneinanderstießen. Ja, ich versuchte einen Kuss, um ihn davon abzulenken zu fragen, warum Gina Rush nie gesehen hat.

Weil ich sie habe sterben lassen, das ist der Grund. Jetzt halt den Mund und küss mich und lindere den Schmerz.

Er neigte seinen Kopf, seine Augen glühend und heiß, dann öffnete er sich für mich, als ich es erneut versuchte.

Ich kroch über ihn, seine Zunge suchte in meinem Mund herum, seine Hände glitten unter meinen Pulli. Ich stieß ein wenig gegen ihn, mein Schwanz spießte in seinen Bauch. Er war ein schlaksiger Mann, seine kräftigen Beine verflochten sich mit meinen, als wir ,über alles redeten'. Seine Küsse machten mich heiß und hart, killten meine Gedankengänge, bis ich nur noch an seine Haut vom Kopf bis zu den Zehen auf meiner denken konnte.

„Du bist köstlich." Ich keuchte, als wir damit kämpften, meinen Pulli auszuziehen und dann an seiner Weste und seinem Hemd arbeiteten. Als wir von der Taille aufwärts nackt waren, packte er meinen Kopf, seine Hände so groß wie Teller, die sich um die Seiten meines Schädels legten und meinen Mund zurück zu seinem führten. Wir holten ein paar Minuten später Luft. „Ich meine damit wahrscheinlich der verführerischste Geschmack, der je meine Geschmacksknospen berührt hat."

Er lächelte. Heilige Scheiße, dieses Lächeln erhellte den Raum. Nein, es erhellte wahrscheinlich den ganzen verdammten Block.

„Ich mag es, dich zu küssen." Dann seufzte er, zog an meinem Hals, bis unsere Münder wieder zusammengeschweißt waren. Ich leckte tief hinein, rollte meinen Schwanz an ihm, bekam ein langes Knurren, das mich beinahe in meiner Unterhose kommen ließ. Das würde einfach nicht passieren. Nicht einem Mann, der die Vierzig deutlich am Horizont sehen konnte.

„Wir sollten … Scheiße", keuchte ich, versuchte,

seine Lippen zu verlassen, und stellte fest, dass es
unmöglich war.

Ich liebkoste seinen Hals. Seine Finger bearbeiteten
das Fleisch an meinem Rücken, seine Fingerspitzen
gruben sich tief ein, als ich hungrig saugte. Ein
vertrautes Kribbeln in meinen Eiern brachte mich dazu,
mich ein wenig zurückzuziehen. Ich setzte mich auf
mein Sofa, meine Lungen machten Überstunden, um
Sauerstoff zu bekommen. Er lag da, der Rücken flach
auf dem Sofa, die Beine gespreizt, die Lippen
geschwollen und sein Brustkorb arbeitete so heftig wie
meiner. Ich legte meine Hand auf seinen Brustkorb,
direkt auf sein Brustbein. Es gab dort eine feine Linie
dunkler Haare. Sie waren kraus und kitzelten meine
Handfläche. „Jetzt da wir das erledigt haben, sollten wir
wirklich reden."

Bryan leckte seine geschwollenen Lippen, nickte
dann.

Gut. In Ordnung. Ich hatte die Kontrolle
übernommen, bevor ich mich blamiert hatte.

„Ich brauche ein Bier."

„Gerne. Hast du Wasser?"

„Äh, vielleicht?" Ich stand auf, schob die
beeindruckende Erektion zur Seite, die versuchte,
meinen Reißverschluss zu sprengen, und ging mit
einiger Unbequemlichkeit in die Küche. Ich musste ein
wenig suchen, bis ich eine Flasche Wasser fand, aber das
tat ich und dann kehrte ich mit Getränken für uns beide
zurück und setzte mich neben ihn.

„Es ist mit Kiwi-Geschmack. Jess muss es für mich
hiergelassen haben. Sie will unbedingt, dass ich besser

auf mich achte." Ich reichte ihm das Wasser und zog den Verschluss von meinem Bier. Bryan saß bequem da, sein Rücken war tief in die Kissen gedrückt.

„Ich bin mir nicht sicher, ob ich je eines mit Kiwi getrunken habe", murmelte er, als ich mich vorbeugte, um meine Ellbogen auf meine Knie zu stützen. Mein Bier baumelte von meinen Fingern. Ich musste mir etwas einfallen lassen, wie ich ihn dazu bringen konnte, sich ein wenig zu öffnen.

„Nein, ich auch nicht. Wann wusstest du, dass du auf klassischen Rock und Metal stehst?"

Er nippte an seinem Wasser, verzog ganz furchtbar das Gesicht, was mich zum Lachen brachte und reichte mir dann das Kiwi-Wasser zurück.

„Tut mir leid, aber das ist widerlich und ich habe schon einige eklige Protein-Drinks getrunken."

„Schon gut. Ich werde es ihr nicht erzählen. Also, Metal. Sag mir, wie du dich in seinen verführerischen Armen wiedergefunden hast."

Ich lehnte mich in das Sofakissen. Bryan starrte mich seltsam an. „Es gefällt mir, wie du die Dinge formulierst. Wie Rock einen Verführer zu nennen. Das ist er ja irgendwie, oder? Ich meine damit, die Lyrics sind so rein, so brutal wahr, dass man sich ihnen hingeben muss."

„Genau. Rush zum Beispiel. Wenn man die Worte von *Free Will* wirklich anhört und absorbiert, dann muss man – was?"

Sein Mund war auf meinem, ehe ich meine Aussage über Rush beenden konnte. Irgendwie schade, weil ich einen exzellenten Punkt hatte ansprechen wollen, aber sogar wenn es um mein Leben gegangen wäre, als seine Zunge sich mit meiner verflocht, konnte ich mich nicht erinnern, was dieser gute Punkt gewesen war.

Dieses Mal presste er sein Gewicht gegen mich, stieß mich zurück gegen und über den Arm des Sofas, sein Bein rutschte zwischen meine. Der Mann war ein verdammt guter Küsser. Hungrig. Am Verhungern sogar. Die Wölbung seines Schwanzes stupste gegen meine Hüfte. Wir beide holten scharf durch unsere Nasen Luft, weil wir es nicht wagten, uns lange genug zu trennen, um vernünftig zu atmen. Ich wollte ihn auf eine Art und Weise, wie ich einen Mann … wahrscheinlich noch nie gewollt hatte. Ich rieb meine Hände über seine Arme, liebte das Anschwellen und Nachgeben seines Bizeps, als er seinen langen, harten Schwanz an mir entlang stieß. Mein eigener Schwanz war ebenfalls steinhart. Dieses Petting und Trockenficken war nett, aber nach ein paar langen Strichen meiner Zunge über seine, mussten wir das hier auf die nächste Ebene bringen oder es gut sein lassen.

Ich schob meine Hand zwischen uns, suchte nach seinem Reißverschluss, der Druck seiner Erektion an meiner Handfläche brachte mich dazu, in seinen Mund zu stöhnen. Mit einem Zucken seiner Hüften fand ich den Reißverschluss und zog ihn nach unten. Da ich ein ungeduldiger Mann bin, stopfte ich meine Hand in seine Hose, fand den Gummibund seiner Unterwäsche, glitt dann unter das Material. Ich strich über seine Eichel. Ein feuchter Pfad aus Liebestropfen nässte meine Knöchel, als ich nach der Basis seines Schaftes suchte.

Gerade als ich meine Finger um ihn schloss, verspannte er sich.

Innerlich fluchend ließ ich ihn los und er rollte von mir herunter auf ein Knie und kam dann ungeschickt auf die Beine. Ich lag da, hart wie ein neuer Vorschlaghammer, außer Atem, meine Eier schwer vor Lust, schaute zu ihm, wo er am Ende des Sofas stand, und fragte mich, ob er sich bereitmachte, erneut wegzulaufen. Ich hielt seinen Blick, stand dann langsam auf und kam auf ihn zu, streckte die Hand nach ihm aus, meine Finger strichen über seinen Hals und dann herum, um seinen Schädel zu umfassen. Ich würde ihn nicht fliehen lassen, ohne ein letztes Mal zu versuchen, ihn dazu zu verführen, bei mir zu bleiben. Er beugte sich in den Kuss und ich stellte absolut sicher, dass es einer der besten Küsse war, die ich je gegeben hatte.

NEUN

Bryan
_____

Als wir uns trennten, war nicht nur ich es, der von den Küssen benommen war. Gatlin war errötet und er lächelte mich an und dann beugte er sich für mehr vor.

Und ich konnte nur denken, was zur Hölle hatte ich getan? Ich war in einer Beziehung und ich hatte einen anderen Mann geküsst. *Mann, mein Kopf war krank.*

Ich war entsetzt, dass ich in Gatlins Arme geschmolzen war und Reue darüber, ihm falsche Tatsachen vorzuspiegeln, kämpfte mit Erregung. Dieses Küssen und dann Weglaufen wurde ermüdend und ich musste mich erklären. Ich schüttelte Gatlins Griff schnell ab und trat zurück, bis mein Hintern gegen den Tisch knallte.

„Es tut mir leid." Ich hatte keine Worte, um das, was ich gleich sagen würde, zu entschuldigen.

Gatlin trat näher, ein Lächeln wölbte seine Lippen, sein Blick war sanft und seine Tattoos klar zu sehen in dem Licht, das aus der Küche drang.

Ich fragte mich, was sie alle bedeuteten? Er hatte so viele.

Ich wollte fragen, aber das war eine Ebene der Intimität, die ich im Moment nicht betreten wollte. Nicht, bis ich die Dinge zwischen uns geklärt hatte. Was ich für Gatlin empfand, war explosiv, so viel mehr als der Sex im Verborgenen, den ich mit Aarni gehabt hatte. Aarni küsste nicht oder umarmte mich oder verbrachte zehn Minuten damit, die Form meines Körpers nachzufahren. Sex mit Aarni war rau und schnell und schmerzhaft und wütend. Aarni drückte mir seine Autorität auf, als ob es beim Sex darum ging.

Und ich nahm es hin, weil ich dachte, dass so eine Beziehung aussehen musste. Aarni war mein einziger Referenzrahmen dafür, was von einem anderen Mann erwartet wurde.

An diesem Abend hatte ich es mit Gatlin nicht einmal ins Bett geschafft, aber ich schwöre, ich hatte in dieser kurzen Zeit mehr gefühlt als in den drei Jahren, die ich mit Aarni zusammen war.

„Ich habe einen festen Freund", sagte ich und wartete auf den Wutausbruch.

Gatlin stoppte. Blieb keine zwei Schritte vor mir stehen, sein Gesichtsausdruck änderte sich von erregter Zuneigung zu schrecklichem Verstehen.

Ich schloss meine Augen, wusste, dass ich verdiente, was immer Gatlin mir vorwarf. Jeglicher Hass und Wut von Gatlin waren für mich in Ordnung, solange er sich besser wegen dem fühlte, was ich getan hatte.

„Himmel. In Ordnung. Pass auf, so etwas passiert. Es ist okay", sagte er.

„Nein, ist es nicht. Ich hätte es nicht so weit kommen lassen dürfen." Aarni hatte recht. Ich war nichts weiter als ein schamloser Verführer. Ich öffnete meine Augen und sah, dass Gatlin sich keinen Zentimeter bewegt hatte. Er sah immer noch schockiert aus, aber da war keine Wut. Stattdessen stand Vorsicht in seinem Blick und er war ruhig, seine Daumen hatte er in seine Gürtelschlaufen gehakt.

Ich zog meine offene Hose nach oben, knöpfte sie zu, heiße Tränen brannten in meinen Augen. Sich nach Gatlins Wut zu sehnen war eine Sache, aber ich sah nur Verständnis oder vielleicht Gleichgültigkeit, als ob nichts von dem, was wir getan hatten, wirklich eine genügend große Rolle spielte, um darauf Emotionen zu verschwenden.

„Ich habe gesagt, dass es in Ordnung ist", murmelte Gatlin.

„Das ist es, was ich mache, weißt du. Ich habe diesen Mann in Arizona, aber trotzdem bin ich mit dir hierhergekommen und habe dich zum Narren gehalten. Fuck." Ich strich mit einer Hand durch meine Haare und packte fest zu. „Du hast jedes Recht, wütend auf mich zu sein."

„Ich bin nicht wütend", sagte Gatlin.

Ich versteifte mich bei dem Erstaunen in seiner Stimme. „Das solltest du sein." Ich hob mein Kinn an und nahm meine Schultern zurück. „Du kannst wütend auf mich sein, sagen, was immer du willst. Ich habe dich hinters Licht geführt. Ich kann das ertragen."

Gatlins Blick wurde schmal. „Ich weiß nicht, worum du bittest." Er blieb weiterhin verwirrt. „Hast du mich geküsst, nur um zu versuchen, mich wütend zu machen, wenn du mir von deinem festen Freund erzählst?"

„Nein! Ja … Verdammt, ich weiß es nicht."

„Ich werde nicht lügen. Ich bin achtunddreißig Jahre alt und ich habe nie gedacht, dass ich mich jemals so auf der Stelle zu jemandem hingezogen fühlen könnte wie zu dir. Ich bin traurig, aber das ist nicht deine Schuld. Ich habe die Situation falsch eingeschätzt, aber ich bin ein erwachsener Mann. Es ist in Ordnung." Er wandte sich von mir ab und hob sein Oberteil auf, zog es sich über den Kopf, verdeckte den wunderschönen Engel auf seinem Rücken. „Komm, lass uns Musik hören und du kannst mir von dem Spiel morgen Abend erzählen. Es ist das erste der Saison und ich kann es nicht erwarten zu sehen, wie die Railers sich dieses Jahr machen werden."

Ich hörte den Worten zu, das Fehlen verstärkter Emotionen, die Akzeptanz und etwas in mir riss, mein Herz schmerzte, so sehr tat es weh.

„Ich kann nicht", sagte ich. „Ich muss los."

Gatlin streckte die Hand nach mir aus, aber ich wich ihm aus, beeilte mich, mein Hemd und meine Jacke anzuziehen und während diese verdammten Tränen drohten zu fallen, ging ich zur Tür. Gatlin versuchte nicht, mich aufzuhalten, stand nur da, sah zu, sein Gesichtsausdruck nachdenklich.

„Du musst nicht gehen." Gatlin wackelte mit seinen Händen. „Ich kann die hier bei mir behalten." Er versuchte offensichtlich, die Spannung zu mildern, aber es war alles falsch. Ich brauchte mehr. Leidenschaft und Feuer und Wut.

Ich bin so kaputt.

„Ich muss früh ins Bett." Ich hielt meinen Tonfall ruhig. „Danke."

Ich konnte das Gewicht von Gatlins Blick vom Fenster seines Apartments auf mir spüren, als ich vom Haus wegging.

Darum wartete ich mit dem Weinen, bis ich in meinem Auto saß.

Wieder in meiner Wohnung fühlte ich mich zerrissen und entblößt und mir war schwindlig. Ich schuldete es Aarni, ihm zu sagen, was heute Nacht passiert war. Wie ich zugelassen hatte, dass ich etwas für einen anderen Mann empfand, darum holte ich mein Handy aus meiner Tasche, starrte es dann eine Ewigkeit an.

Schließlich scrollte ich durch meine Kontakte und wählte Aarni an, der beim dritten Klingeln abnahm, gerade als ich erwartet hatte, die Voicemail würde rangehen.

„Bryan", schrie Aarni über den Lärm im Hintergrund. Es klang wie eine Party, wahrscheinlich eine Art Vorsaison-Sache, die sie jedes Jahr abhielten. Nur, dass die Raptors auf die wildeste Art abgingen, nicht wie die Party der Railers mit Familie und Babys und Klavierspielen. Sie hätten einen DJ und sogar so kurz vor Spielbeginn würde es einige Spieler geben, die sich betranken, Aarni inklusive.

„Wer bin ich für dich?", schrie ich, sodass Aarni mich über den Lärm der Party hören konnte.

„Was?", schrie Aarni zurück.

„Wer. Bin. Ich. Für. Dich?", wiederholte ich, redete so laut und deutlich, wie ich konnte.

Schweigen kam von Aarni, als ein Jubelschrei der Leute im Raum meine Ohren füllte. Dann wurde das Chaos gedämpfter und mir wurde klar, dass Aarni an einen anderen Ort gegangen sein musste, wo es etwas ruhiger war. So wie ich Aarni kannte, war es das Bad. Er war stolz darauf, dass er einen Großteil seiner besten Ficks in Bädern hatte. Ich hatte den Überblick verloren, wie oft er mich auf einer Toilette im Stadion genommen hatte.

„Was zur Hölle, Bryan? Warum rufst du an?"

Ich hielt mich nicht damit auf, meine Frage noch einmal zu überdenken. „Wer bin ich für dich? Partner, Liebhaber, fester Freund?"

Aarni ließ ein bellendes Lachen hören und es war voller Hass und dunkel. „Du bist ein guter Fick, Junge. Du weißt, dass du das für mich bist."

„Aber -?"

„Was zur Hölle willst du von mir hören? Ich bin auf einer Party, verdammt noch mal." Aarni klang wütend.

Ich legte auf. Schuld packte mich, zusammen mit Wut und Selbstverachtung.

DIE SAISON BEGANN mit einem Knall, mit mir auf der Bank. Vier Spiele und die Railers waren bei drei davon siegreich. Ich hatte seit jener Nacht nichts mehr von Aarni gehört und auch nicht von Gatlin. Aber das war in Ordnung. Ich hatte mich damit abgefunden, dass ich es mit Gatlin verbockt hatte. Aarni andererseits war eine rohe Verzweiflung, die ich mit mir herumtrug und in den Momenten untersuchte, wenn mein Hirn nicht mit

Hockey gefüllt war. Es half nicht, dass wir die Saison an der Westküste begannen, wobei die Raptors unser erster Stopp waren. Da die beiden Teams in verschiedenen Conferences spielten, würden die Railers in dieser Saison nur zwei Mal auf die Raptors treffen, einmal jetzt, das andere Mal vor Weihnachten. Ich fürchtete mich vor den beiden Spielen ebenso sehr, wie ich mich ihnen stellen musste. Vielleicht würde Aarni mich heute Abend wollen, wenn die Raptors auf ihrem eigenen Eis gewannen?

Denn heute war der Tag, an dem die Raptors auf die Railers trafen.

Ich wollte eine Gelegenheit, um von Angesicht zu Angesicht mit Aarni zu reden, um mich zu entschuldigen oder zu schreien oder wer zur Hölle wusste schon was zu tun. Ich vermisste Aarni so sehr. Ich vermisste das Team.

Und ich hatte Angst, was genau mein Platz bei den Railers war.

Hatte Aarni recht gehabt, als er mich im Sommer gewarnt hatte? War ich nur als Platzhalter hier, bis sie einen echten Ersatz fanden? War Ten ein schlechter Mensch, ein verwöhnter, launischer Star, der immer bekam, was er wollte? Waren die Railers ein Team, das sich irgendwie den Sieg im Stanley Cup ergaunert hatte? Oder war es Aarni, der sich irrte?

Verwirrung und Selbstzweifel waren meine Freunde in den dunklen Nächten und ich hasste sie inbrünstig.

Irgendwie schaffte ich es, mich während des Trainings auf dem Eis der Raptors zu konzentrieren. Ich war still, als ich dastand, in die vertrauten Ränge schaute, an der Umkleide der Gastgeber vorbeiging, um zu unserer zu gelangen, aber niemand redete mich deswegen an. Nicht einmal Ten, der heute angefangen hatte, in der Nähe des Netzes herumzuhängen, halb an Tip-Ins arbeitend und halb mich anstarrend.

Die Raptors waren da, in diesem Gebäude. Sie hatten an diesem Morgen eine Stunde auf dem Eis gehabt, aber ich hatte keine Nachricht von Aarni bekommen, nicht einmal ein Hallo. Niemand hatte mit mir Kontakt aufgenommen.

Coach rief Stan und mich zu einem Treffen vor dem Spiel, Coach Gagnon war ebenfalls da. Der Goalie-Coach war furchtbar ernst.

„Bryan, ich stelle dich ins Netz", sagte Coach Benning und lehnte sich erwartungsvoll in seinem Stuhl zurück.

Was wollte er von mir? Dass ich vor Freude aufjubelte, weil ich mein erstes Railers-Spiel auf dem Eis der Raptors machte? Tränen, dass ich nicht bereit war? Furcht davor, mich meinem alten Team zu stellen? Ich fühlte nichts. Keine Furcht, keinen Enthusiasmus oder Trauer.

„Ich freue mich über die Gelegenheit", murmelte ich, der perfekte Kommentar, den ich den wartenden Journalisten geben würde, wenn sie mich später fragten.

Nachdem ich es verbockt und das Spiel für die Railers verloren habe.

„Du kennst Team", sagte Stan begeistert und klopfte mir auf die Schulter.

„Das tue ich." Ich zwang Eifer in meine Stimme.

„Schau Video an", verkündete Stan und Coach

Gagnon klappte den Laptop auf. Wir saßen eine Weile da, sahen uns Highlights der Schüsse der Raptors in ihren ersten paar Saisonspielen an. Sie hatten bis jetzt zwei gewonnen und zwei verloren und ich wusste, was das bedeutete. Sie würden chaotisch sein und unbedingt gewinnen wollen.

Ich wollte Stan vor dem Scheiß warnen, den sie durchzogen, wie sehr sie die Railers hassten. Oder zumindest, wie sehr Aarni sie hasste. Ich hatte es Connor gegenüber erwähnt und der Kapitän hatte sich meine Befürchtungen angehört und ich hatte ihn ertappt, wie er zu Ten geschaut hatte.

Ten war immer das Ziel für die anderen Teams, derjenige, den sie ausschalten wollten, um das Spiel ausgeglichener zu machen. Aber die Railers hatten nicht nur Ten. Wir waren ein Team und ich würde dieses Team in weniger als zwei Stunden unterstützen.

Ruhelos verließ ich die Umkleide der Gäste und bog links ab, weg vom Haupteingang und dem Eis und die Treppe hinauf zum Dach. Das hier war immer mein Lieblingsplatz im Stadion der Raptors gewesen, mit einem Blick über Tucson und darüber hinaus. Ich machte ein paar Fotos mit meinem Handy, etwas, damit ich mich an diesen Ort erinnerte. Ich könnte sie Gatlin zeigen.

Nur als Freund.

„Dachte mir, dass ich dich hier finden würde."

Ich wirbelte herum. Aarni stand an der Tür, lehnte am Rahmen, grinste. Ich hatte sofort ein Bild von Gatlin vor Augen und ich schüttelte meinen Kopf, um klar zu werden. Gatlin war schlanker, nicht so massiv, seine

Haut voller Farbe, sein Gesichtsausdruck glücklich.
Dieser Mann war Aarni, größer und breiter als ich und
er war nicht glücklich. Wenn überhaupt, sah er wütend
aus und für einen Moment hatte ich das Gefühl, als ob
ich seinen Zorn verdienen würde. Ich musste von dem
Dach herunter und zurück in die Umkleide, mich
fertigmachen und in den richtigen mentalen Zustand
kommen, darum ging ich zur Tür, erwartete, dass Aarni
zur Seite ging.

Das machte er nicht. Er packte meinen Arm und
hielt mich fest. „Triff mich nach dem Spiel", sagte er,
ließ keinen Raum für mich, es abzulehnen. „Es wäre
schön, wenn wir uns unterhalten."

„Du meinst ficken", sagte ich leise und zuckte
zusammen, als sein Griff brutaler wurde. Ich versuchte,
mich wegzuducken, aber ich war nicht bereit, ihn zu
weit zu treiben. Er presste mich an die Wand und hielt
mich dort fest, mit einer Hand an meinem Brustkorb,
die andere war in meine Haare gekrallt. Er zog, um
meine Kehle zu entblößen, und ich wartete. Er würde
mich nicht küssen. Er mochte es nur, wenn ich mich
nicht bewegen konnte.

„Wir könnten jetzt ficken", schlug Aarni vor.

Ich schubste ihn, testete seinen Griff, aber er schob
seinen Arm nach oben, sodass er an meiner Kehle
ruhte. Das letzte Mal, als er mich gefickt hatte, hatte er
mich so gehalten, so heftig, dass ich Punkte gesehen
hatte und nicht mehr in der Lage gewesen war zu
denken. Die Angst, an die ich mich erinnerte, stahl mir
den Atem und ich versteifte mich in seinem Griff.

„Lass mich los", sagte ich. Bat ich.

„Du vergisst nicht, wer sich um dich gekümmert hat", knurrte er und riss ein wenige härter an meinen Haaren, biss in meine Kehle.

Ich musste von hier weg, wollte ihm sagen, dass sich niemand um mich kümmern musste, dass bei den Railers niemand auf mich aufpassen musste. Aber er hörte nicht zu, nicht einmal, als ich versuchte, die Sätze zu sagen. Er drehte mich herum und mein Gesicht kratzte über die Wand. Er hielt immer noch meine Kehle und presste seine Erektion gegen meinen Hintern.

„Was zur Hölle?", schrie jemand und mit wachsender Furcht erkannte ich Tens Stimme. „Lass ihn los."

Aarni kicherte finster. „Wenn das nicht der Wunderknabe ist", sagte er zu Ten. „Du musst die Fliege machen."

Ich bewegte mich, so gut ich an den Ziegeln konnte, begegnete Tens Blick und sah zu, wie seine Sorge sich in Wut verwandelte.

„Wir gehen", schnappte er.

„Fick dich", antwortete Aarni hitzig.

Ten schob eine Hand zwischen uns und war dann irgendwie in dem Raum, trennte Aarni und mich.

„Wir gehen", wiederholte er, ruhig, aber sicher.

Ich wand mich unter dem Ten/Aarni Gewicht hervor und packte Tens Arm. Ich hatte Bilder von Aarni, der Ten schlug oder ihn die Stufen hinunterschubste, vor Augen. „Komm, Ten", bat ich, als Ten und Aarni einander anstarrten.

Ich hörte Aarnis dunkles Lachen. „Wir sehen uns auf dem Eis, Jungs."

Ich führte Ten die Treppe hinunter und wortlos folgte er mir, bis wir an der Tür zur Umkleide waren. Dann hielt er mich mit einer sanften Hand auf meinem Arm an.

„Willst du das melden? Ich kann Jared holen."

Ich schnaubte ein Lachen. Ten verstand rein gar nichts. Das da oben war meine Schuld und ich hätte Ten beinahe in eine Situation verwickelt, in deren Nähe er nicht einmal hätte sein sollen. Dann kam mir ein Gedanke.

„Was hast du auf dem Dach gemacht?"

„Ich bin dir gefolgt, wollte mit dir reden, habe gesehen, wie Aarni raufgegangen ist, habe darüber nachgedacht, wie es dir in letzter Zeit so ging und habe mich entschieden, nachzuforschen", erklärte er, als ob es vollkommen normal wäre, dass ein Teamkollege sich um mein Wohlbefinden sorgte.

„Wie es mir ging? Wie meinst du das?"

„Du warst still, nachdenklich, nicht du selbst, seit du mit Gatlin die Party verlassen hast. Hat Gatlin etwas getan, das dir nicht gefallen hat? Soll ich mit Stan darüber reden? Oder ist das eine Aarni-Sache? Ist er dein fester Freund?"

So viele Fragen und mir wurde schwindlig, als ich Tens ernstem Gesichtsausdruck begegnete.

„Es ist nichts, worüber du dir Sorgen machen müsstest. Mir geht es gut." Ich schob die Tür auf. Ich musste mich bereit machen, mich konzentrieren und Ten war in meinem Bereich, wurde in das Chaos hineingezogen. Das brauchte ich nicht.

. . .

ALS WIR ZUM Aufwärmen auf dem Eis waren, blieb ich in meinem Netz und weigerte mich, die Raptors auf ihrer Seite des Eises zu beachten. Die Teams hatten die Hälfte des Eises zum Fahren und für Testschüsse und Stan und ich wechselten uns im Netz ab. Ten fuhr zu mir, tippte mit seinem Schläger an mein Bein und lächelte mich an. Ich grinste zurück und hoffte inständig, dass ich es überzeugend genug machte, um ihn zu bestärken. Oben auf dem Dach war ich vor Unentschlossenheit erstarrt gewesen und dann war Ten da gewesen, hatte Aarni gewarnt, mich in Ruhe zu lassen.

Hatte wissen wollen, was los war.

Wir kehrten in die Umkleide zurück und ich ging zu meiner Tasche, schickte Gatlin eine kurze Nachricht. Eine einfache Nachricht, die gesagt werden musste.

Ich möchte dich sehen. Dich küssen. Ich muss reden.

Dann, während Verwirrung und Stolz und Furcht und Hoffnung alle um den Raum in meinem Kopf kämpften, fuhr ich für das Spiel aufs Eis und nahm meine Position ein. Die Menge buhte, als unser Team herauskam, wollte, dass ihr Missfallen gehört wurde, am lautesten für Ten, der, wie ich mir sicher war, inzwischen daran gewöhnt war. Es gab einen Videozusammenschnitt meiner schwachen Auftritte für die Raptors, aber ich konnte nur das Buhen hören und ich wollte, dass es vorbei war.

Der erste Schuss auf das Tor ging an mir vorbei, danach fuhr Aarni nahe zu mir und grinste, zwinkerte mir zu.

Ten und Adler kamen beide zum Netz, nickten mir

zu, munterten mich auf. Ich schaute zur Bank und zu
Stan.

*Vielleicht sollte Stan hier draußen sein. Ich werde es wieder
vermasseln.* Die Raptors gewannen das nächste Faceoff
im Center und es ging los, Ten schnappte sich den Puck,
ein schneller Pass zu Lee, der ihn in die Bande und auf
Tens wartenden Schläger schickte. All diese Tap-in
Übungen zahlten sich aus, der Puck segelte direkt über
die Mitte, ihr Goalie sprang zur Seite und erwischte ihn,
aber das war genau das gewesen, was die Railers
gebraucht hatten. Zumindest einen Schuss auf das Tor
und erst eine Minute gespielt.

Sie schickten Aarni in jede Schicht gegen Ten, aber
Arvy beschützte ihn, ging Aarni auf die Nerven, bis es
nicht nur ich war, der den Moment sehen konnte, als
Aarni sich von seiner Wut übermannen ließ. Er
brachte Arvy zu Fall und wurde für zwei Minuten vom
Eis geschickt, was den Railers wenige Minuten vor
dem Ende des ersten Drittels ein Power Play
ermöglichte.

Dieter ergriff die Gelegenheit, fand das Innere des
gegnerischen Netzes bei seiner ersten Power Play
Schicht und einfach so hatten wir das Spiel
ausgeglichen.

Das zweite Drittel war hektisch und nicht ein Schuss
ging am Goalie der Raptors oder mir vorbei. Wir waren
wie Steinmauern und ich weiß nicht, was an diesem
Abend war, aber das Eis redete mit mir und ich wusste
jeden Zug, den sie machen würden. Sie umschwärmten
mich im Netz, Aarni fuhr mindestens zwei Mal
absichtlich in mich hinein, wurde dafür aber nicht

belangt. Die Flüche waren laut genug, dass ich sie hören konnte, die Worte sollten mich verletzen.

Ich ignorierte das alles.

Es war Tens Spiel im dritten Drittel, sein Block machte zwei Tore, brachte das Ergebnis zu drei-eins und obwohl sie alles versuchten, jedes Mitglied unseres ersten Blocks zu entfernen, schafften Ten, Troy und Lee es irgendwie lebend heraus. Aarnis Gesichtsausdruck war offensichtlich. Er war stinksauer. Drosch seinen Schläger auf die Bank und brach ihn in zwei Teile, was ich auch erwartet hatte. Als er sah, dass ich ihn beobachtete, deutete er auf seine Augen.

Ich beobachte dich.

Ein drei zu eins Sieg auswärts, gegen die Raptors und der Flug nach Hause war voller Freude, was mich mitzog. Wir waren auf dem Weg nach Hause und ich hatte nur eine Sache im Kopf. Ich wollte meine Gefühle nicht zu Tode analysieren, dachte nicht über die Angst nach, die immer noch in mir tobte und als ich endlich mein Handy herausholte, sah ich, dass ich eine Nachricht von Gatlin hatte.

Ich vermisse dich. Und dann, noch wichtiger, sagte er, was ich hören wollte. *Ich möchte dich wieder küssen.*

Ich war *so* dafür.

ZEHN

Gatlin

Ich hatte eine Checkliste. Ich. Eine Checkliste. Wenn Garrett das wüsste, würden die blöden Kommentare niemals aufhören. Aber ich wollte sicherstellen, dass alles richtig war. Dinge auf der Liste waren abgehakt. *Alles* auf der Liste war abgehakt.

Essen. Selbstgemachte Spaghetti mit Fleischbällchen und Salat. Check.

Wein. Ein kräftiger kleiner Zinfandel. Check.

Musik. Priest, AC/DC, Sabbath und etwas Emerson, Lake & Palmer, sollten die Dinge leidenschaftlich werden. Check.

Atmosphäre. Licht gedimmt und Kerzen auf dem Küchentisch. Check.

Geduschter, ordentlich zurechtgemachter und gut gekleideter Gastgeber in schwarzer Jeans, einem weißen Hemd und schwarzer Lederweste. Check.

Kondome. Nur für den Fall. Check.

Gleitgel. Auch nur für den Fall. Check.

. . .

Jetzt brauchten wir nur noch die andere Hälfte der Gleichung. Ich schaute zum achthundertsten Mal in der Stunde auf mein Handy. Warum ich so nervös war, blieb ein Geheimnis. Ich hatte den Abend im Griff und hatte für jeden Notfall geplant, der sich vielleicht ergeben könnte. Wow, das war voller Andeutungen. Oder waren das nur meine schmutzigen Gedanken?

Ein scharfes Klopfen an der Tür riss mich aus meinem Nebel. Ich strich mir mit den Händen über meine Haare, atmete schwer aus und ging, um aufzumachen. Bryan stand in meinem winzigen Vorbereich, sein Lächeln war zögerlich. Der schwarze Streuner-Kater rieb sich um seine Beine.

„Er sucht nach seinem Abendessen. Komm rein." Ich winkte ihm einzutreten. Er sah so verdammt gut aus, so groß und so breit in den Schultern. „Ich füttere ihn nur schnell und dann werfe ich die Pasta in den Topf. Zieh den Mantel aus."

„Er kommt also herein?", hörte ich ihn fragen, während ich den Beutel mit Trockenfutter, Thunfisch- und Ei-Geschmack, holte.

„Nein, er gehört immer noch nicht mir, aber wir haben eines Nachts geredet und Freundschaft geschlossen. Oder so in der Art." Ich schenkte Bryan ein schwaches Lächeln und trat nach draußen, um etwas Futter in die kleine Schüssel des Katers zu schütten. Es war niedlich, in der Form von Fischen mit winzigen Pfotenabdrücken darauf. Ich hatte es im Supermarkt gesehen, als ich die Zutaten für unser Abendessen gekauft hatte. Der Streuner schnurrte laut und stürzte sich auf sein Fressen. Ich strich mit einer Hand über seinen Rücken, einmal, denn mehr machte ihn nervös und dann lief er davon. Nicht ganz unähnlich dem atemberaubenden Mann, der drinnen auf mich wartete.

„Erledigt. Gefüttert. Er wird sich in der alten Schachtel mit der Decke zusammenrollen, wenn er gefressen hat."

„Hast du ihm einen Namen gegeben?"

„Nein, er gehört mir nicht."

„Ich liebe dieses Album." Bryan wechselte das Thema, bezog sich auf *Master of Reality*, das aus den Lautsprechern drang. „Ich glaube, Ozzy ist einer meiner fünf Lieblingssänger."

„Oh ja, Oz ist ein Biest."

Er folgte mir in die Küche.

Ich stellte das Katzenfutter zurück in den Schrank und wusch mir die Hände. „Du kannst den Wein nehmen und einschenken, wenn du Lust darauf hast. Wenn nicht, ich habe auch Bier und Limo."

„Wein ist gut." Er beschäftigte sich damit, die Flasche zu entkorken und uns beiden eine angemessene Menge in die Weingläser zu schenken, die ich mir von Jess geliehen hatte. Unsere Finger berührten sich, als er mir mein Glas reichte. „Ich fühle mich heute Abend peinlich."

„Vielleicht wird das hier helfen." Ich stahl mir einen sanften Kuss.

Seine Lippen zogen sich zu einem kleinen Lächeln auf, das das Kerzenlicht ein wenig heller glühen ließ.

„Können wir reden, bevor wir die Pasta ins Wasser geben?"

„Klar." Ich deutete mit meinem Weinglas in

Richtung Wohnzimmer. Wir setzten uns auf das Sofa und ich machte Oz ein wenig leiser.

„Also gut, es gibt eine Menge Dinge, die ich dir sagen möchte." *Children of the Grave* fing zu spielen an, während er sein Glas in den Händen drehte, sein Blick auf den Wein in diesem Glas gerichtet.

„Lass dir Zeit." Ich fuhr mit meiner freien Hand an seinem Arm nach unten und nahm einen Schluck von dem spritzigen Zinfandel. Er war ziemlich gut. „Wir haben die ganze Nacht."

Seine Lippen verzogen sich zu einer Art Lächeln. „Mein fester Freund, sein Name war Aarni."

Ah, okay. Mir fiel das *war* sofort auf, also ein Hurra auf die Vergangenheitsform. Und Aarni? Meinte er den Aarni von den Raptors? Einen Hockeyspieler? Ich musste nicht fragen, um das zu bestätigen, nur ihm zuhören.

„Er war ein toxischer, kontrollsüchtiger Arsch, der nichts bedeutet hat. Ich dachte, dass er das tat … oder besser, ich dachte, dass ich ihm etwas bedeutete … aber das habe ich nicht. Es hat ihn nur angemacht, mich zu missbrauchen und mir wehzutun."

„Es tut mir leid. Ich weiß, wie sehr es schmerzt, jemanden zu verlieren, der einem wichtig ist." Oh, Mann, und wie ich das wusste. Ich hatte ein Loch in der Größe der Zamboni der Railers direkt in der Mitte meines Herzens.

„Nun, er ist meiner Schmerzen nicht würdig, aber es … ja … es tut weh." Sein dunkler Blick hob sich vom Wein und ich verlor mich für ein oder zwei Minuten in ihnen.

Wie hatte ein Mann mit meiner Erfahrung sich so verdammt heftig und so verdammt schnell verlieben können?

„Dieser Teil meines Lebens ist vorbei. Arizona und Aarni sind meine Vergangenheit. Diese Stadt und dieses Team sind mir jetzt wichtig. Ich möchte bei den Railers bleiben. Sie sind ein großartiges Team. Ich meine damit, dass sie sich kümmern, wirklich umeinander *kümmern*. Ich möchte für meinen Platz im Team kämpfen. Ich muss etwas Gutes für mich selbst aufbauen und nicht nur für die Arbeit. Mitch hat gesagt, dass ich herausfinden muss, was mich glücklich macht und erfüllt und dann für die Dinge kämpfen soll, die das tun. Du und die Railers, ihr sorgt dafür, dass ich mich gut fühle, als ob ich wieder ein ganzer Mann sein kann."

Ich saß da wie ein betrunkener Frosch auf einem Holzstück, starrte, meine Ohren hörten die Worte, aber mein Hirn war nicht in der Lage, sie so anzuordnen, dass sie Sinn ergaben. Ich war mir nicht sicher, wer dieser Mitch war, aber er schien gute Gespräche mit Bryan geführt zu haben.

„Willst du damit sagen, dass du versuchen möchtest, hier etwas mit mir aufzubauen?"

Er nickte und biss sich auf seine Unterlippe. „Wenn du versuchen möchtest, etwas mit mir aufzubauen, ja. Ich würde es total verstehen, wenn dir mein Scheiß zum Hals raushängt. Wie ich abhaue, wenn wir uns nahekommen. Wenn du mich nicht willst, dann werde ich-"

„Bryan, vielleicht sollten wir unseren Wein wegstellen." Seine ausdrucksstarken Brauen sanken verwirrt nach unten. „Ich würde dich wirklich gerne in mein Schlafzimmer bringen und dir zeigen, wie sehr ich dich will, aber ich würde nur ungern den Wein verschütten. Er ist zu gut, um auf dem Boden zu landen."

Ein langsames, strahlendes Lächeln war seine Antwort. Er stellte sein Weinglas auf den Kaffeetisch. Ich tat dasselbe. Dann stand ich auf und bot ihm meine Hand. Als er sich erhob, schob er seine Finger zwischen meine. Er senkte seinen Kopf, um meinen Mund zu schmecken. Ich leckte an seinen Lippen, begierig darauf, den Geschmack dieses kräftigen Zinfandels überall auf seiner Zunge zu verteilen.

Unser Weg ins Schlafzimmer war langsam. Wir mussten anhalten und uns küssen, berühren, Kleidung ausziehen und ELPs Meisterwerk finden, *Brain Salad Surgery*, ehe wir in mein frisch gemachtes Bett fallen konnten. Was noch eine Sache auf der Liste gewesen war. Eigentlich zwei Sachen.

SAUBERE LAKEN. Check.

Einer der heißesten Männer, der je mein Leben beehrt hatte, nackt auf diesen sauberen Laken. Doppel-Check.

WENN ICH HEIß SAGE, meinte ich damit eine maskuline, entflammende Schönheit, die mich sprachlos machte. Es war die athletische Form. Wie eine Skulptur eines antiken griechischen Sportlers, war sein Körper lang

und hart, muskulös und definiert, Haare in der Farbe
von Mahagoni wuchsen von seinem Brustkorb bis zu
seinem Schwanz, umgaben ihn mit einem Busch aus
Locken. Seine Eier hingen zwischen seinen Beinen, feine
dunkle Haare bedeckten sie, bettelten mich an, sie zu
umfassen und zu halten. Der Mann war ein sinnliches
Meisterwerk, das irgendwie in meinem Bett gelandet
war. Ich sollte seine Perfektion verehren.

Ich glitt über Bryan nach oben, begierig darauf,
anzufangen, spürte aber, dass er es langsam brauchte.
Toxisch und missbrauchend. So war sein letzter
Liebhaber gewesen, hatte er gesagt. Dann würde er
zärtliche Berührungen brauchen, sanfte Stöße und eine
Menge Koseworte. Die konnte ich bieten. Ihn zu küssen
begann zögerlich. Er war hart, ja. Offensichtlich war
sein Körper anwesend und bereit, aber ich wollte, dass
er ganz da war, nicht nur ein steifer Schwanz.

Ich ließ mir Zeit, schmeckte ihn und beruhigte ihn,
so gut ich konnte. Ich kostete seinen Mund und seine
Ellbogen, seine Knie und, ja, diese wunderschönen
Hoden und dann nahm ich seinen Schwanz in meinen
Mund. Es war himmlisch, sein Geschmack, salzige
Liebestropfen, die auf meiner Zunge ruhten, ehe ich ihn
tief in meine Kehle saugte. Er wand sich unter mir, seine
Hüften stießen nach oben. Ich wollte mehr. Musste in
dieser Nacht jeden Zentimeter von ihm kosten, denn
Gott wusste, dass ich das irgendwie verbocken würde
und dann wäre er weg. Wie Rex, wie Gina,
wahrscheinlich wie die verdammte Katze, die vor
meiner Hintertür schlief.

„Mm, ja", stöhnte er, als ich einen feuchten Pfad von

seinem Schwanz zu seinem Brustkorb leckte, seine Nippel anstupste, bis er sich hochwölbte, seine Hände in die strahlend sauberen Laken gekrallt. Ich nahm ihn in die Hand und pumpte. Der Mann war gut bestückt, lang und dick. Wenn er sich aufwölbte, wölbte er sich *wirklich* auf. Seine Fersen gruben sich in die Matratze und sein Rücken hob sich vom Bett. Gelenkigkeit, dein Name ist Bryan Delaney.

Ich glitt lachend von ihm herunter. Da bedeckte er mich, diese kraftvollen Schlittschuhbeine verflochten sich mit meinen, sein Mund war heiß und gierig. Ich ließ ihn führen. Seine Zähne fanden meine Kehle. Seine Zunge folgte einer Linie Tattoos quer über meine Schulter und an meinem Arm hinunter. Schwänze stießen aneinander, Finger klammerten und Stöhnen füllte den Raum.

„Fick mich", keuchte ich, während ich seinen Hintern packte. Feste Muskeln füllten meine Handflächen. Ich drückte hart zu, bekam ein Grunzen von dem Mann, der sich auf mir wand.

Sein Kopf hob sich von meinem Hals, wo er einen Fleck gesaugt hatte, den ich wahrscheinlich zwei Wochen lang tragen würde. Nicht, dass mir ein Liebesbiss von meinem wunderbaren jungen Liebhaber etwas ausmachte, aber ich hatte den Verdacht, dass meine Angestellten und mein Bruder ihre Kommentare abgeben würden.

„Was? Nein. Du hast nicht wirklich …" Ich sah die Verwirrung in seinen dunklen Augen. Sein Schwanz ruhte neben meinem, beide waren zwischen uns gepresst. „Ich habe das noch nie … bist du sicher?"

„Ich bin mir *absolut* sicher. Ich bin versatil. Fick mich, Bryan und dann beim nächsten Mal, wenn du das möchtest, nehme ich dich."

Er senkte seinen Kopf, um meinen Mund zu fangen, sein Körper strahlte unglaubliche Hitze aus. Ich schlang mich um seine lange, starke Gestalt, begierig darauf zu spüren, wie er sich in mir bewegte. Als der Kuss endete, arbeiteten wir daran, ihn vorzubereiten. Kondom und Gleitgel, wir beide fummelten herum und lachten über unsere Ungeschicklichkeit.

„Schau mich an", sagte ich. Er positionierte meinen Fuß auf seiner Schulter, sein Blick wanderte von meinem Gesicht zu meinem Hintern, wo ich mit zwei Fingern in mich eindrang. „Scheiße." Oh, Mann, das war nett. Und heiß. Er, wie er zwischen meinen Oberschenkeln kniete, sein Schwanz nur wenige Zentimeter von meinem Loch entfernt …

„Scheiße, das ist … ja, du musst in mich." Das klang befehlend. „Es tut mir leid, nein, mach, was du willst." Ich zog meine Finger aus meinem Hintern und er ersetzte sie auf der Stelle, seine fette Eichel glitt in mich hinein. Ich sagte Worte. Ich meine damit, ich *dachte*, dass es Worte waren. Zentimeter für Zentimeter füllte er mich, sein brauner Blick wanderte über uns, von dort, wo wir verbunden waren, zu meinem Gesicht, dann über meinen Brustkorb und zurück zu seinem Schwanz tief in mir.

„Ich möchte dich lieben", flüsterte er, seine langen Finger schlangen sich um meinen Knöchel. „Ich durfte noch nie einen anderen Mann so lieben."

„Dann liebe mich, Bryan."

Er fiel auf mich, fing sein Gewicht mit seinen Händen ab und bewegte seine Hüften. Er schaute zu, eindringlich, wie ich mich wand und vor Lust wimmerte. Ich fragte mich, ob er in diesem Anblick verloren war. Ich packte seinen Nacken mit beiden Händen, rollte meine Hüften und hielt mich fest.

„Halt dich nicht zurück", schnaufte ich.

Das tat er nicht.

Bryan stieß so hart in mich, dass ich aufjaulte und er hielt inne, Sorge stand ihm ins Gesicht geschrieben.

„Nein! Oh Scheiße, nein, hör *nicht* auf. Liebe mich, Bryan." Ich zog mich um ihn herum zusammen und seine Augen verdrehten sich. Dann gab er sich der Lust hin, dass mein Körper seinen gepackt hielt. Er bewegte sich mit Anmut und Kraft, rammte immer und immer wieder in mich, sein Grunzen und seine Küsse stachelten mich an, bis ich überall auf meinem Brustkorb abspritzte. Bryan drang noch zwei weitere Male tief ein und löste sich dann auf. Ich versuchte, ihn zu halten, aber unsere Haut war zu verschwitzt, um ihn gut zu packen. Als das Zittern, das ihn durchlief, nachließ, fiel er auf mich. Ich küsste sein Gesicht, schaffte es mit meinen Lippen zu seiner Wange, bevor er von mir herunterrutschte, dabei etwas murmelte, das unter dem zerwühlten Bettzeug begraben wurde.

„Heilige Hühnerscheiße", keuchte ich, meine Atmung war weit von normal entfernt. Ich ließ meine Augen zufallen, als er neben mir lag, klebrige Haut, die an klebriger Haut haftete.

Bryan schaffte es, sich auf die Seite zu rollen, seine

Hand legte sich auf meinen Brustkorb. Er verrieb ein paar Tropfen Samen mit einem Finger. Ich öffnete meine Augen und drehte meinen Kopf in seine Richtung.

„Ich liebe es, dich zu lieben", flüsterte er, stahl sich einen leidenschaftlichen Kuss, bevor er aus dem Bett musste, um sich um das Kondom zu kümmern. Während er den Flur hinunter im Bad war, setzte ich mich vorsichtig auf, verspürte hier und da ein leichtes Ziepen. Ich starrte auf meine Zehen, ließ meinen Körper ein wenig abkühlen, während ich dem Mann etwas Privatsphäre gönnte. Ich hörte das sachte Klatschen nackter Füße in mein Schlafzimmer kommen, der Boden vor der Tür knarzte. Dann sackte das Bett nach unten. Er setzte sich hinter mich und reichte mir einen feuchten Waschlappen. Ich dankte ihm, wischte mich sauber, warf den Waschlappen dann in den Wäschekorb in der Ecke.

„Das auf deinem Rücken … dieses Tattoo. Es ist atemberaubend." Seine Finger tanzten an meinem Rückgrat nach oben, brachten mich zum Schaudern. „Dieser Engel ist der Wahnsinn. Was bedeutet er?"

Das sollte nicht das Gesprächsthema sein. Wir sollten jetzt über romantische Dinge reden. Nicht das. Er fuhr einen langen weißen Flügel mit einer rauen Fingerspitze nach. Es begann in der Mitte meines Rückens, über meine rechte Schulter, seine Berührung ging weiter, machte es mir schwerer und schwerer still dazusitzen.

„Das ist meine Schwester", sagte ich, betete, dass

Emerson, Lake & Palmer meine Worte übertönen würden. Er setzte sich auf, seine Handfläche ruhte auf meinem unteren Rücken, genau dort, wo die hauchdünnen Ränder von Ginas Kleid waren. „Sie starb mit zehn."

„Es tut mir so leid." Er kam um mich herum und lehnte sich an meine Seite, seine Schulter hinter meiner und drückte einen Kuss auf meine Kehle. „War sie krank?"

„Nein." Ich war mir nicht sicher, ob ich weiterreden sollte. Wer war dieser Mann schon wirklich? Wir hatten einmal gefickt. Das gab ihm nicht das Recht, mein krankes Inneres zu sehen.

„Wenn du nicht darüber reden willst …"

Ich hob mein Kinn und drehte mich, sah seinen wunderschönen traurigen Blick auf mich gerichtet. „Wenn ich es dir sage, versprichst du mir dann, dass du mich heute Nacht nicht verlässt? Ich werde nicht mehr von dir verlangen, nur diese eine Nacht."

Ich wünschte, er hätte etwas gesagt, aber er nickte, darum nahm ich das als sein Versprechen, dass er die Nacht bleiben würde. Das war alles, was ich von ihm verlangen konnte.

„Meine Eltern waren für ein Wochenende nach Virginia gefahren, als Gina zehn war. Sie haben sie bei mir zu Hause gelassen. Garrett war schon lange ausgezogen und ich war in der Abschlussklasse, bereitete mich auf meine Prüfungen vor und darauf, zur Navy zu gehen."

„Hast du darum polynesische Motive auf deinem

Arm und all die Seemotive hier?" Er klopfte auf meinen Brustkorb.

„Ja, ich habe mein erstes Tattoo mit achtzehn bekommen, in einem Laden zwei Blocks von der Basis entfernt. Ich war angefixt. Sie machen irgendwie süchtig." Hier mit ihm zu sitzen, dabei eine der besten Bands, die es je gegeben hatte, zu hören, gab mir das Gefühl, dass ich diese Geschichte vielleicht erzählen konnte, ohne durchzudrehen. „Habe mir geschworen, dass ich es lernen würde, sobald ich entlassen wurde, was ich getan habe."

Er drängte mich nie, wenn ich schwieg oder eine Pause machte, um Kraft zu sammeln.

„Stimmt. Also, Gina. Ich habe auf sie aufgepasst. Es war das Wochenende und früh. Sie weckte mich, damit ich mit ihr frühstückte. Wir hatten Müsli. Kakao-Reis. Ich habe die Milch ganz schokoladig gemacht und sie hat das geliebt." Ich lächelte bei der Erinnerung an dieses letzte Lächeln von Gina. „Sie wollte rausgehen und mit ihren Freunden spielen, aber von denen war noch niemand wach. Ich habe ihr gesagt, sie soll im Garten spielen, während ich mich um das Geschirr kümmerte. Sie ging raus, rief mir zu, dass ich besser nicht zu lange brauche, oder sie würde mich mit dem Gartenschlauch abspritzen. Das hat sie gern gemacht. Einen mit dem Gartenschlauch überrascht." Ich lächelte durch das Aufflammen des Schmerzes.

Und hier wurde es schlimm. Das erdrückende Gewicht von allem begann, sich auf mich zu legen, machte das Atmen und Reden schwer. Bryan rieb den Engel auf meinem Rücken, den mit den strahlend blauen Augen und fließenden Haaren. Den, der meine kleine Schwester war, wie ich mich an sie erinnern wollte.

„Ich habe die Spülmaschine befüllt und die Waschmaschine angemacht. Mom hasste es, nach Hause zu kommen und schmutzige Wäsche oder Geschirr vorzufinden. Dann bin ich noch schnell ins Wohnzimmer, um aufzuräumen, weil wir dort am Abend zuvor Filme angeschaut hatten. Alles in allem vielleicht fünfzehn Minuten …"

Bryan sagte nichts, bewegte seine Hand nur in einem kleinen Kreis. Ich holte Luft und redete weiter. Wer ein trauriges A sagt …

„Als ich- als ich in den Garten kam, sah ich sie im Gras liegen. Nichts Neues, denn das hat sie hin und wieder gemacht. Sich auf den Bauch gelegt, um eine Raupe zu beobachten oder einen Löwenzahn oder sich auf den Rücken gedreht, um die Wolken zu betrachten. Gina war eine Träumerin." Noch eine Pause, um meine Kraft zu sammeln. „Als ich zu ihr kam und fragte, was sie sich dieses Mal anschaute, erkannte ich, dass etwas nicht stimmte. Sie, uh … sie bewegte sich nicht und atmete nicht. Ich kniete mich neben sie und sah, dass sie Erbrochenes auf ihren Lippen und ihrem Kinn hatte."

Und noch eine Pause, dieses Mal, um mich gegen die Erinnerungen zu stemmen. Sie überfielen mich dennoch, jede verdammte Sekunde dieses Morgens, wie ein Tsunami.

„Ich hatte keine Ahnung, was ich tun sollte. Ich versuchte es mit Wiederbelebung, aber es war zu spät. Sie war schon zu lange tot, als ich sie endlich fand. Sie sagten, dass sie einen Anfall hatte. Was man früher als Grand Mal bezeichnet hat, aber jetzt heißt es SUDEP. Plötzlicher unerwarteter Tod durch Epilepsie. Es war der erste Anfall, den sie je gehabt hatte und als sie gefallen ist, fiel sie auf den Rücken und erstickte an ihrem eigenen Erbrochenen."

Ich wischte mir unbewusst mit dem Handrücken über meinen Mund, um die Erinnerung an diesen Tag loszuwerden, als ich meine Lippen auf die von Gina gelegt und versucht hatte, ihr wieder Leben einzuhauchen.

Der zittrige Atemzug, den ich einsaugte, schaffte es nicht, den kurzen, brutalen Schluchzer aufzuhalten, der mir entkam. Sie taten das immer, diese verdammten Schluchzer. Sie entkamen, wann immer ich über Ginas Tod redete. Was der Grund war, warum ich nicht oft darüber sprach.

Bryan legte einen Arm um mich und hielt mich fest.

„Meine Familie brach auseinander, nachdem ich das zugelassen hatte. Die Navy war das Einzige, was mich davon abhielt, mich zu Tode zu trinken. Meine Eltern reden nicht mit mir und mein Bruder weiß nicht, was er zu mir sagen soll. Scheiße. Es tut mir leid, das ist schwer. Es war meine Schuld, dass sie gestorben ist. Wenn ich nur mit ihr rausgegangen wäre, als sie … als sie darum gebeten hat."

Ich hustete und würgte, strich mit meiner Hand über mein Gesicht. Ich begann, schwer Luft zu holen. Dann fing das Zittern an. Und dann kamen die stummen Tränen. Und während all dem saß Bryan neben mir, umarmte mich, flüsterte, dass es nicht meine

Schuld war, dass manchmal gute Menschen jung starben und dass man mir nicht die Schuld für Gottes Pläne geben konnte.

Als das Schlimmste des Hässlichen vorbei war, war ich an seine Seite geschmiegt, meine Wange auf seinem Brustkorb, seine Finger fuhren wieder Ginas Flügel nach.

„Also, wow, wir haben heute Abend richtig Spaß", würgte ich hervor, hoffte, uns aus der beschissenen Verzweiflung zu reißen, in der wir uns befanden. „Möchtest du Uno spielen oder so etwas?"

„Wir können essen, aber vielleicht später. Im Moment lass uns einfach nur kuscheln. Ich brauche das."

„Ja, ich auch." Ich umfasste sein wunderschönes Gesicht mit meinen Händen und küsste ihn mit allem, was ich noch in mir hatte, was wahrscheinlich nicht viel war, aber was da war, gab ich ihm. „Danke, dass du nicht zur Tür gesprintet bist."

Er zog mich näher an sich, sein Arm über meinem Rücken und wir legten uns wieder hin und zogen die Decke über uns.

„Du hast dir meine schlimmen Sachen angehört und hast mich nicht rausgeworfen", sagte er, seine Stimme klang sanft und leise, seine Finger strichen durch meine Haare. Meine Wange ruhte auf dem bemuskelten Teil seines Arms. Sein Brustkorb hob und senkte sich scharf. „Du hast keine Ahnung, was ich ihn alles habe mit mir machen lassen. Die Dinge, die ich ihm geholfen habe, anderen Leuten anzutun. Ich habe auch Menschen wehgetan, Gat."

Ich rollte mich ein wenig zu ihm, genug, um ihm einen Kuss auf den Brustkorb zu drücken.

Vielleicht, nur vielleicht, konnten wir beide dem jeweils anderen helfen, die schrecklichen Fehler zu überwinden, die uns verfolgten? Konnte das Heilen heute Nacht beginnen, mit dieser Umarmung?

ELF

Bryan

___

„Woher hast du diese Narbe?"

Gatlin hatte mich mit Kaffee und Küssen auf meinem Rückgrat aufgeweckt. Zärtliche Küsse und ein geflüstertes Guten Morgen und ich war von dem Frieden eingelullt worden. Ich hatte meinen Kaffee getrunken, mich zu sehr entspannt und er hatte die Narbe gefunden.

Sie kam in einem Bogen hinter meinem Hüftknochen hervor und endete nahe an meinem Rückgrat, ein blasses Stück aufgewölbten Fleisches, das mich an einen Kampf erinnerte, von dem ich wünschte, ich könnte ihn vergessen, vor allem in Anbetracht all dessen, was seitdem passiert war. Sie war im Halbdunkel nicht offensichtlich, aber im Tageslicht war sie gut sichtbar.

Ich rollte mich schnell auf den Rücken und zog Gatlin an mich, lenkte ihn von seiner Frage ab, wusste, dass ich nicht bereit war, es zu erklären.

„Küss mich", befahl ich ihm.

Er lehnte sich ein wenig zurück und lächelte auf mich herunter.

„Hör auf, das Thema zu wechseln."

„Das habe ich nicht", leugnete ich und küsste ihn. Dieses Mal war die Verzweiflung, ihn am Reden zu hindern, real. Wir hatten letzte Nacht genug geredet und ich hatte nicht gedacht, dass das alles wäre, was wir tun würden.

Was ist mit Sex? Warum hatten wir nicht mehr Sex?

Ich glitt mit meinen Händen an seinem Rücken nach unten, stellte mir den Engel vor, fuhr seine Muskeln nach, bis ich seinen Hintern packen und mich an ihm reiben konnte. Das hielt ihn davon ab, weiter reden zu wollen. Er stöhnte in den Kuss und dann löste er sich irgendwie aus meinem Griff, kam auf seine Knie und starrte auf mich hinunter. Er war hart. Hier ging es nicht darum, dass er nicht geil war. Warum also hörte er auf?

„Bryan, woher hast du diese Narbe?"

„Warum ist das wichtig?"

„Das war es nicht", fing Gatlin mit großer Geduld an, „aber du wolltest nicht darüber reden, also nehme ich an, dass sie für dich eine Bedeutung hat."

„Es ist nichts."

„War es ein Unfall auf dem Eis?"

Gatlin wartete darauf, dass ich antwortete, und in diesem Moment hätte ich Ja sagen können und dann wäre das Thema durch gewesen, er hätte mir geglaubt und es gut sein lassen. Seine wunderschönen Augen waren mit so viel Mitgefühl gefüllt und nach dem, was er letzte Nacht mit mir geteilt hatte, war das eine Sache, die ich mit ihm teilen konnte?

„Irgendwie", zögerte ich, seufzte dann laut, als die Lüge bitter auf meiner Zunge schmeckte. „Nein." Ich wusste nicht, was ich sonst sagen sollte. Ich hatte mir vorgestellt, eines Tages *jemandem* zu erzählen, was passiert war, aber in meinem Kopf war es Aarni gewesen, der mir zuhörte und meine Geschichte verstand. Aarni, der mein Ritter in schimmernder Rüstung war.

„Warte hier", wies Gatlin mich an und tappte, herrlich nackt, zu einem Sekretär in der Ecke des Zimmers. Ich hatte ihn davor nicht wirklich beachtet, aber Skizzenblöcke waren überall darauf verteilt, zusammen mit einer Dose voller Stifte. Er nahm den obersten Block und ich erkannte den Skizzenblock, den er zurück zum Bett brachte. Er nahm eine Position mir gegenüber ein, im Schneidersitz und legte ihn vor mich.

„Schau", sagte er und ich war erleichtert, dass er mit den Fragen aufgehört hatte.

Ich schaute mir die Zeichnung an, mein Brustkorb verengte sich bei dem Anblick. Es war atemberaubend, das Blau und das trendige Detail einer Steampunk-Eule vor dem Dampf einer alten Lokomotive aus Eisen. Er hatte noch ein paar weitere Ansichten desselben Designs gezeichnet. In der Mitte befand sich ein Kompass, dessen Punkte in der Unschärfe verschwammen.

„Was bedeutet der Kompass?"

„Ich habe das Gefühl, dass Hockey deine Heimat ist und dass dein Leben sich von diesem Punkt aus bewegt."

Ich hörte mir an, was er sagte und fühlte mich bei diesen Worten unerklärlicherweise traurig. Ich hatte eine Familie. Daisy, George, Emma und Tom mochten ja eine temporäre Gastfamilie gewesen sein, aber ich war mit ihnen aufgewachsen, in den drei Jahren, die ich in Eerie gewohnt hatte. Ich musste Gatlin das sagen, aber ich hatte nicht die richtigen Worte im Kopf.

„Das ist perfekt", murmelte ich.

„Hey, weißt du, wer Matt Groening ist?", fragte er.

Ich schaute zu ihm auf. „Das ist der Typ, der die *Simpsons* zeichnet."

„Ja und wusstest du, dass er, als er Homer zum ersten Mal zeichnete, er absichtlich seine Initialen in die Form von Homers Haaransatz und Ohren malte? Er hat seine Meinung über das G im Ohr geändert, aber das M in Homers Haaren ist immer noch da."

Ich war mir nicht sicher, worauf er hinauswollte, aber es klang beinahe so, als wollte Gatlin mich auf etwas vorbereiten. Da ich Gatlin kannte, wusste ich, dass es etwas künstlerisch Wichtiges sein musste. Ich liebte diese Leidenschaft in ihm.

„Das habe ich nicht gewusst."

Er senkte seinen Blick für einen Moment, als wäre er peinlich berührt, dann deutete er auf eine der detaillierten Federn, die in einer stilisierten Uhr verschwanden. „Ich mache so etwas Ähnliches mit meinen Helmdesigns." Er fuhr etwas nach, das, wie ich jetzt erkannte, ein G war.

„Wow, es gibt also auch auf dem von Stan ein G?"

„Schau dir den Noah-Hasen an und du wirst es in der Kurve der pelzigen Ohren finden."

„Das werde ich. Eigentlich habe ich mir gedacht, dass wir mit meinem Helm vielleicht warten sollten."

„Du musst nicht sagen, dass dir das Design gefällt, wenn es das nicht tut", murmelte Gatlin.

Ich schaute ihn an, entsetzt, dass er überhaupt dachte, ich würde so etwas tun. Er war anders. Ich hatte das Gefühl, dass ich bei ihm vollkommen ehrlich sein konnte und wie zur Hölle war das passiert? Ich kannte ihn erst seit kurzer Zeit, aber irgendwie war er die erste Person, der ich mich, abgesehen von Daisy, anvertrauen wollte.

Vertrau ihm nicht. Er wird dich am Ende nur auslachen.

Ich schob die Stimme in meinem Kopf, die so sehr wie Aarni klang, zur Seite.

„Ich liebe es. Ich möchte nur nicht, dass du das hier machst und ich dann in die Minors abgeschoben oder an ein anderes Team verkauft werde."

Ich zuckte mit den Schultern, als ich das sagte, als ob es mir egal wäre, ob ich blieb oder nicht.

Er verflocht seine Finger mit meinen. „Sie wären Idioten, wenn sie dich gehen ließen. Du bist genau das, was die Railers brauchen, jemand, der ein guter Ersatz für Stan ist und eines Tages als Starter-Goalie ins Spiel gehen kann."

„Aus deinem Mund …", murmelte ich.

„Haben sie etwas zu dir gesagt?"

Ich blinzelte ihn an, analysierte die Dinge, die mir gesagt worden waren. Es gab Schlüsselwörter, die in den aufbauenden Reden der Coaches vorkamen. Vielversprechend. Stabilität. Vertrauen. Zusammen mit dem Langzeitplan für meine Rolle, den Alain Gagnon mir gegeben hatte, in dem es hieß, dass ich mit Stan trainierte, ihn unterstützte, hart für das Team arbeitete.

Das Team schien mich zu mögen. Hoffnung stupste mein Herz an und im gleichen Moment wurde mir klar, dass ich Gatlin anstarrte.

„Nein, sie wollen mit mir arbeiten. Sie haben mich eingekauft. Ich muss glauben, dass ich eine Weile da sein werde, wenn ich hart arbeite."

„Dann fange ich also bald mit dem Helmdesign an?"

Das war eine Frage, keine Feststellung und ich musste die Optionen für eine Antwort nicht abwägen. Sogar wenn ich ans andere Ende des Landes verkauft wurde, würde ich zumindest etwas von Gatlins Kunst haben, die ich mitnehmen konnte und eine Erinnerung an die Railers, die mir gegenüber nichts als freundlich gewesen waren.

„Ja. So ist es wohl."

„Wie hast du die Narbe bekommen, Bryan?", fragte er, so leise, dass ich es beinahe nicht gehört hätte. Der Friede löste sich in meinem Kopf auf und ich wurde zurück in die letzten paar Tage im Heim meiner Kindheit geworfen.

„Ich bin in eine Schlägerei geraten. Keine Hockey-Schlägerei." Ich hielt inne und dachte über die beste Möglichkeit nach, das hier anzugehen. Weder wollte noch brauchte ich Mitleid, darum war ein klinisches Herunterbeten das Beste. Ich holte tief Luft und fing zu reden an. „Ich hatte diesen guten Freund, Darren. Wir standen uns extrem nahe, fingen an, uns zu küssen. Sein Onkel, ein Pastor, hat uns erwischt und uns einen Vortrag über das Böse gehalten und mein Freund hat sich gefügt, am Ende geheiratet. Ich wollte mich nicht wegen der Religion ändern. Nur dass meine Mom wegen meiner Todsünde am Boden zerstört war, und mein Dad, der gerne trinkt, hat entschieden, seine Fäuste gegen mich einzusetzen. Ich war fünfzehn und habe mich gewehrt. Ich bin durch die Verandatür gefallen und habe mich geschnitten. Ich hatte Glück, dass keine Arterie durchtrennt wurde oder so etwas. Es ist eine hässliche Narbe, aber das war eine gewalttätige Zeit."

Es war eine Erleichterung, mir alles von der Seele zu reden, aber ich brannte vor Scham und hatte Angst, dass er mich anders sehen würde.

Schweigen. Ich wartete darauf, dass Gatlin etwas sagte, irgendetwas oder lächelte oder die Stirn runzelte, aber ich konnte nur sehen, dass er schluckte und seine Augen vor Emotionen glänzten.

„In Ordnung", fing er an und drückte meine Hand. „Wie wäre es dann, wenn wir diese Narbe, die du für hässlich hältst, nehmen und sie in etwas Wunderschönes verwandeln?"

Mit einer Hand skizzierte er die Eule und den Kompass und fügte die Andeutung eines Pucks in 3D hinzu, der meine Haut eindrückte. Es hätte nicht funktionieren sollen, tat es aber.

„Nur Schwarz und Grau für den Großteil, oder vielleicht Schattierungen von Braun und Kupfer, aber ein Hauch Farbe in den Augen des Vogels."

Ich sah zu, wie er zeichnete, staunte über die Magie, die er schuf, aber zunächst verstand ich nicht. Dann schob er mir den Block hin und drehte ihn herum.

„Tattoos, die Narben überdecken, können wirklich gut aussehen. Die Haut ist empfindlich, aber man kann dafür sorgen, dass es funktioniert. Dann wäre da keine Narbe. Dort wäre ein nachtaktiver Jäger, mit deinem verrückten Blick und der Anker des Hockeys in dem Kompass und dem Puck."

Ich schaute von der Zeichnung zu seinem Gesicht und wieder zurück.

„Du erstaunst mich", flüsterte ich.

„Ich könnte auch etwas anderes machen. Das liegt an dir." Er zog beim Sprechen seine Nase kraus, war ganz bescheiden.

„Nein! Ich will das hier."

Er lachte und beugte sich für einen Kuss vor.

„Wie wäre es, wenn du es mir sagst, sobald du bereit bist, dass ich anfange. Ich könnte es langsam machen, wenn der Laden nicht offen ist, es *wirklich* persönlich machen." Er wackelte mit seinen Brauen, neckte mich mit dem Gedanken, wie viel Spaß *wirklich persönlich* machen konnte.

Mit einem Mal wollte ich ihn unter mir oder über mir oder in mir. Solange wir irgendetwas machten, bei dem es um eine Menge engen, persönlichen Kontakt ging, war mir das egal.

Ich liebte die Designs. Die Tatsache, dass das Mitgefühl, das er mir zeigte, kein Mitleid war. Als er mich tief küsste, konnte ich nur denken, dass es keine Mühe wäre, mich in Gatlin zu verlieben.

Wenn ich es mir gestattete.

. . .

AARNI HATTE SO LANGE NICHT ANGERUFEN, dass ich beinahe vergessen hatte, dass er ein Teil meines Lebens gewesen war. Ich erhielt etwas, das sich wie ein versehentlicher Anruf aus einer Bar anhörte. Es gab keine Nachricht, aber dass ich es empfing, bedeutete, dass mein Name immer noch in einer Liste stand, um überhaupt angerufen werden zu können. Er musste immer noch meine Nummer haben.

Wie fühlte ich mich deswegen? Verwirrt, warum er nicht angerufen hatte, um sich für das, was passiert war, zu entschuldigen. Oder vielleicht war ich überrascht, dass er nicht angerufen hatte, um mir eine Predigt zu halten.

Kein Teil davon gab mir das Gefühl, einen Strich unter Aarni gezogen zu haben, aber im Training arbeitete ich so hart, während ich über das Problem nachdachte, dass Stan sich setzte und entschied, mir zuzuschauen, während das Team Pucks ins Netz feuerte. Natürlich blieb er nicht lange sitzen, aber es reichte aus, dass das gesamte Team Kommentare abgab, wie ich mich bei den Coaches lieb Kind machte.

Mit Zuneigung gesagt.

Adler schien entschlossen zu sein, seine besten Sprüche zu machen. Die Menge an Zeit, die er damit verbrachte, in meinen persönlichen Raum einzudringen, war komisch und er gab seine Versuche auf, als Ten einen Schuss machte, dann verbrachte er eine lange Zeit mit dem Versuch, ein Tor an meinem Blocker vorbeizubringen. Es passierte nicht und am Ende klopfte ich die Sprüche.

„Ich dachte, du könntest das gut?", sagte ich, als er rückwärts fuhr.

Er zeigte mir den Finger, grinste aber von Ohr zu Ohr. Als ob er es liebte, auf *mich* zu schießen, als ob er vielleicht *mich* mochte.

Als das Training beendet war und ohne Gedanken an Aarni in meinem Kopf, mit dem Summen von Hockey und Leben in meinen Adern, machte ich mich auf den Weg zu meinem Platz. Im Übungsstadion war ich am Ende, aber das gab mir nicht das Gefühl, isoliert zu sein. Wenn überhaupt hatte ich etwas Distanz zu den Sprüchen und dem Lachen und den Streichen, sodass ich in meinen geistigen Zustand kommen konnte, wenn ich das brauchte. Obwohl mir noch niemand einen Streich gespielt hatte, aber das war in Ordnung. Ich wusste, dass niemand sich mit Stan anlegte, weil er unvorhersehbar russisch war und sich wahrscheinlich auf den Übeltäter setzen würde. Darum waren Goalies vielleicht unantastbar?

Ich dachte nicht einmal darüber nach, warum nur eine Flasche Shampoo an der Seite stand, wo es doch normalerweise eine Auswahl gab, die den Spielern ständig zur Verfügung stand oder warum ich der Einzige in den Duschen war oder zum Teufel, warum irgendetwas davon eine Rolle spielte. Ich wusste nur, dass es heißes Wasser war und ich schloss meine Augen und beugte meinen Kopf vor, damit das Wasser die Spannung in meinen Schultern lockern konnte. Das Shampoo roch nach Rosen oder etwas anderem Seltsamen. Ich trocknete mich ab und ging zu den Spiegeln.

Ich war blau. In Streifen an meinem Kopf und meinem Körper entlang.

Ich grinste mein Spiegelbild an.

Verdammt, es war das Railers-Blau. Ich war ein Goalie-Schlumpf und ich liebte es.

Niemand übernahm die Verantwortung, aber Adler pfiff viel mehr als gewöhnlich und ich sah, wie er Lester und Connor ein High-Five gab.

Herausforderung angenommen.

Als ich am Tattooladen ankam, meine Übernachtungstasche in der Hand, starrte Gatlin die blauen Streifen mit großen Augen an, während ich erklärte, dass es nur für *ungefähr einen Tag* so bleiben würde. Er lachte schnaubend und küsste mich. Dann, als der Laden geschlossen war, fuhr er damit fort, alle blauen Stellen zu küssen, die er finden konnte. Er hatte anscheinend einen Kink für Farbe und ich entschied in diesem Moment, die farbenfrohste Person zu sein, die ich werden konnte. Für ihn.

Wenn wir ein Heimspiel hatten, übernachtete ich im Laden. Wenn wir auswärts waren, unterhielten Gatlin und ich uns über Facetime. Ich musste ihn täglich sehen und er brachte mich so sehr zum Lächeln, dass manchmal einer aus dem Team mich anstupste und fragte, was für einen Witz ich gehört hatte.

Stan fasste es irgendwie gut zusammen. „Du lächelst breit wie breitestes breites Ding." Oder zumindest dachte ich, dass er das meinte, weil ein Teil davon auf Russisch war.

Als der November begann, fühlte ich mich wie ein Teil des Teams, jemand, dessen Meinung eine Rolle spielte und die Railers hielten ihre Position als Dritter in der Conference. Ich hatte bisher sieben Mal gespielt, vier gewonnen, zwei verloren und hatte ein Spiel in die Verlängerung gebracht, das Ten dann mit einem der besten Tore, die es bisher in der Saison gegeben hatte, für uns gewonnen hatte.

Wir hatten Hockey voll im Griff und ich war glücklich in dem kleinen Apartment über dem Tattooladen und das Tattoo auf meiner Hüfte begann, Form anzunehmen. Gatlin war konzentriert, wenn er an meiner Haut arbeitete. Ich starrte ihn an, zog ihn auf, versuchte, ihn zum Lachen zu bringen. Es war, als ob mein wahres Ich aus seinem Schneckenhaus kommen würde, dasjenige, das sich absichtlich zurückgehalten hatte, nach dem, was mit fünfzehn mit meinen biologischen Eltern passiert war.

An diesem Abend waren Daisy und George im Stadion, um zuzusehen, wie wir gegen Columbus spielten, um die Punkte kämpften, die uns an die zweite Stelle bringen würden. Gatlin war bei einer Fortbildung und würde erst später zurückkommen, aber er würde sie kennenlernen. Ich war nicht im Tor.

Das war für das Wochenendspiel gegen einen unserer Rivalen aus Pennsylvania geplant, für das sie bleiben würden. Das bedeutete, dass ich Zeit hatte, mich auf *sie* zu konzentrieren. Nach dem Spiel brachte ich beide mit, damit sie das Team kennenlernen konnten. Daisy hatte eine Schwäche für Ten und Ten freute sich, eine lange Umarmung zu bekommen und versprach, dass er ihr einen signierten Puck geben würde.

„Wie wäre es noch mit einem Jersey?", fragte Ten

und griff in seine Tasche, um ein Ersatz-Jersey herauszuholen. Der verdammte Wunderknabe hatte ständig zusätzliche Jerseys dabei, *für seine Fans*. Mir waren ein paar Delaney-Jerseys in der Menge aufgefallen, die zu den Spielen kam und ich machte mir eine Notiz, mir ein paar zu besorgen, die ich hergeben konnte, wenn ich jemandem begegnete, der mich kannte.

„Sie ist meine Mom und sie wird eines von mir haben wollen", warf ich ein, schmollte Ten an und setzte einen angemessen verletzten Gesichtsausdruck auf. Daisy hörte mit ihrem sachten Flirten mit Ten und dem Team auf und drehte sich zu mir um.

„Bryan?"

„Was?"

„Du hast mich ‚Mom' genannt", sagte sie und zog mich in eine Umarmung. Ich wusste nicht, warum das ein Schock war. Sie war meine wahre Mutter, seit ich fünfzehn war. „Du hast mich nie so genannt."

Oh.

Mir war nicht klar gewesen, dass ich mich zurückgehalten hatte. Wir umarmten uns weiter und sie zog mich zu sich nach unten, um mir ins Ohr zu flüstern.

„Ich nehme trotzdem Tens Jersey", zog sie mich auf. „Aber ich liebe dich, Liebling."

„Liebe dich, Mom." Dann wandte ich mich George zu, der mit Connor über ein Manöver diskutierte, das Gretzky in den Siebzigern gemacht hatte, das Dad gesehen hatte. „Ich liebe dich auch", sagte ich zu ihm und stupste seinen Arm. „Dad."

Er schaute mich an, dann Mom, war verwirrt, dann umarmte er mich ebenfalls. „Liebe dich auch, Sohn."

Alles war perfekt. Heute Abend würde ich Gatlin vielleicht sagen, was ich empfand.

Als wir alle zu Stan und Erik fuhren, wurden Mom und Dad willkommen geheißen und ich war so stolz auf sie. Als Gatlin kurz darauf ankam, stellte ich sie als meine Mom und meinen Dad vor, was meine Mom natürlich ganz weinerlich und anhänglich machte.

Gatlin redete eine Ewigkeit mit Dad, beide wirkten so ernst, aber ich ließ es laufen.

„Dein junger Mann ist wunderbar", sagte Mom, erwischte mich, als ich mit einem Teller Nachos aus der Küche kam. Sie stahl sich eine Handvoll und drückte einen Kuss auf meine Wange. „Ich kann sehen, dass dein Dad ihn ebenfalls mag."

„Ich liebe ihn", platzte ich heraus und hätte mir auf die Zunge beißen können. Ich wollte nicht, dass meine Liebeserklärung von irgendeinem Mitglied der Railers gehört wurde, die sich ihren eigenen Vorrat an Chips und Dips aus Stans riesiger Küche stahlen.

Sie klopfte mir nur auf den Rücken. „Ich weiß, dass du das tust."

Gatlin und ich brachten sie in ihr Hotel und ich war auf dem Weg zurück zu seinem Apartment still im Auto. Die Dunkelheit lud alle möglichen Geheimnisse ein.

„Ich liebe dich", sagte ich so dramatisch, wie ich es meiner Mom verkündet hatte. Wir waren auf halbem Weg nach Hause und wollten gerade an einer Ampel abbiegen.

Gatlin warf mir einen Seitenblick zu, blinkte dann

und parkte an der nächsten freien Stelle. Dann küsste er mich tief und niemals endend, und das war eine Markierung an mir, die ich niemals auslöschen wollte.

„Ich liebe dich auch", murmelte er an meinen Lippen und fuhr dann weiter nach Hause.

Ja. Das Leben war gut.

ZWÖLF

Gatlin

─────────

Sein Rücken an meinem Oberkörper, das schwere Atmen eines Mannes, der kurz davor war, mein Zimmer und meine Seele füllte, meine Hand fest um seinen Schwanz geschlossen. So sollte jeder Morgen anfangen. Bryan pumpte in meine Finger, seine Haut war gerötet und klebrig-feucht von Schweiß, den ich gierig aufleckte. Mein Schwanz ruhte zwischen seinen festen Pobacken, leer, meine Wichse bedeckte seinen unteren Rücken, nachdem er mich angefleht hatte, ihn herauszuziehen, das Kondom loszuwerden und auf ihm zu kommen.

„Liebe dich", murmelte ich in seine Schulter. Sein Schwanz zuckte, bedeckte meine Finger und die Laken. Bryan keuchte und fickte meine Hand, sein fester Griff umschloss mein Handgelenk.

„Oh, fuck", schnaufte er, als sein Körper sich versteifte, bis hin zu seinen Zehen, die sich in die schmutzigen Laken gruben. „Liebe dich … auch."

Ich ließ einen Sturm kleiner Küsse an seinem Hals

und Ohr entlang regnen, molk ihn, bis das Schaudern nachließ und er in meine Arme schmolz.

„Ist es jetzt besser?"

Er nickte, sein Brustkorb hob und senkte sich in einem vernünftigeren Tempo.

Der Mann war mehr als angespannt gewesen, seit der November sich langsam auf den Dezember zu bewegt hatte. Morgen war Thanksgiving, eine Mahlzeit, die er und ich hier kochen und teilen würden. Eine Woche danach, am ersten Dezember, würden die Raptors in Harrisburg eintreffen. Mit jedem Tag spürte ich, wie seine Nervosität stieg und stieg.

Worte halfen nicht wirklich, um seine Sorgen zu mildern. Der Sex brachte das ganz gut zustande und ich war begeistert, ihn von dieser Anspannung zu befreien, so oft er es brauchte. Sich wie wilde Hirsche zu paaren funktionierte nur eine gewisse Zeit, dann war er wieder der Mann, den ich kennengelernt hatte. Nervös, verängstigt, in einem Zustand ständiger Anspannung. Alles wegen Aarni, diesem gottverdammten missbrauchenden Arschloch. Wenn ich Zugang zu einem Mülllaster der Stadt gehabt hätte, wäre ich nach Arizona gefahren, hätte diesen schleimigen, schweinsgesichtigen Bastard gefunden und ihn überfahren. Dann hätte ich den Rückwärtsgang eingelegt und ihn noch einmal überfahren. Das hätte ich unter Umständen so lange getan, bis Aarni Lankinen nicht mehr als ein roter Fettfleck auf der Straße war.

„Gut. Wir müssen für morgen eine Menge vorbereiten. Das Rezept für die Füllung deiner Mutter verlangt Austern." Ich liebkoste seinen Halsansatz, knabberte ein wenig, als er in meinen Armen zu Pudding wurde. „Ich fahre zum Laden und hole welche. Ich liebe deine Mutter."

„Mm, ja? Warum? Weil sie dir ihr Rezept für die Füllung gegeben hat?"

„Weil sie mich als jungen Mann bezeichnet."

Er lachte verschlafen und döste ein, zufrieden und sicher und beschützt. Und so würde er bleiben. Ich würde ihn, wenn es sein musste, mit meinem Leben schützen. Ich hielt ihn eine lange Zeit, staunte, was für ein verdammtes Glück ich hatte, diesen Mann zu haben. Dann wurde traurigerweise der Drang zu pinkeln zu stark, um ihn weiter zu ignorieren. Ich drückte einen Kuss auf seinen Rücken, genau dort, wo all die neue Farbe und das Design sich jetzt befanden. Dann deckte ich ihn zu und begann meinen Tag. Pissen, duschen, zur Hölle mit dem Rasieren, weil Bryan sagte, dass er die silbrigen Stoppeln mochte.

Nachdem der Kaffee gebraut war, füllte ich eine Tasse und ging nach unten, um die Zeitung zu holen und nach Angeboten für Austern zu suchen. Wenn es so etwas wie ein Angebot für Austern gab. Garrett drehte gerade den Schlüssel in der Tür, als ich sie aufriss. Ich erschreckte ihn so sehr, dass er seine Tasche fallen ließ.

„Verdammt", knurrte er über mein Kichern hinweg. Nachdem er sich gefasst hatte, schloss ich die Tür hinter ihm und sperrte ab. Ich hatte zwei ganze Tage frei und ich wollte nicht, dass ein Spontankunde sich hereinschlich, wenn ich es nicht mitbekam. Zwei Tage mit Bryan. Die perfekte Art, einen Feiertag zu begehen, bei dem es nur um Dankbarkeit ging. Nun, Bryan und die Gäste, die zum Abendessen kommen würden. „Du bist gut gelaunt. Muss der Welpe sein, der dein Bett wärmt?"

„Muss so sein." Ich schenkte ihm ein Grinsen und ein anzügliches Zwinkern.

Ein kleines Lächeln zog an seinen dünnen Lippen. „Dann freue ich mich für dich."

„Ja?" Ich blieb bei der Kasse stehen, wo Jess normalerweise die Post hinstopfte.

„Du klingst überrascht." Er nahm mir meine Kaffeetasse ab, trank einen Schluck, verzog das Gesicht und reichte sie mir zurück.

„Nun, das bin ich irgendwie, um ehrlich zu sein. Ich dachte, du und die Eltern wollten mich nur leiden sehen."

„Oh, zur Hölle damit, Gatlin!", schrie Garrett, knallte seine Ledertasche, die mit wichtigen Bankpapieren gefüllt war, auf die Glastheke. Das brachte mich dazu, meinen Kopf von meiner Suche nach Werbung für Lebensmittel zu heben. „Ich wünschte, ich wüsste, wo zur Hölle du die Idee herhast, dass ich dich leiden sehen möchte!"

„Ich habe sie sterben lassen."

Er starrte mich für mehrere lange Sekunden an. Ich beugte mich wieder nach unten, um unter der Kasse herumzusuchen. Als ich mich, mit leeren Händen, wieder aufrichtete, hatte sein Gesichtsausdruck sich von Wut zu milder Genervtheit gewandelt. Er seufzte, richtete seine Krawatte, die aus seiner Weste gerutscht war, als er die Theke mit seiner Tasche geschlagen hatte und spießte mich mit seinem Blick auf.

„Gatlin, du hast sie nicht sterben *lassen*."

„Aber-"

Er hob eine Hand, um meine Worte wie mit einer Machete abzuschneiden. „Nein, würdest du bitte, ausnahmsweise, ein einziges Mal auf mich hören? Ich habe dich nie für Ginas Tod verantwortlich gemacht. Diesen Anfall hätte sie zu jeder Zeit haben können. Traurigerweise ist er gekommen, als sie allein war. Nein, sag nichts, hör mir nur einmal zu! Du warst ein guter älterer Bruder. Das waren wir beide. Wir haben sie angebetet. Wir haben sie verwöhnt. Wir haben uns um sie gekümmert. Aber keine Person kann jede Minute eines jeden Tages mit einer anderen Person zusammen sein. Du trägst diese Last seit zwanzig Jahren und das ist unnötiges Elend."

Ich musterte ihn eingehend, die Kaffeetasse in meiner zitternden Hand. „Mom und Dad geben mir die Schuld."

„Was der Grund ist, warum ich seit dem Tag von Ginas Beerdigung nicht mehr mit ihnen geredet habe."

Wow. Das war mir neu. Ich hatte gewusst, dass sie seit einer Weile entfremdet waren, hatte aber nie den Grund verstanden. Garrett redete nicht. Das war wohl etwas, das wir als Brüder gemein hatten.

„Ich wünschte nur, ich wüsste, wie ich mit *dir* reden soll", fügte er hinzu.

Er starrte mich an und ich starrte ihn an.

„In Ordnung, nun, danke, dass du mich nicht hasst. Ich dachte, das würdest du."

Seine Nase zuckte. Ein Zeichen, dass er immer noch leicht aufgeregt war.

„Das hättest du gewusst, wenn du je mit mir geredet und nicht einfach das Schlimmste angenommen hättest."

Richtig. Nun, so etwas funktionierte in beide Richtungen, aber nun ja, ich war müde und sprachlos und wollte nicht auf Kleinigkeiten herumhacken. Ich machte Anstalten, ihm über die Theke hinweg eine unglaublich linkische Umarmung zu geben, aber er wich leicht zurück.

„Es gibt keinen Grund so zu tun, als wären wir plötzlich diese unglaublich berührfreudige Familie", grummelte er vor sich hin, aber er hielt mir seine Hand hin. Ich nahm sie und wir schüttelten sie. Jess musste ihre eine-Umarmung-macht-alles-besser-Attitüde vom potenziell emotionalen Gen eines lang zurückliegenden Vorfahren bekommen haben, denn sie hatte es ganz *sicher* nicht von ihren Eltern.

Jemand räusperte sich und sowohl Garrett als auch ich schauten nach rechts. Dort stand Bryan, in einer weichen Fleecehose, alten Sneakern, einem Tanktop, das seine atemberaubenden Schultern und Arme der Welt präsentierte, einem herrlich dunklen Knutschfleck an seinem Hals und wild zerzausten Haaren. Also ja, der schönste Mann der Welt hob seine Braue in meine Richtung.

„Oh, tut mir leid. Bryan Delaney, das ist mein älterer Bruder, Garrett." Ich deutete auf Garrett, der dann zu Bryan ging und ihm seine Hand anbot. „Garrett, mein fester Freund, Bryan."

Bryan schenkte mir ein schüchternes Lächeln. Wir

hatten bis jetzt kein so formelles Label benutzt. Es fühlte sich richtig an.

„Schön, dich kennenzulernen. Gatlin erzählt die ganze Zeit von dir. Kommst du morgen zum Thanksgiving-Essen? Meine Eltern sind für zwei Tage da."

Mein Bruder schaute zu mir, seine Hand immer noch in der meines Liebhabers. Ich nickte. Garrett neigte leicht seinen Kopf.

„Ich werde allein kommen. Meine Frau ist in Nantucket bei ihren Großeltern. Oh. Ich sollte Jess von der Einladung erzählen." Garrett ließ Bryans Hand los. Ich schaute zur Decke und rieb an meinen Kinnstoppeln und hörte Garretts leidendes Seufzen. „Sie ist schon eingeladen, oder?"

Ich öffnete den Mund, um etwas zu sagen. Bryan ebenfalls. Garrett schüttelte seinen Kopf und lachte. Ich warf ihm ein strahlendes Lächeln zu.

„Bring etwas von dieser teuren kalten Ente mit, die du hortest wie Onkel Dagobert seine Kreuzer", sagte ich.

Garrett verdrehte die Augen und da wusste ich, dass die Dinge zwischen uns in Ordnung waren. Wir mochten nicht das Geschwister-Ideal sein, aber zumindest wusste ich, dass ich ihm wichtig war, auf seine kalter-Fisch-Art und Weise. Ein berühmter Grieche, vielleicht Prometheus, hat gesagt, dass große Dinge einen kleinen Anfang haben. Vielleicht waren mein Bruder und ich für große Dinge bestimmt.

. . .

DIE RAPTORS WAREN in die Stadt geflogen.

Da Stan am vorigen Abend gegen New Jersey im Netz gewesen war, und weil Bryan das Team so gut kannte, stand mein Mann zwischen den Rohren. Er war in diese unheimliche Ruhe verfallen, bevor er zum Spiel gefahren war. Unfähig, es auf andere Weise zu beschreiben, hatte ich das Gefühl, dass er an den Ort gegangen war, den Goalies vor einem Spiel aufsuchten, um sich mental vorzubereiten. Ich saß auf einem herrlich geräumigen Sitz in der sogenannten „Steamers Section" und hatte ein paar Anzugträger zu beiden Seiten, was in Ordnung war. Ich in meinem Delaney-Jersey, der zerrissenen Jeans und den komplett abgetragenen Springerstiefeln fiel unter all diesen teuren Anzügen nicht auf. Nein. Überhaupt nicht. Garrett hätte sich wie zu Hause gefühlt.

Sobald der Puck Drop das Spiel startete, wurde es intensiv. Beide Teams waren angespannt und jede Chance, einen Check zu machen, wurde ergriffen. Normalerweise wurde diese Art aggressives Spiel für Derbys und die Play-offs reserviert. Große Männer wurden mit schöner Regelmäßigkeit von anderen großen Männern gegen die Bande geknallt. Kleine Kämpfe brachen hier und da aus, Schubsen um die Netze herum oder Diskussionen, die andauerten, nachdem die Blöcke gewechselt hatten.

Die Fans liebten es. Zur Hölle, *ich* liebte es. Wenn mein Mann dort draußen gewesen und verprügelt worden wäre, wäre dem wohl nicht so gewesen, aber er stand sicher im Netz. Obwohl auch er ein wenig schneller als gewöhnlich dabei war, zu Schubsen und seinen Schläger zu benutzen, um Spieler der Raptors zu erwischen. Das erste Drittel war eng, nicht zu viele Schüsse auf die Tore, aber jede Menge körperliche Action an beiden Netzen. Ein Kampf lag in der Luft. Man konnte die brodelnde Aggression so gut riechen, wie das Popcorn, Malzbier und die bratenden Hamburger.

Als die Auseinandersetzung dann an der Bande links von Bryan ausbrach, war niemand überrascht. Wir alle waren aufgesprungen und hatten gejubelt, als der große Adler Lockhart auf den ebenso großen Pterov Egorov einschlug, einen Verteidiger der Raptors, nachdem Egorov mit einer nicht provozierten Attacke auf Lockhart davongekommen war. Körper trafen aufeinander, die Fans drehten durch.

Natürlich sprang Tennant Rowe in das Durcheinander, in dem Versuch, einen der Raptors von einem anderen Railer zu ziehen. Was als Nächstes passierte, geschah in einem Sekundenbruchteil, aber es war eines dieser Dinge, die jeder, der dabei gewesen war, für immer mit sich tragen würde. Jemand griff nach Rowes Kopf in dem Durcheinander aus Männern und Schlägern und gestreiften Oberteilen. Später, auf den tausenden Wiederholungen, konnten wir sehen, dass das Ziehen an Tennants Helm zufällig geschehen war. Ein Raptor, der einfach auf die Horde einklopfte und aus Versehen Tens Helm erwischte. Rowes Helm fiel herunter und Aarni Lankinen flog in den Mob. Vielleicht war ich auf den Arsch wegen meines Wissens über seine missbrauchende Art und seinen kranken Hass auf Tennant Rowe fokussiert. Bryan hatte mir in der

Nacht Dinge zugeflüstert. Dinge, die dazu geführt hatten, dass ich angefangen hatte, in der Zeitung nach Verkaufsanzeigen für Mülllaster zu suchen. Ich schrie Tennant zu, dass er aufpassen sollte. Als ob er mich über die achtzehntausend anderen Fans hören könnte, die nach Blut gierten.

Es gibt einen Spruch, dass man vorsichtig damit sein soll, was man sich wünscht. Als Lankinen Rowe erreichte, schlug er eine Hand auf seine Schulter und riss ihn über sein ausgestrecktes Bein nach hinten. Rowe fiel in die sich windende, schlagende Masse aus Kufen, sein Kopf schlug laut auf das Eis auf und dann lag er da. Bewegte sich nicht. Sein Kopf lag in einer immer größer werdenden Lache aus Blut, während Kufen um ihn herum tanzten.

Im Stadion wurde es still. Der Coach der Railers flog über die Bande und schob sich durch die Männer, die erst jetzt sahen, dass Rowe bewusstlos auf dem Eis lag. Ich stand da, hoch über dem Eis, erstarrt vor Furcht. Da war so viel Blut. Und Rowe zuckte mit keinem Finger. Bryan, gesegnet sei sein wunderbares, zärtliches Herz, raste aus dem Netz und warf sich auf Aarnis Rücken, rammte das Gesicht seines Ex gegen das Glas und schlug ihm gegen den Kopf.

Niemand jubelte. Nicht eine Person in dem vollen Stadion sagte ein Wort. Ich schob mich durch die besorgten Fans, mein Herz hämmerte in meiner Kehle, als ich die Treppe hinuntereilte. Ich musste in den Spielerbereich und zu Bryan gelangen. Natürlich würde es mir nicht gestattet sein, in die Umkleide zu marschieren. Verdammt. Ich wirbelte herum, starrte auf die Szene, die sich auf dem großen Bildschirm abspielte. Spieler waren jetzt wieder auf ihren Bänken, eine Bahre wurde für Rowe aufs Eis gebracht, der sich nicht bewegte. Und Aarni wurde vom Eis eskortiert. Dann standen die Schiedsrichter und Linienrichter in einer kleinen Gruppe neben dem Tisch des Zeitnehmers, diskutierten, wie viele Penaltys ausgesprochen werden würden. Die Zeit in der Sündenbox war aber nicht wichtig.

Unser bester Spieler war ernsthaft verletzt. Es schien ewig zu dauern, bis sie Tennant mit einer Halskrause sicherten und ihn dann vorsichtig auf die Trage hoben. Ich hatte versucht, Jared von dort aus zu sehen, wo ich war, aber er war nicht auf der Bank gewesen. Als die Sanitäter Ten durch die Zamboni-Türen schoben, sah ich Madsen, der auf seinen Mann wartete und seine Hand nahm, als der jüngste Rowe-Junge eilig aus dem Stadion gebracht wurde. Ich hatte noch nie zuvor gesehen, dass ein Coach ein Spiel verließ, aber andererseits hatten Tennant und Jared keine typische Coach/Spieler-Beziehung. Himmel, Jared musste fix und fertig sein.

Vielleicht fünfzehn Minuten waren in tödlicher Stille vergangen. Der Rest des Spiels war verschwommen, mit einer heftigen Niederlage für die Railers, für die niemand ihnen einen Vorwurf machte. Wie konnte ein Team weiter mit Vollgas spielen, wenn einer ihrer beliebtesten Freunde ernsthaft verletzt war?

Es war ein langes, angespanntes Warten auf Bryan. Er und Stan kamen gemeinsam heraus, die Köpfe zusammengesteckt und winkten den Fans ab, die ein

Autogramm wollten. Erik folgte Stan, den Kopf gesenkt und der Rest des Teams kam nach und nach, niemand blieb an diesem Abend für die Fans stehen.

„Hey", sagte ich, als Bryan sich von Stan löste. Der große Russe umarmte mich kurz und eilte dann mit seinem Liebhaber zu seinem Auto. „Irgendwelche Neuigkeiten?"

„Sie sagen, dass es schlimm ist."

„Fuck." Ich wollte ihn umarmen, war mir aber nicht sicher, ob wir dieses Out und Proud-Zeug machten. Als er mich packte und eng an seinen Brustkorb drückte, erwiderte ich die Umarmung. Niemand würde sich an diesem Abend etwas dabei denken. Jeder Spieler, der aus dem Stadion kam, hatte vor Trauer und Sorge tief eingesunkene Augen.

„Er hat das wegen mir mit Tennant gemacht", keuchte Bryan, sein Gesicht war immer noch an meinem Hals vergraben.

„Nein, Babe, nein. Er hat das getan, weil er eine traurige Entschuldigung für ein menschliches Wesen ist und dazu noch ein widerliches Wiesel von einem Hockeyspieler." Meine Hände wanderten über seinen Rücken, klopften und rieben, während er gegen die Tränen kämpfte. „Möchtest du zum Krankenhaus fahren?"

„Ja, bitte. Wenn dir das recht ist?"

Warum fragte er das? „Natürlich musst du gehen."

„Tut mir leid, ja, ich möchte gehen. Du musst nicht mitkommen. Du kannst nach Hause gehen und ich rufe dich an, wenn es Neuigkeiten gibt." Er zog sich zurück. „Ich muss jetzt nur bei meinem Team sein."

Ich konnte sehen, wie er anfing, sich einzukapseln. War es der Schock? Oder war das etwas Persönliches? Er war von mir weggetreten und wollte mir nicht in die Augen blicken. Er entschuldigte sich dafür, nicht bei mir zu sein, und ich konnte die Furcht in seinem Gesichtsausdruck sehen.

„Ich komme mit dir", sagte ich mit konzentrierter Entschlossenheit.

„Ich werde nicht lang bleiben", sagte er und wollte mir wieder nicht in die Augen sehen.

Was zur Hölle? „Ich dachte nur, dass du vielleicht Gesellschaft möchtest. Ich könnte Kaffee holen und so." Mir gingen die Worte aus, wie ich erklären sollte, dass ich wirklich bei ihm und dem Team sein wollte und dass ich nützlich sein konnte. Vielleicht war es mein Tonfall oder die Worte selbst, aber etwas musste ihn erreicht haben.

„Wirklich?", fragte er und schaute mich endlich an.

Dieter kam vorbei. „Ich habe auf meinem Rücksitz Platz für zwei", verkündete er und mir wurde klar, dass wir nicht allein dastanden. Wir befanden uns mitten in einer Gruppe Spieler, die alle wissen wollten, wie es Ten ging, die alle im Krankenhaus sein wollten. Mit einem Mal war ich mir unsicher. Vielleicht war es nicht mein Platz, hier zu sein.

„Aber ich kann hierbleiben, wenn du denkst, dass ich im Weg sein werde."

Dann schob der Mann, den ich liebte, seine Schultern zurück, reagierte auf die Unsicherheit in meinem Tonfall und wurde die selbstbewusste Person, von der ich wusste, dass er sie sein konnte.

„Ich *möchte* dich dort haben."

„Lass uns gehen."

Er drückte einen Kuss auf meine kalte Wange und dann folgten wir der Prozession aus Spieler- und Angestelltenautos zum Harrisburg University Hospital, das *nicht* das offizielle Krankenhaus der Harrisburg Railers war. Wir fuhren zur HUH, weil sie eine hochmoderne Station für schwere Kopfverletzungen hatten.

Ich fuhr, während Bryan leise kleine Gebete flüsterte.

DREIZEHN

Bryan

Etwas war im Stadion passiert. Vertraute Schuldgefühle hatten mich übermannt und ich wollte Gatlin nicht brüskieren, wollte nicht, dass er wütend auf mich wurde, und ich hatte mich verletzlich und entblößt gefühlt. Als er seine eigene Sorge ausdrückte, dass er vielleicht im Weg sein würde, reichte das aus, um mich zurückzuholen und bei Gott, ich hatte das gebraucht. Er war nicht Aarni. Er war ein Mann mit einem großen Herzen, der sehen konnte, dass ich aufgewühlt war.

Ich wusste, dass ich unter Schock stand. Als ich gesehen hatte, wie Aarni auf Ten losging, konnte ich mich nicht schnell genug bewegen. Ich hatte versucht, Ten zu erreichen, hatte ihm helfen wollen.

Ich habe es so sehr versucht.

Aber es war zu spät gewesen. Ten lag bewegungslos da, Blut sammelte sich unter seinem Kopf. Ich warf mich auf Aarni, schlug und trat ihn, zog seinen Körper aus dem Durcheinander und auf das offene Eis.

Ich sah etwas in seinen Augen, als meine blanken

Hände an seinem Helm zerrten, Freude zuerst und dann Furcht, als ich ihn verletzte. Er hatte versucht, mich wegzuschubsen, nannte mich einen Bastard, sagte mir, dass ich wertlos war, aber verdammt, ich hatte den Mann bluten lassen. Ich wusste zunächst nicht, wer mich von ihm herunterzog. Ich versuchte, mich auch gegen diese Person zu wehren, aber Stans Stimme brachte mich endlich dazu, aufzuhören. Er packte meine Hände und drehte mich von Aarni und Ten weg.

„*Dostatochno*", wiederholte er immer und immer wieder, starrte mich direkt an, seine Augen glänzend vor Emotionen, hielt mich, bis ich mich endlich in seinem Griff entspannte. „*My ub'yem, yego pozzhe*", fügte er hinzu.

Ich wusste nicht, was er gesagt hatte, aber ich glaubte, dass, was immer es war, bedeutete, dass Aarni für das bezahlen würde, was er getan hatte.

Und jetzt saß ich in diesem Auto, betete, dass es Ten gut gehen würde, unfähig zu begreifen, wie etwas so Dummes damit enden konnte, dass er im Krankenhaus landete. Hockey war ein gefährlicher Sport und es gab oft Kämpfe und Auseinandersetzungen. Männer, die mit aufgeplatzten Lippen oder aufgeschlagenen Knöcheln und einem Grinsen daraus hervorgingen.

Warum war es für Ten schiefgegangen?

Das Krankenhaus tauchte vor uns auf und ich spannte mich beim Anblick der Presse, die vor den Toren versammelt war, sofort an. Das hier waren große Neuigkeiten in unserer Stadt. Unser Superstar-Spieler, der auf dem Eis ausblutete, wurde auf jedem Handy und jedem Fernseher gezeigt, dessen war ich mir sicher.

Ein Mann, den ich nicht erkannte, der ein Railers

Hoodie trug, bedeutete uns, am Gebäude nach links zu fahren, und ich entdeckte Adlers schnelles Auto vor uns. Wir wurden in einen abgetrennten, privaten Parkplatz gescheucht, zusammen mit mehreren anderen Autos der Railers.

„Hier", sagte Layton Foxx, sobald wir ausstiegen. „Ihr werdet die hier brauchen. Bleibt, wohin ihr gebracht werdet. Bitte nicht mit der Presse reden und keine Sozialen Medien. Tragt diese Pässe immer bei euch und wenn ihr Fragen habt …" Seine Stimme brach und ich konnte den emotionalen Aufruhr in seinen Augen sehen. Er war ein Mann, der diese Situation irgendwie in den Griff bekommen sollte, aber vor allem war er Tens Freund. Wir alle waren das. Ich wollte etwas zu Layton sagen, damit er sich besser fühlte, wollte nicht, dass er so gebrochen und verängstigt aussah. Mir fiel nicht eine Sache ein, die funktionieren würde, nicht, wenn ich dieselben Ängste fühlte, von denen ich wusste, dass er sie hatte.

„Es ist in Ordnung", meinte Gatlin, nahm die beiden Pässe und legte einen um meinen Hals. „Ich kümmere mich darum."

Layton nickte dankend, seine Knöchel waren weiß, wo er die verbleibenden Pässe umklammerte.

„Ich weiß nicht …", fing er an, schüttelte dann seinen Kopf. „Scheiße."

Gatlin umarmte ihn seitlich. „Was kann ich tun, um zu helfen? Lass mich das machen." Er nahm die Pässe und schob dann mich und Layton in Richtung der Tür, neben dem Parkplatz. „Ich übernehme das."

„Nur das Team", sagte Layton, offensichtlich hin-

und hergerissen, was er tun sollte. Seine Verantwortung galt dem Team, aber das war *Ten*, der da drin verletzt lag. „Nahestehende", fügte er hinzu.

„In Ordnung, ja, ich nehme an, jemand hat seine Familie angerufen? Seine Brüder?"

„Brady ist auf dem Weg. Jamie steckt in Florida fest, wird aber in ein paar Stunden da sein."

„Und seine Eltern?"

„Ebenfalls auf dem Weg. Ein Fahrer holt sie am Flughafen ab. Wenn jemand rein will, den du nicht kennst, rufst du mich an, ja?"

„Werde ich machen."

Furcht baute sich bei diesem Frage-Antwort-Spiel in mir auf. Gatlin war so ruhig, aber Eltern und Geschwister, das machte alles so real. Layton schaute von Gatlin zu mir und marschierte dann ins Krankenhaus, verschwand außer Sichtweite.

„Ich bleibe hier draußen, Bryan, in Ordnung?"

„Huh?" Ich schloss kurz meine Augen und verfluchte meine Sehkraft und was ich an diesem Abend gesehen hatte. Das hier könnte es für Ten gewesen sein. Vorbei. Er hatte so eine strahlende Zukunft vor sich gehabt und wegen mir war er verletzt worden. *Mir ist so kalt. Warum ist mir so kalt?*

Gatlin umfasste mein Gesicht. „Ich bleibe hier als Anweiser", sagte er und bewegte seine Daumen kurz über meine Wangenknochen, bis ich wieder klar und konzentriert war. „Ist das für dich in Ordnung?"

„Was?"

„Auf diese Weise kann ich helfen."

„Danke. Ich glaube, Layton muss da drin sein. Sein

Team ist …" *Im Arsch? Zerstört? Ten ist das Herz dieses Teams. Wir sind fertig. Ten ist fertig -*

„Hör auf, Bryan." Gatlin klang fest. „Das ist auch dein Team. Was auch immer du gerade denkst, hör auf damit. Du musst da reingehen und das mit deiner Hockey-Familie teilen und sobald ich kann, werde ich reinkommen."

Diese Furcht in mir wurde zu etwas anderem, einer Panik, die ich nicht aufhalten konnte.

„Ich kann nicht."

„Atme", wies Gatlin mich an. „Ein. Aus."

Ich konzentrierte mich auf seine Stimme und irgendwie, erstaunlicherweise, ließ die Panik nach. Ich packte seine Hände.

„Ich liebe dich", sagte ich, weil es in diesem Moment gesagt werden musste.

„Ich liebe dich auch", antwortete er, lächelte mich an und schob mich dann sanft auf die Tür zu. An der Schranke wurde ein Auto durchgelassen. „Jetzt muss ich anfangen zu arbeiten", erklärte er und dann, mit einem Zwinkern, ging er los, um Security-Pässe zu verteilen.

Als ich das Gebäude betrat, führte ein Helfer mich zu einem privaten Raum. Auf dem Schild an der Tür stand *Notfallzimmer*. Ich nahm an, dies war ein Ort, den sie für große Notfälle nutzten, der einzige Raum, in dem ein großes Team Hockeyspieler ungestört sitzen und warten konnte. Ich dankte ihm, trat ein und stand unsicher da, wusste nicht, wo ich mich hinsetzen oder warten sollte. Sollte ich zu Stan gehen, meinem Goalie-Kollegen? War ich gut genug, um bei den Stürmern zu stehen? Hatte ich hier Freunde, die mich brauchten?

Dann erkannte ich, was mir bisher entgangen war. Es gab hier keine Gruppen. Niemand drehte mir oder irgendjemandem sonst den Rücken zu. Es gab einen losen Kreis Männer, die leise redeten. Niemand war wütend, niemand schrie. Der Kreis weitete sich ein wenig und Dieter bedeutete mir, einzutreten, darum kam ich vor und ein paar der Jungs nickten mir zu.

Sie würden überhaupt kein Mitgefühl zeigen, wenn sie wüssten, dass das meine Schuld war. Ich hätte Ten sagen sollen, dass er auf Aarnis Liste stand. Ich hätte etwas zu Jared sagen sollen …

„Das Arschloch hast du gut erwischt", sagte Erik und schlug mir auf die Schulter. „Stan hat erzählt, dass du wie Superkleber an ihm warst, den Arsch hast bluten lassen."

Ich lächelte Erik an, als würde das ihn und alle anderen dazu bringen, mit dem Reden aufzuhören, aber nein, ich sah aus wie der Held der verdammten Stunde, nur weil ich den Mann töten wollte, der mich so verdammt fragil und bedürftig gemacht hatte.

Als die fünfte Person mir dasselbe sagte, drehte ich durch und es war nicht schön.

„Es ist meine Schuld, dass er auf Ten losgegangen ist. Er hat ihm gedroht, als Ten ihn von mir weggezogen hat und jetzt könnte Ten sterben, also hört auf, mir dazu zu gratulieren, dass ich alles vermasselt habe!" Meine Worte kamen stakkatoscharf und schmerzten und für eine Sekunde starrten alle mich an, ein paar von ihnen hing der Mund offen.

„Was?", fragte jemand schließlich. Ich wusste nicht

wer, ich konnte es nicht sagen und ich stählte mich für die Wut.

Connor bewegte sich als Erster, schloss die Tür zu dem Raum und lehnte sich dagegen. „Fang von vorne an, Bryan."

Ich verschränkte meine Arme vor meinem Brustkorb und hob mein Kinn, um wenigstens so auszusehen, als ob ich ein Rückgrat hätte.

„Es ist meine Schuld", fing ich wieder an, aber Connor hob eine Hand.

„Ten musste ihn von dir wegziehen?", hakte er nach und ich wusste nicht, was ich sagen sollte.

„Ich bin in eine dumme Situation geraten", fing ich an, gab meinen Anteil zu. „Wenn ich nicht auf das Dach gegangen wäre, dann hätte Aarni keine Chance gehabt, auf mich loszugehen und zu versuchen … ihr wisst schon."

„Moment, Aarni wollte dir wehtun?", fragte Connor, als ob ich das alles nicht schon erklärt hätte.

„Das ist unwichtig. Es ist meine Schuld-"

„Genug", schnappte Connor.

Ich zuckte zusammen und wartete auf einen Schlag.

Stan schob sich durch die anderen und stellte sich vor mich, blockierte meine Sicht auf Connor. „Kleinen B nicht anschreien", sagte er, stand breitbeinig da. Er beschützte mich.

Mich?

„Ich habe nicht Bryan angeschrien", sagte Connor und er klang deutlich näher als die Tür, als ob er direkt vor Stan stehen würde. „Du großer russischer Idiot, geh mir aus dem Weg", fügte Connor hinzu und schnaubte dann, als er Stan auf eine Seite schob. Stan bewegte sich ein wenig, aber nicht komplett und er sah entschlossen aus, als ich sein Gesicht sah. Eine Wärme erblühte in mir, verschwand aber wieder, als ich sah, wie nahe Connor war. Mit einem Mal von Angesicht zu Angesicht mit dem Kapitän der Railers, wusste ich nicht, was zur Hölle ich sagen sollte. Wie es schien, musste ich nichts sagen, weil Connor alle Worte hatte.

„Du verdienst nichts von dem furchtbaren Scheiß, den Aarni gemacht hat. Jeder von uns, der mitbekommen hätte, wie Aarni Ärger macht, hätte dich verteidigt oder wäre dir beigestanden, wenn du uns gebraucht hättest. Das hier hat nichts mit dir zu tun und alles mit Ten. Was ich hier sehe, ist ein Plan von Aarni, Ten zu verletzen, eine Drohung, die er wahr gemacht hat, darum muss ich genau wissen, was er gesagt hat. Zu dir und zu Ten."

„Hier?", fragte ich, schaute die Railers an, die so wütend aussahen wie Connor.

Connor war mit einem Mal beschämt. „Scheiße, nein, natürlich nicht. Wir können uns einen ruhigen Ort suchen."

Das war der Moment. Ich konnte von hier aus zwei Wege einschlagen. Meine Geschichte nicht erzählen und niemand würde je etwas wissen oder ich konnte mir einfach alles von der Seele reden.

Ich weiß nicht, wie ich es geschafft hatte, mit dem Reden aufzuhören, nachdem ich angefangen hatte. Ich hatte so viel zu sagen und es floss heraus, bis nichts mehr übrig war. Als ich fertig war, hörte ich ein Geräusch an der Tür. Gatlin stand dort mit einem verständnisvollen Gesichtsausdruck. Wir starrten einander für einen langen Moment an und dann räusperte Gatlin sich, brachte alle dazu, zu ihm zu blicken.

„Es tut mir leid, euch zu unterbrechen, Jungs, aber Brady wird in zehn Minuten da sein."

Boston hatte gegen Pittsburgh gespielt, weniger als vier Stunden im Auto, aber so lange war es noch nicht her, oder? Vielleicht hatten sie ihn einfach den Jet nehmen lassen. Wie schlimm war diese Verletzung?

Mit einem Mal wurde es still und respektvoll im Raum. Brady würde zu dieser Gruppe Männer kommen, die es nicht geschafft hatten, zu verhindern, dass sein kleiner Bruder verletzt wurde. Er würde am Boden zerstört und wütend sein.

Wir zogen uns auf die Stühle, die in kleinen Gruppen im Raum standen, zurück und ich saß am Ende bei Stan und Erik.

„Was hast du auf dem Eis zu mir gesagt?", fragte ich nach einem Moment stillen Nachdenkens über alles. Stan schaute mit leerem Gesichtsausdruck zu mir auf. „Als ich Aarni geschlagen habe", erklärte ich.

Stan versteife sich bei dem Namen und Erik legte eine Hand auf sein Knie. Ich war mir jedoch nicht sicher, dass dies ausreichte, um den großen Russen zu beruhigen, denn da war ein Aufblitzen von Wut in seinen Augen.

„Wir machen tot später", sagte er und verflocht dann seine Finger mit denen von Erik. „Aarni, wir machen ihn tot, nach diesem Tag."

Ich war mir sicher, dass Stan es rhetorisch meinte,

aber wer konnte das bei dem großen bösen Russen schon mit Sicherheit sagen?

„Stan hat versucht, in die Umkleide der Raptors zu kommen", sagte Adler hinter mir.

„Ich werde töten", sagte Stan und auf gar keinen Fall konnte er davon abgebracht werden.

War es falsch zuzugeben, dass die Worte, die Stan sagte, leise und rau und mit absoluter Überzeugung, mich denken ließen, dass Aarni irgendwie für das bezahlen würde, was er Ten angetan hatte? Wir hatten nichts davon gehört, was mit Aarni passiert war, nicht, nachdem er vom Eis eskortiert worden war.

„Connor hat sich ihm in den Weg gestellt, eine menschliche Kapitän-Barriere gegen Stans Zorn." Adler stupste mich mit dem Ellbogen an. „Er ist ein tapferer Mann. Ich würde mich nicht zwischen Stan und jemanden stellen, der einen geliebten Menschen verletzt hat."

Die Tür öffnete sich und Coach Benning trat in unseren privaten Bereich. Alle standen auf und er hob eine Hand, um alle Fragen zum Verstummen zu bringen.

„Er hat es bequem", war alles, was er sagte.

Jeder von uns musste dieselbe Frage haben. Welche Art Scheiß-Zusammenfassung war das? War Ten schlimm verletzt? Starb er? Würde er wieder Hockey spielen?

Wir hatten keine Gelegenheit, etwas zu sagen oder Fragen zu stellen, weil Gatlin wieder zur Tür kam, zusammen mit Brady Rowe. Der älteste Rowe-Bruder war der Kapitän von Boston, hatte in seiner Zeit so viel gesehen, genau wie andere Spieler, die schon in den Dreißigern waren. Er war ruhig, aber der Schmerz und die Furcht in seinen Augen verursachten mir Kopfschmerzen.

Sie führten ihn durch und wir setzten uns wieder. Jamie würde in wenigen Stunden ankommen und dann ihre Eltern. Wir würden hier sitzen, warten und beten. Wir hatten in zwei Tagen ein Spiel, zu Hause, Buffalo in der Stadt, aber ich konnte nur daran denken, dass Tens Blut auf eine Weise mit dem Eis vermischt war, die kein Spieler je wieder sehen wollte.

Wir saßen den Großteil der Nacht da. Jamie kam an und eilte an uns vorbei und ein wenig später Tens Eltern, seine Mom mit roten Augen und stoisch, sein Dad blass. Erst als sie hineingingen, kam Jared heraus.

Wir hatten ihn während all der Stunden, die wir im Krankenhaus gewesen waren, nicht gesehen und ich konnte mir denken, dass er so lange an Tens Seite gewesen war, wie er konnte. Stan und Connor gingen sofort zu ihm, schirmten ihn vom Rest von uns ab. Dann traten sie zurück. Jared nahm einen langen Schluck aus einer Wasserflasche und nach ein paar Momenten fing er zögernd an, alles zu erklären.

„Er ist teilweise wach. Das ist ein gutes Zeichen. Er hat einen Schädelbruch, weil er schräg aufgeprallt ist. Er, ähmm …" Jared schluckte und räusperte sich. „Er kann nicht reden und kann seinen linken Arm nicht bewegen, hat eine Quetschung …" Jared tippte gegen seinen Kopf, „… Blut im Gehirn und eine Kufe hat ihn hier erwischt." Dieses Mal strich er mit einem Finger von seinem Ohr zu seiner Kehle. „Sie glauben, dass das der Grund für das Blut ist … es war sehr knapp …" Seine Stimme brach und für eine Sekunde stützte er seine Hände auf seine Knie, seine Atmung kam stoßweise.

„Willst du dich setzen?", fragte Connor und drückte eine Hand auf seine Schulter.

„Nein … ich muss wieder rein. Ich wollte nur … Es war wichtig, es euch allen zu sagen." Er nahm sich einen Moment Zeit, um seine wilde Atmung zu beruhigen. „Die Kufe hat seine externe Karotide nur um einen Millimeter verfehlt. Nur ein winziger Unterschied. Wir können nichts tun, als abwarten. Ihr könnt alle nach Hause gehen. Ich verspreche, ich werde jemanden anrufen, wenn es etwas Neues gibt."

Keiner von uns wollte gehen. Stan saß stur auf seinem Stuhl und er war der Einzige, der nicht tun würde, was die Coaches und Connor wollten. Sie sagten, dass wir gehen sollten. Stan gab nicht nach, obwohl Erik wegen Noah gehen musste. Darum saß ich bei Stan und kein Überreden und Befehlen bewegte die beiden seltsamen Goalies vom Fleck.

Nein, Sir, auf gar keinen Fall. Ich war Stans Ersatz und hier gehörte ich hin.

Natürlich war jeder im Management, der versuchte, verantwortungsbewusst zu sein, wütend auf uns. Aber wir waren da, als seine Eltern mit Jamie und Brady herauskamen und wir brachten ihnen Kaffee und saßen bei ihnen, bis sie wieder hineingingen. Wir waren nützlich.

Jared kam nicht einmal heraus.

„Ich hasse das", murmelte Brady, als er das letzte Mal aus dem Zimmer kam. Er trat gegen den nächsten Tisch und dann gegen die Tür und schließlich hob er einen Stuhl auf und warf ihn gegen die Wand. Erst nachdem er den dritten Stuhl geworfen hatte, griff Stan ein, packte seine Arme und ließ den ältesten Rowe-Bruder weinen.

Als sie sich trennten, sagte niemand von uns etwas. Wir würden diesen Moment mit ins Grab nehmen. Hockeyspieler weinen nicht. Sie werden verletzt, sie stehen sofort wieder auf, Blut ist auf dem Eis, das kratzt man weg und dann macht man, verdammt noch mal, weiter.

Also würden wir niemandem je erzählen, dass Brady Rowe, Kapitän eines Hockey-Teams, in Stans Armen geweint hatte oder dass Stan in Trauer um seinen besten Freund dasselbe getan hatte.

Oder dass ich ihnen zugeschaut und mit ihnen geweint hatte.

Wir sahen Ten um kurz nach neun. Jared musste mit dem Management reden und er wollte, dass Stan die Gelegenheit hatte, Ten zu sehen. Das war es. Ich hatte nie erwartet, dass ich ebenfalls mitkommen könnte, aber Stan zupfte an meinem Arm und ließ mich nicht in Ruhe. Er redete auf Russisch mit mir und weigerte sich, mich loszulassen.

Als wir Tens Zimmer betraten, wusste ich nicht, was ich erwarten sollte. Drähte, Schläuche, sein Mund vielleicht intubiert, zumindest eine Kombination all der Schrecken, die ich im Fernsehen gesehen hatte. Aber er sah friedlich aus und schien nur zu schlafen.

Stan schob mich mit der Hüfte näher ans Bett und endlich standen wir neben Ten und als ob er wüsste, dass wir da waren, öffnete er seine Augen und in ihren grünen Tiefen lag Erkennen. Um seine Kehle war ein Verband und sie hatten einen Teil seiner Haare rasiert und verdammt, er war weiß, aber die Essenz von Ten war immer noch da und immer noch fokussiert.

Stan tätschelte Tens Brustkorb. „Ist alles gut, ich töte Lankinen."

Tens Augen wurden groß und ich schubste Stan. „Wir bringen niemanden um."

Als Stan schwieg, wusste ich nicht, was ich als Nächstes sagen sollte und ein kleiner, ungelenker Teil von mir wollte die Stille füllen. „Es tut mir leid, dass er dich verletzt hat. Das war alles meine Schuld."

Zuerst schien Ten frustriert von seiner Unfähigkeit zu reden. Dann hob er seine Hand und packte meine und er hielt sie so fest und runzelte die Stirn. Er schüttelte seinen Kopf ein wenig und wimmerte und ich drückte seine Hand und löste mich dann aus seinem festen Hockey-Griff. Sein anderer Arm lag nutzlos auf dem Bett und ich erinnerte mich daran, dass Jared gesagt hatte, Ten könnte ihn nicht bewegen.

Jared kam zurück ins Zimmer und wir gingen leise, aber als ich einen Blick zurückwarf, sah, wie Jared einen sanften Kuss auf Tens Stirn drückte, traf mich die vertraute Panik. Was, wenn es das mit Ten gewesen war? Was, wenn der Mann, denn man als zukünftiges

Mitglied der Hall of Fame sah, einen Champion, am Ende war? Wie konnte er den Rest seines Lebens ohne Hockey leben?

Das Leben war so verdammt kurz, warum also verschwendete ich es damit, so viel verdammte Angst vor mir selbst und der Welt, um mich herum zu haben? Ich war ein verdammter harter Hockey-Spieler und bis jetzt war mein Leben ein Chaos aus Unsicherheit und dämlichen Situationen gewesen.

Ich werde meinen verdammten inneren Helden channeln und ich werde der beste Mann sein, der ich werden kann.

Zuerst aber musste ich unbedingt Gatlin finden. Denn ich wollte bei ihm sein, wenn ich an der Reihe war zu weinen.

VIERZEHN

Gatlin

_____

So viele Tränen …

Die letzten zwei Tage hatten sich angefühlt, als würde man durch ein *Silent Hill*-Spiel gehen. Unsere Leben waren grau und neblig geworden, angefüllt mit Dämonen, die außer Sichtweite lauerten, massige Schwerter über Metallböden schleiften, der Klang kam näher und näher, der Tod lauerte um jede finstere Ecke. Ich war aus diesem speziellen Albtraum einige Male aufgewacht, üblicherweise beschissen spät, um festzustellen, dass Bryan sich entweder auf dem Bett hin und her warf oder gar nicht mehr da war. Dieses Mal weckten die Schrecken mich um fünf Uhr morgens und mein Mann war an meiner Seite, schlief friedlich.

Ich rollte mich herum und berührte ihn, sein Gesicht, sein Ohr, seine Brauen. Tief im Schlaf krauste Bryan seine Nase, darum hörte ich auf und ließ meine Hand einfach über seinen Brustkorb und Bauch wandern. Mit der Handfläche über seinem Nabel, sein

Geruch überall auf mir und dem Bett, sah ich zu, wie sein Brustkorb sich hob und senkte.

„Wir haben heute Abend ein Spiel", murmelte Bryan müde, lenkte meinen Blick von seinem Brustkorb zu seinem Gesicht. Seine Lider waren schwer und seine Haare lagen flach an einer Seite seines Kopfes. „Ich kann im Moment überhaupt nicht an Hockey denken."

Ich beugte mich vor, um einen Kuss auf seine Schulter zu drücken, direkt neben einem kleinen Muttermal. Er bewegte sich ein wenig, ein langsames Ziehen von Muskeln, das mich an eine Schlange erinnerte, die Bewegung begann in seinem Hals und rollte nach unten, durchlief seinen Körper wie eine Sinuswelle.

„Bryan …", sagte ich, das Gefühl, wie er sich an mir bewegte weckte Leidenschaften, die keinen Platz in der Stimmung hatten, in der wir gefangen waren.

„Nichts ist richtig", sagte er, schlang seine Finger um mein Handgelenk und führte meine Hand zu seinem Schwanz, das glatte und kühle Bettzeug strich über meinen Handrücken. „Nichts ist im Moment gut. Das Team ist verloren, Jared ist freigestellt, die Liga stellt Untersuchungen zu Aarni an und das wird zu mir führen. Ich werde mit der Liga über uns reden müssen … ihnen sagen müssen, wie ich zugelassen habe, dass …" Er holte zittrig Luft, seine Hand schlang meine um seinen Schaft. Mein Schwanz begann sich zu füllen, obwohl ich ihn schalt, damit aufzuhören. „Ten geht es so schlecht und nichts ist richtig. Aber das hier? Du und ich? Das ist die einzig richtige und gute Sache, die ich im Moment habe. Kannst du mich ein wenig lieben? Mir zeigen, dass es Licht und Gutes gibt?"

„Natürlich", flüsterte ich, bedeckte seinen Mund mit meinem, während wir ihn langsam pumpten. Seine Hand fiel auf das Bett. Ich zog die Decke herunter, um seinen Körper zu entblößen. Dann berührte und küsste ich, saugte, wenn er mich darum bat und hörte auf, wenn es zu viel wurde. Seine Hüften zuckten bei jedem Streichen meiner Finger nach oben. Ich arbeitete mich nach unten, bis ich seine Erektion in meinem Mund hatte. Bryan stöhnte, seine Finger rissen das Spannbetttuch so schnell von der Matratze, dass der Gummi riss. Während ich ihn erfreute, stellte ich fest, dass ich den Schrecken über die Verletzung unseres Freundes hinter mir ließ. Mit seinen Eiern auf meiner Zunge und meiner Hand, die ihn bearbeitete, ließen wir die Dunkelheit hinter uns, wenn auch nur für eine kurze Weile. Ich saugte an seinen Eiern, die Augen selig geschlossen, leckte dann einen feuchten Pfad zurück zu seinem Schwanz. Er hob seinen Hintern vom Bett.

„Gatlin … lutsch mich hart. Mach, dass ich komme. Mach, dass ich komme."

Die atemlose Bitte machte mich beinahe fertig. Ich löste meine Hand von seinem Schwanz, saugte ihn dann in meine Kehle, meine freie Hand umschloss seine feuchten Hoden, zog und rollte, während er sich wand und schrie. Er kam mit einem harten Stoß, der mir die Tränen in die Augen trieb. Heiße Wichse bedeckte meine Kehle. Ich schluckte schnell hintereinander, bewegte meine Hand zu meinem eigenen Schaft, saugte ihn noch härter und schneller, bekam einen Aufschrei reiner Seligkeit von dem Mann, der meinen eigenen Orgasmus startete. Ich kam auf seinem Oberschenkel, sein Schwanz glitt von meinen Lippen, hinterließ eine dünne Schicht Wichse auf meiner Unterlippe. Bockend wie ein Bronco, umfasste ich mich selbst noch fester, jeder Schauder war intensiv.

„Ah, Scheiße", keuchte ich, meine Handfläche glitt über meine Eichel, ließ das Beben erneut anfangen.

„Danke", hörte ich ihn sagen, ehe er an meinem Kopf zerrte, sein Griff fest auf meinem Kiefer und mich zu seinem Mund führte. Er rollte mich auf meinen Rücken, seine langen Beine verknoteten sich mit meinen, seine Hüfte lag eng an meiner, seine Zunge drang tief ein. Als der Kuss endete, stützte er sich auf, beide Arme durchgestreckt, seine Hände zu beiden Seiten meines Kopfes. „Danke für das kleine bisschen Richtig."

„Du musst mir nicht danken." Ich hob die Hand, legte sie auf sein Gesicht. „Ich möchte dir all das Richtig geben, das ein Mann einem anderen Mann geben kann. Wann immer du es brauchst."

„Ich liebe dich."

„Und ich liebe dich. Jetzt geh duschen und spiel Hockey. Tennant würde nicht wollen, dass sein Team aufgibt, nur weil er für eine kleine Weile zuschauen muss."

Wir alle wussten, dass Ten nicht für eine kleine Weile zuschauen musste. Wir alle wussten, dass Tennant Rowe einen langen und schwierigen Weg vor sich hatte. Wir wussten auch, dass Tennant Rowe ein Kämpfer war.

Bryan blinzelte ein paar Mal, stahl sich einen

weiteren Kuss und verließ dann unser Bett, sein Körper gerötet vom Sex. Als er in die Dusche tappte, um sich für das Morgentraining bereit zu machen, heftete mein Blick sich auf das Tattoo auf seinem unteren Rücken. Jetzt gab es dort keine Hässlichkeit mehr, nur Kunst, Schönheit, Farbe und Licht. Ich sprang aus dem Bett, so gut ein Mann meines Alters springen konnte, und schnappte mir meinen Skizzenblock und meine Farbstifte von der Kommode. Dann rief ich ein paar Leute an, bis ich Kontakt zu Brady Rowe hatte.

NACHDEM BRYAN GEFAHREN WAR, machte ich mich ebenfalls auf den Weg. Mein erster Termin war nicht vor zwei, einer der Vorteile, sein eigenes Geschäft zu haben, darum fuhr ich zum Krankenhaus, mein Rucksack gefüllt mit Bleistiften, Farbstiften und einem neuen Skizzenblock voller Ideen. Ich hatte keine Ahnung, ob ich Tennant überhaupt zu sehen bekommen würde, aber ich musste es versuchen. Für den Fall, dass seine Familie mich einließ und er noch nicht reden konnte, hatte ich sogar die Glocke von der Theke mitgebracht. Er konnte einmal für Ja klingeln und zwei Mal für Nein. Wenn das nicht funktionierte, würde ich einfach die Buchstaben aufschreiben und das Alphabet sagen, und er konnte beim richtigen Buchstaben klingeln, bis wir ein Wort zusammenhatten. Hey, es hatte in *Breaking Bad* funktioniert, also würde es auch für uns funktionieren.

Meine Pläne wurden ein wenig gestört, als ich auf einen Wächter traf, der vor Tennants Zimmer saß. Das war neu. Wahrscheinlich hatte ein Arschloch von Sport-Blogger oder ein Fan versucht, sich einzuschleichen, um Ten zu sehen oder mit ihm zu reden oder ein Foto von ihm im Krankenhausbett zu machen. Nichts würde mich überraschen. Als ich mich dem Mann in dem dunklen Anzug und der noch dunkleren Sonnenbrille näherte, blieb ich einen Meter vor ihm stehen, für den Fall, dass er einen Taser hatte. Ich war nicht wirklich die respektabelste Erscheinung, mit meinem stoppeligen Gesicht, der zerrissenen Jeans, den Stiefeln und dem *Sons of Anarchy – Redwood Original* T-Shirt unter einer selbst bemalten Led Zeppelin Jeansjacke. Die Tattoos, die aus den Ärmeln und dem Kragen meines T-Shirts hervorlugten, betonten meinen klasse Look wahrscheinlich noch.

Er erhob sich von seinem Klappstuhl und starrte auf mich herunter. Dann redete er. Was auch immer er sagte, es war kein Englisch. Ich vermutete Russisch. Der Mann hatte die Größe eines Elefantenbullen und sein kahler Kopf glänzte unter dem Deckenlicht. Ich hatte Stan sagen hören, dass er „Leute kannte", hatte aber nie vermutet, dass er wirklich „Leute kannte", die einem eher die Milz mit einem rostigen Buttermesser herausschneiden als einen ansehen würden.

„Blah-blah-blah-blah-blah. Geh jetzt weg."

Ich hob meinen Rucksack ein wenig höher auf meine Schulter, bereit mich in einen verbalen Krieg zu stürzen, als jemand hinter mir meinen Namen rief. Ich schaute zurück und sah Ryker, Jareds Sohn, der mit einem Tablett, auf dem große Kaffeetassen standen, auf uns zukam.

„Er ist in Ordnung. Wir kennen ihn", erklärte Ryker, der anscheinend schon ein paar Mal von dem wütenden Pachydermen überrannt worden war, dem Wächter/Bodyguard/angsteinflößenden Menschen.

„*Da.*" Der Mann setzte sich wieder und starrte weiter Löcher in die Wand.

„Er ist jemand, den Stan kennt. Wir haben aufgegeben zu fragen woher", informierte Ryker mich, benutzte seine Hüfte, um die Tür anzustupsen.

Ich eilte um ihn herum und schob die Tür in das Privatzimmer auf. „Danke." Ja, der Junge war erschöpft. Das konnte man an seinem müden Tonfall und den Ringen unter seinen Augen sehen.

„Dad, Ten, schaut, wen Igor eingeschüchtert hat."

Ich trat hinter Ryker ein, fühlte mich schrecklich fehl am Platz. Jared saß neben Tennant auf einem hässlichen orangenen Stuhl, sein Gesicht war dicht von Stoppeln bedeckt, seine Augen so müde wie die von Ryker. Ten war immer noch ein Durcheinander aus Schläuchen und Drähten, aber seine Augen, diese leuchtend grünen Augen, waren wach.

„Yo", krächzte Tennant, nachdem eine Weile vergangen war. Jareds Lächeln war strahlend.

„Hey, du redest. Das ist super. Ich hätte wahrscheinlich nicht kommen sollen, aber ich hatte diese Idee …"

„Sei nicht albern. Setz dich hier hin." Jared stand langsam auf, stöhnte, als sein Rücken mehrmals knackte. „Ich muss mich ein wenig bewegen." Jared drückte einen zärtlichen Kuss auf Tennants Braue. Dann reichte Ryker seinem Vater eine Tasse Kaffee, bevor er ging. Ich stand am Ende des Bettes. Die weißen Wände und das Bettzeug waren blendend hell.

„Es sind hier drin immer nur zwei Leute erlaubt", informierte Ryker mich, ließ sich dann in einen weiteren, ebenso hässlichen Stuhl in der Ecke fallen. Das Fenster war offen, die Jalousien warfen Streifen hellen Sonnenlichts auf den Mann, der inmitten all der Technik und dem weißen Bettzeug lag.

„Scheiße, das wusste ich nicht. Ich sollte gehen und Jared hier sein lassen."

„Nein, das ist wirklich in Ordnung. Er muss aufstehen und sich bewegen", sagte Ryker, gähnte dann in seinen Kaffee.

„Cool", fügte Tennant dem Gespräch hinzu. Ich schaute von Ryker zu Ten. „Freue mich ... dich zu ... sehen."

„Ich freue mich auch, dich zu sehen. Pass auf, ich, äh, werde nicht lang brauchen. Ich bin mir sicher, dass deine Eltern und Brüder bald hier sein werden."

Tennant nickte und schnitt dann eine Grimasse. Ryker setzte sich abrupt auf, als Ten wimmerte, entspannte sich dann, als der Schmerz aus Tens jungem Gesicht wich.

„Mom ... Cookies."

Das brachte mich zum Lächeln. Ich erinnerte mich an die Cookies meiner Mutter und wie sie, als ich noch ein Kind gewesen war und Trost gebraucht hatte, immer dafür gesorgt hatten, dass ich mich besser fühlte. Manchmal vermisste ich meine Eltern schrecklich.

„Dann werde ich mich beeilen." Ich stellte meinen Rucksack ab und griff hinein, holte meinen

Skizzenblock heraus, ging dann näher zu Ten. Die Maschinen, an die er angeschlossen war, piepten gleichmäßig. „Ich bin mir nicht sicher, ob du das weißt, aber Bryan hat eine heftige Narbe auf seinem Rücken, weil er durch Glas gefallen ist."

„Hast … tätowiert."

Ich nickte. „Ja, wir haben sie tätowiert. Und wir haben etwas, das er als hässlich empfunden hat, in etwas Wunderschönes verwandelt. Wenn es dir besser geht, denke ich, können wir etwas für deinen Hals machen." Ich warf einen Blick auf die dicken weißen Verbände, die um seinen Hals gewickelt waren. Mein Verstand holte Jareds Worte von der Nacht, als Ten verletzt worden war, hervor, als ich auf diese sterilen Verbände und das Tape starrte. Ein Millimeter tiefer und Ten wäre vielleicht ausgeblutet. Die Zeit mit denen, die man liebte, war so kurz. Das Leben war ein reiner Schuss ins Blaue, darum sollte man das Spiel ganz ausspielen, richtig? „Ich habe mit deinem Bruder Brady geredet, der ein ziemlicher Familienhistoriker ist. Er hat mich informiert, dass deine Familie bis in die Tage der Eroberung Englands durch die Normannen zurückverfolgt werden kann. Laut Brady hatten die frühen Rowes einen Familiensitz in Norfolk, der das Geschenk eines Dukes für ihre Treue in der Schlacht von Hastings war." Ich machte eine Pause, um zu sehen, ob Ten schon müde wurde, aber er wirkte wach, darum redete ich weiter.

„Brady hat mir ein Bild des Wappens der Rowe-Familie geschickt. Das zentrale Tier des Rowe-Familienwappens ist ein Löwe, der ein Symbol für Mut,

Tapferkeit, Stärke, Heldenmut, Würde und Adel ist. Alles Attribute, die du hast und der Welt zeigen wirst, wenn du dich von dieser Verletzung zurückkämpfst. Also, wenn dir das alles bis jetzt gefällt, dachte ich mir, könnten wir einen goldenen Löwen über diese Narbe tätowieren. Dieser hier …" Ich drehte die Seite, um ihm die Skizze eines Löwen aus dem Mittelalter zu zeigen, „ist eine enge Interpretation von dem, der auf deinem Familienwappen ist. Ich habe ihn nur stehend auf seinen Hinterbeinen gezeichnet, mit einem Schwert, denn, lass uns ehrlich sein, ein Löwe, der eine Krone trägt und ein riesiges Schwert durch die Luft schwingt, ist einfach nur verdammt cool."

Die beiden jungen Männer grunzten zustimmend.

„Wenn er aufrecht ist, wird er die Narbe komplett verdecken. Was meinst du?"

Tennants grüne Augen blitzten auf.

„Kumpel", stöhnte er und ich war mir nicht sicher, ob das hieß, dass er glücklich war, Schmerzen hatte oder etwas anderes.

„Brauchst du die Krankenschwester?"

Er schüttelte vorsichtig seinen Kopf und lächelte. Ryker setzte sich auf, den Kaffee in der Hand und wiederholte Tens „Kumpel" Kommentar.

„Ich kann etwas anderes machen …" Ich versuchte, den Skizzenblock zu schließen, aber Tennant grunzte mich an.

„Gib es … her", sagte er, seine Worte immer noch langsam und genuschelt.

Ryker nahm die Seite, nachdem ich sie aus dem Block gerissen hatte. „Wir werden auf alle Fälle zum

Tätowieren kommen, sobald er dazu in der Lage ist. Oder, Ten?"

Die Antwort ließ auf sich warten, aber das „Absolut", von Tennant war das Warten wert.

Ich kam auf meinem Weg aus Tennants Zimmer an Mr und Mrs Rowe vorbei. Wie sie versprochen hatte, trug Tennants Mutter eine Dose. Igor hielt mich nicht auf, als ich ging, was mehr als nervenaufreibend war. Ich hob meinen Rucksack gerade nach einem Besuch auf der Toilette höher auf meine Schulter, als ich auf Jared und Ryker traf, die in einer Nische neben einem Getränkeautomaten standen. Ihr Gespräch klang durch den stillen Flur. Sie mussten gegangen sein, damit Tens Eltern für eine Weile bei ihm sein konnten.

„… wird nicht passieren. Ich kann das nicht begreifen." Ryker hustete. Der Junge *hatte* mehr als ein wenig schockiert ausgesehen. „Dad, was zur Hölle wird Ten ohne Hockey machen?"

„Niemand hat irgendetwas darüber gesagt, dass er nicht wieder in der Lage sein wird zu spielen und wir werden nicht zulassen, dass diese Art Gedanken sich in uns breitmachen." Jared umfasste den Hinterkopf seines Sohnes, liebevoll, aber fest.

„Ja, stimmt, in Ordnung. Ich weiß, tut mir leid. Es ist nur … das macht mich total fertig. Ich sitze hier und schaue ihn an … Ich muss für dieses Team spielen, wenn ich meinen Abschluss habe. Dad, ich hasse den Gedanken, ein zukünftiger Raptor zu sein. Warum war es dieses verdammte Team, das mich genommen hat? Ich … diese ganze Sache ist krank. Ich habe mich so gefreut, ausgesucht worden zu sein und jetzt …"

„Ich weiß. Wir werden uns darüber später Gedanken machen. Im Moment konzentrieren wir uns auf Ten, ja?"

Ich senkte meinen Kopf und hob eine Schulter, um mich unsichtbar zu machen. Nicht, dass ich mir Sorgen machen musste, gesehen zu werden. Jared und Ryker umarmten einander und bemerkten den tätowierten Typen nicht, der an ihnen vorbeiging.

ICH FUHR NACH HAUSE, wollte unbedingt eine Kleinigkeit essen und dann anfangen zu arbeiten.

Mein Bruder und Jess saßen auf der Couch, als ich in den Laden schlenderte, schienen eine Tee-Party abzuhalten. Ich hob eine Braue wegen der Teekanne auf dem Boden, als ich mich auf dem Weg zum Kühlschrank unter der Theke machte, um zu sehen, ob sich darin etwas nicht Schimmelndes befand, das ich essen konnte.

„Ich habe das Huhn gegessen, das da drin war", verkündete Jess. Ich schloss die Tür, richtete mich auf, warf ihr einen bösen Blick zu, was sie zum Grinsen brachte. „Es war trocken. Ich habe dir einen Gefallen getan."

„Genau. Also, wer ist wer?", fragte ich, lehnte mich auf die Glastheke, musterte dabei meine Verwandten. „Jess ist offensichtlich der Verrückte Hutmacher." Sie tippte gegen den rosa Zylinder auf ihrem Kopf. Er passte gut zu ihrem rosa Rock und dem schwarzen Oberteil. Garrett schaute auf seine Uhr. „Und du bist das Weiße Kaninchen."

„Sagte der Märzhase", antwortete mein Bruder, nahm dann einen Schluck Tee.

„Ha." Ich überließ sie ihrem Tee und Geplauder und ging mit knurrendem Magen zu meiner Arbeitsstation, setzte mich dort an den Schreibtisch. Ein Appetit auf Zucker-Cookies mit Glasur überwältigte mich. Mein Blick huschte über die Sachen auf meinem Schreibtisch, die Rechnungen und Bücher, die Skizzen und Ideen, eine leere Kaffeetasse und eine Ansammlung Bleistifte, alt und neu. Meine Brille lag neben meinem Laptop, was eine Frage klärte. Und in der Ecke, hinter mehreren Ausgaben eines monatlich erscheinenden Magazins für Tätowierer und einer Schachtel Taschentücher, befand sich ein Foto meiner Familie.

Ich schob die Taschentücher zur Seite, zog das Foto über die Magazine und musterte es. Mom, Dad, Garrett, der ein Teenager war, ich und Gina. Gina war noch ein Kleinkind. Sie saß auf Moms Schoß und wir Jungs standen zu beiden Seiten meiner Mutter, Dad direkt hinter ihr.

Damals war alles gut gewesen. Bevor Gina gestorben war. Damals, als sie ihr mittleres Kind noch geliebt hatten. Wenn ich verletzt wäre, wie Tennant, würden sie mich besuchen kommen? Würde sie diese Cookies mit der Zuckerglasur backen? Würden sie neben mir sitzen? Würden sie mir vergeben? Wenn ich sie fragte, würden sie mir vergeben, dass ich meine Schwester hatte allein sterben lassen?

Mein Handy lag in meiner Hand. Ich erinnerte mich nicht daran, gewählt zu haben, aber das musste ich getan haben, denn es klingelte und dann … fragte meine Mutter, wer anrief.

„Mom." Das Wort kam knarzig und voll heraus. Ich klang wie Tennant, der jeden Gedanken in ein Wort zwang, von dem ich hoffte, dass ich es richtig betonen konnte. „Ich bin es … Gatlin."

„Gatlin." Ich wartete auf etwas, war mir nicht sicher was. „Es ist so lange her. Warum hast du aufgehört, anzurufen? Wir haben uns Sorgen gemacht. Geht es deinem Bruder gut?"

„Ja, äh, ja, Mom. Es geht uns beiden gut." Ich drehte mich auf meinem Stuhl und da stand er, in der Tür, sein Gesicht unbeweglich, keine Emotion zeigte sich. Typisch Garrett. „Es geht uns gut. Ist mit Dad alles in Ordnung?"

„Ja, es geht ihm gut. Er ist draußen und eiert herum."

Das brachte mich dazu, zu lächeln und zu weinen, aber hauptsächlich zum Lächeln. Eiern. Ein Wort, das nur eine Mutter benutzen würde.

„Mom, wenn ich krank im Krankenhaus liegen würde, würdest du mir Zucker-Cookies bringen?"

Garretts Braue runzelte sich wie ein frisch gepflügtes Feld.

„Die mit der Glasur?"

„Ja, die."

„Natürlich. Bist du krank?"

„Nein, ich bin nicht krank, es ist nur … Das mit Gina tut mir leid, Mom." Es purzelte irgendwie aus mir heraus, wie Toastkrümel, die von den Lippen aufs T-

Shirt fallen. „Ich weiß, dass du und Dad mir die Schuld gebt."

Eine lange Stille entstand am anderen Ende. Ich blinzelte gegen die Tränen. Garretts Brauen waren zu einem tiefen V verzogen.

„Nein, Gatlin, es war falsch von uns, es an dir auszulassen. Wir wissen, dass es nicht deine Schuld war." Und dann fing sie zu weinen an. „Wir vermissen euch Jungs, mehr, als ihr euch je vorstellen könnt. Es tut mir leid, dass ich dich …"

Und dann brach sie zusammen und ich musste etwas sagen, denn ich hatte das hier nie geplant. Sie anzurufen war eine wilde, spontane Verrücktheit gewesen, ausgelöst von den Rowes und ihrer Liebe zu ihrem jüngsten Sohn.

„Sie vermisst uns." Ich hustete, während meine Mutter am anderen Ende der Verbindung weinte. „Und es tut ihr leid."

Garretts Gesicht wurde leer. Das war genau, wie ich mich fühlte. „Nun, es ist ein Anfang."

Ja, ja, das war es.

FÜNFZEHN

Bryan
___

Das Spiel war grauenvoll. Wir hatten mit den besten Vorsätzen angefangen, aber wir lernten in dieser Nacht die härteste Lektion unserer Karriere. Wir verließen uns zu sehr auf Ten und da er nicht da war, waren wir ein unkonzentriertes Chaos. Das Team war emotional zu verletzlich und Ten zu verlieren, bedeutete, unser Herz zu verlieren.

Mit absolutem Fokus hatte Stan uns aufs Eis geführt, „Für Ten"-Rufe hatten durch die Umkleide gehallt, als wir gingen. Wenn die Worte gezwungen waren, wenn die Intention von unseren Sorgen vernebelt war, dann hatten wir das alle ignoriert.

Wir konnten das, wir konnten als Team da rausgehen und wir konnten ohne Ten heute Abend gewinnen. Unser Fokus würde die Lücke füllen, wir schlossen die Reihen, hielten Kurs.

Aber Stan war nicht im richtigen geistigen Zustand. Er zerbrach seinen Schläger am Netz in der Hälfte des zweiten Drittels, nachdem er vier Tore reingelassen hatte. Ich hoffte inständig, dass Coach mich nicht aufs Eis schicken würde und nach einer hitzigen Debatte mit einem entschlossenen Stan und mit einem vier zu null, glaube ich, dachte Coach, dass es egal war. Oder vielleicht, dass es Stan zu viel bedeutete, und er rief mich nicht, um ihn zu ersetzen. Ich glaube, er hatte gesehen, dass Stan seine Aggression loswerden musste, und der Rest des Teams riss sich ein wenig mehr zusammen, sodass das Spiel schließlich, schmerzlich, mit demselben Ergebnis endete, vier zu nichts.

Wir hatten nur zwei weitere Tage, um zu begreifen, was geschehen war und um Hockey auf die richtige Art und Weise zu spielen, aber wie wir dorthin gelangen würden, wusste ich nicht.

Die Zuschauer waren ebenfalls niedergeschlagen, viele hatten Schilder mit Tens Namen dabei, es gab einige tränenreiche Interviews in den Sozialen Medien und natürlich noch das Schlimmste, dass Jared nicht auf der Bank saß.

Dann war da noch die Demonstration vor dem Stadion, die, die angefangen hatte, lange bevor wir für das Spiel angekommen waren. Irgendeine Kirche benutzte das, was Ten passiert war, als Beweis, dass Gott die Schwulen hasste. Genau das stand auf den Schildern. Ich wollte zu ihnen gehen und sie ihnen aus den Händen reißen. Ten war nicht *nur* ein Hockeyspieler. Er war nicht *nur* schwul. Diese Dinge definierten ihn nicht. Er war ein Mensch und sie entrissen ihm diese Menschlichkeit. Stan ging tatsächlich in ihre Richtung, aber Pete, unser Security-Mann, war eine Ziegelmauer und er nutzte seine Worte, um Stan dazu zu bringen, auf ihn zu hören.

Sie waren nicht mehr da, als das Spiel zu Ende war, weil es Ärger gegeben hatte, loyale Railers-Fans, und sogar Fans des gegnerischen Teams, hatten eine Auseinandersetzung angezettelt, die damit endete, dass die Polizei die Menge auflöste. Natürlich hielt das die wartenden Fernseh-Crews nicht davon ab, alles einzufangen, was bedeutete, dass die Schlagzeilen auf der Stelle von ‚verletzter Hockeyspieler' zu ‚verletzter, offen schwuler Hockeyspieler' wechselten.

„Du kannst mit mir reden, wenn du möchtest", murmelte Gatlin. Er war das große Löffelchen für mich, schmiegte sich um mich, seine Hand an meiner Taille, sein Atem kitzelte meinen Hals mit jedem Ausatmen. Wir lagen so da, seit ich zu ihm nach Hause gekommen war. Er hatte einen Blick auf mich geworfen und mich ins Bett geschoben und er hatte keine einzige Frage gestellt oder verlangt, dass ich erklärte, warum ich so still war.

„Ich wüsste nicht, was ich sagen sollte", antwortete ich von Herzen kommend.

Er drückte einen Kuss auf meinen Hals und schmiegte sich enger an mich, zog die Decke bis zu meiner Kehle hinauf.

„Ich werde da sein, wenn du es weißt", murmelte er.

Ich war hier glücklich, weit weg von den hasserfüllten Mobs, die wollten, dass ich und andere, die waren wie ich, in der Hölle brannten, sicher davor, darüber nachdenken zu müssen, dass die Railers im Moment gebrochen waren. Meine Augen brannten und mein Brustkorb schmerzte und ich wusste nicht, ob ich weinen oder schreien oder mich gegen die Ungerechtigkeit dessen, was geschehen war, werfen wollte. Es sah nicht gut aus. Da war nicht nur der Schädelbruch, der innere Blutungen verursacht hatte, es gab auch Schwellungen, die gegen sein Rückgrat drückten. Er hatte das Gefühl in seinen Beinen verloren und niemand konnte sagen, wann er aus dem Krankenhaus herauskommen würde.

„Können wir zu Ten fahren?", fragte ich, drehte mich in seinem Griff, bis ich ihn ansah.

„Immer." Er klang verwirrt, dachte vielleicht, warum ich so etwas fragte.

„Jetzt. Ich meine jetzt gleich. Ich weiß, dass Jared nicht schläft und er ist da und ich würde ihm gerne etwas bringen, Kaffee, Essen, irgendetwas." Mir wurde klar, dass ich nervös klang und mehr als ein wenig verzweifelt, aber nachdem ich heute Abend gesehen hatte, wie die Railers auseinanderbrachen und weil ich immer noch das Gefühl hatte, dass dies alles meine Schuld war, *musste* ich etwas tun, um die Schrecken in meinem Verstand wegzukratzen.

Man musste es ihm lassen, Gatlin zuckte mit keiner Wimper. Er küsste meine Nase, ein kleiner Kuss, nichts als eine Erinnerung, was ich ihm bedeutete und dann glitt er unter der Decke hervor. Erst als er seine Jeans angezogen hatte, drehte er sich zu mir, erkannte, dass ich immer noch im Bett lag.

„Es ist in Ordnung, jetzt zu fahren, Bryan", sagte er.

Hatte ich darauf gewartet, dass er das sagte? Hatte ich seine Erlaubnis gebraucht? Himmel, wie durcheinander war ich? Angekleidet ging er los, um Jacken und seine Schlüssel zu holen, und zu bald waren wir in einem McDrive, holten Essen und Kaffee. Wegen der Medienaufmerksamkeit und des erhöhten Risikos hatten sie Ten an diesem Morgen in einen privaten Bereich mit Security gebracht. Ich kannte die beiden Wächter nicht, aber sie erkannten mich.

Dennoch konnten sie mich nicht einlassen. Sie sagten, dass ich auf der Liste stand, aber um Mitternacht durfte niemand hereingelassen werden.

„Es ist in Ordnung", sagte ich. „Ich wollte nur-"

„Bryan, Gatlin", sagte Jared hinter den Wächtern, kam aus dem Krankenhaus, rieb sich dabei die Augen. „Was ist los?"

„Das sollten wir dich fragen", platzte ich heraus und hielt ihm die Tüte mit den Burgern hin. Er nahm sie und ich reichte ihm den Kaffee, sodass er alles balancieren musste. „Tut mir leid", entschuldigte ich mich und machte Anstalten, ihn zurückzunehmen. Der Kaffee rutschte uns aus den Händen. Nur Gatlin, der sich vorwarf, rettete die Situation davor, ein Desaster zu werden. *Ich bin so verdammt ungeschickt.*

Ich zitterte innerlich und Jared starrte mich an, als wäre ich ein Idiot oder war er verwirrt?

„Kommt ihr mit? Alle sind nach Hause gegangen, obwohl Tens Mutter gerade erst weg ist. Der Arzt war vorhin hier und ich glaube, ich verarbeite noch, was er mir gesagt hat, aber ich fühle mich zittrig, obwohl ich nicht sicher bin, ob ich gegessen habe, heute vielleicht noch gar nicht. Ich brauchte etwas Luft, aber ich hätte wirklich gerne jemanden, der sich mit mir hinsetzt und mit mir redet und mir sagt …" Er hielt inne und schüttelte den Kopf. „Tut mir leid, ich plappere."

Er konnte sich nicht daran erinnern, gegessen zu haben? Ich fragte mich auch, wie viel Schlaf er seit dem Unfall gehabt hatte. Er war ausgezehrt und gebeugt, nicht der starke Mann, der eine Linie Verteidiger auf ihren Kufen zittern lassen konnte. Dann wurde es mir klar. Er brauchte in genau diesem Moment jemanden, der für ihn stark war. Keinen neurotischen, von Schuldgefühlen verzehrten Jungen, sondern einen Mann und mit Gatlin an meiner Seite konnte ich diese Person sein. Ich spürte es tief in mir und es war wie ein Feuer in meinen Adern.

„Wir würden uns gerne zu dir setzen", sagte ich und Gatlin stupste meinen Arm an. Ich wollte gerne denken, dass er stolz auf mich war. Zur Hölle, *ich* war stolz auf mich.

Wir folgten ihm an den Wächtern vorbei, die uns Pässe gaben und uns in ein kleines Vorzimmer mit einem Tisch und ein paar Stühlen scheuchten. Die Wände waren in einem weichen Creme-Ton gestrichen, an jeder hing ein Gemälde und die Fenster schauten auf einen privaten Gartenbereich. Das Zimmer wurde vom Licht in dem angrenzenden Raum erhellt, der eine Art kleine Küche darstellte. Jared fiel auf das nächste Sofa, das zur Tür schaute und ich schaute zu, wie er sich, Zentimeter für Zentimeter, in die weichen Kissen entspannte. Er stellte die Tüte mit dem Essen neben sich und fiel über den Kaffee her, als ob er Koffein mehr brauchte als Luft.

„Ich denke, er sollte essen", sagte ich zu Gatlin, der

nickte. Mit einer eleganten Bewegung, die Tens würdig gewesen wäre, schaffte ich es, Jared den Kaffee abzunehmen und suchte in der McDonald's-Tüte nach einem Cheeseburger. „Iss", verlangte ich.

Für einen Moment dachte ich, Jared würde mit mir streiten, aber dann nahm er das eingepackte Essen und zog das Papier weg. Er biss hinein, als ob er sich Sorgen machte, es wäre vergiftet, aber nachdem er eine Sekunde gekaut hatte, machte er weiter, schluckte und aß den Burger, sowie den zweiten, den wir, nur für den Fall, dazugetan hatten. Dann die Nuggets, dann die Pommes. Bis die Tüte leer war. Er unterbrach das ganze Burger-Fest mit Schlucken vom Kaffee und endlich lehnte er sich auf dem Sofa zurück und schloss seine Augen.

„Sie haben den Druck der Blutung lösen können und Ten hat wieder Gefühl in den Beinen", sagte Jared nach einem Moment des Friedens.

Hoffnung flammte in mir auf. „Das ist gut, oder?" Ich setzte mich neben Jared auf das Sofa. „Oder?"

Jared öffnete seine Augen und sie glänzten vor Emotionen. „Ja. Reha, Therapie, ich weiß nicht, was noch alles, aber er wird selbstständig aus diesem Bett aufstehen."

Ich dachte nicht, dass ich mich je leichter gefühlt hatte. Ten kam zurück. „Er wird in kürzester Zeit wieder auf den Kufen stehen." Ich war mir sicher.

Jared nickte langsam, aber es gab kein Lächeln als Antwort. „Er kann immer noch nicht richtig reden und manchmal, wenn er versucht, einfache Dinge zu sagen, kann er das nicht. Der Schaden könnte zu schlimm sein, um wieder Hockey zu spielen. Niemand kann das sagen."

Ich streckte die Hand aus, legte sie kurz auf Jareds Knie. „Ten ist jung. Er ist ein Kämpfer." Ich schaute zu Gatlin, der aufmunternd lächelte. „Ich bin überzeugt, dass er bald zurück ist."

Jared lächelte ebenfalls, aber es erreichte nicht ganz seine Augen. „Die Polizei war heute hier", sagte er, so leise, dass ich mich anstrengen musste, es zu hören.

Sie hatten meine Aussage aufgenommen, über das, was auf dem Dach passiert war, für was für eine Art Mann ich Aarni Lankinen hielt, aber wer wusste, was als Nächstes passieren würde.

„Wegen dem, was auf dem Eis passiert ist?"

„Die Videos sind nicht eindeutig, zeigen nicht, ob Aarni Ten schlimmer verletzt hat, es spielt keine Rolle, ob er Ten gedroht hat. In ihren Worten ist das einfach Hockey."

„Himmel."

„Ich verstehe das. Ich weiß nur nicht, wie ich …" Er rieb sich die Augen. „Tu mir einen Gefallen, erzähl dem Team von der Operation, lass es die Leute wissen. Ich bin es leid, dieselbe Geschichte immer und immer wieder zu erzählen."

Ich tippte eine Nachricht in den Gruppenchat, zeigte sie aber Jared, bevor ich sie schickte.

Tens OP ist gut gelaufen. Er hat Gefühl in den Beinen.

Ich wollte hinzufügen, dass dies fantastische Neuigkeiten waren, dass ich voller Hoffnung war und dass Jared Burger gegessen hatte. Auch, dass die Polizei bei Ten gewesen war. Ich tat es nicht. Ich wartete nur darauf, dass Jared nickte, dass die Nachricht in Ordnung war und drückte dann auf Senden. Der Teil mit Aarni war nicht meine Geschichte und da draußen war genug Scheiß los, ohne dass man noch mehr Öl in die Flammen goss.

Aarni hatte heute Abend nicht für die Raptors gespielt. Er war auf der Bank gewesen. Ob das nun eine Strafe vonseiten des Teams war oder nicht, wusste ich nicht. Sowohl kanadische als auch amerikanische Zeitungen hatten diese Schlagzeile in ihren Sportteilen und ich wusste, dass wenn wir jetzt da oben wären, Reporter vor unserem Hotel campieren würden. Ten war die neue Generation Spieler und er hatte Starpotenzial. Es schien, als ob alle an seiner Genesung interessiert wären, sogar außerhalb der Hockey-Gemeinschaft.

Aber hier war Frieden und ich war froh darüber.

Jared stand auf und streckte sich, knüllte dann die Papiere und die Tüte zusammen und warf alles in den Müll.

„Danke", sagte er, als er die Tür erreichte. „Das habe ich gebraucht."

„Kein Problem", erwiderte ich, als Gatlin meine Hand nahm und unsere Finger verflocht. „Essen ist immer eine gute Sache."

Jared schnaubte ein kurzes Lachen. „Ich danke dir nicht nur für das Essen, Bryan. Niemals nur für das Essen."

. . .

WIR WAREN IN WASHINGTON, mit einem Spiel in weniger als acht Stunden, als die Nachricht von oben kam, dass Aarni von der Liga für fünf Spiele gesperrt worden war. Als die Ankündigung des Safety Departments der National Hockey League nach dem Morgentraining kam, Coach Benning las die Pressemitteilung vor, wechselte die Stimmung in der Umkleide von müde und wütend zu außer sich.

„Fünf", wiederholte Adler und warf seine Handschuhe in seinen Spind. „Himmel, haben sie nicht gesehen, was er gemacht hat?"

„Da ist noch mehr", fuhr Coach fort, hob seine Hand, um uns zum Schweigen zu bringen, und las weiter die Mitteilung der NHL vor. „Lankinen hat seine eigene Pressemitteilung herausgegeben."

„Verdammtes Arschloch", schnappte Connor.

„Ich töte", schrie Stan, stand mit geballten Fäusten da. Ich wollte mich neben ihn stellen und ihn meiner Treue beim Töten versichern. Fünf Spiele waren nichts.

Coach wartete, bis wir wieder still waren. „Das war eine mehr als gedankenlose und mutwillige Tat von meiner Seite. Sie war dumm. Tennant Rowe war verletzlich und die Situation war so geartet, dass ich mich, wie mir klar geworden ist, von meinen Emotionen habe überwältigen lassen. Ich bin in Kontakt mit der Rowe-Familie. Ich habe entschieden, den Beschluss der NHL zu akzeptieren, und werde keine Berufung einlegen. Ich habe keine weiteren Kommentare in Bezug auf diese Angelegenheit."

Der Lärm war ohrenbetäubend, eine Kakofonie aus

Flüchen und Drohungen und für eine ganze Weile ließ
Coach uns schimpfen.

Erik stand vor Stan, eine Hand auf seinem
Brustkorb, redete mit ihm und Stans Gesichtsausdruck
war wütend und entschlossen. Ich sah zu, wie Connor
schweigend in der Mitte des Raums stand, seine Hände
zu Fäusten geballt. Und ich? Die Schuldgefühle waren
da. Ten und ich hätten etwas über das Dach sagen
sollen. Dann hätten wir das vielleicht aufhalten können.
Nacheinander schwiegen wir, bis jeder einzelne von uns
wieder vor seinem Spind war und alle Augen sich auf
Coach richteten. Was jetzt?

„Das Spiel heute Abend", fing er an. „Wenn Brady
und Jamie Rowe heute wieder für ihre Teams spielen
können, können wir uns für Ten zusammenreißen. Wir
alle. Ten definiert unser Team nicht, wir haben einen
ganzen Raum voller Talent hier und wir müssen diesen
Scheiß abschütteln, ob es uns gefällt oder nicht. Wenn
Ten hier wäre, würde er das sagen und das wisst ihr."

Spieler murmelten ihre Zustimmung und schwiegen
dann wieder.

„Gut. Washington ist ein starkes, entschlossenes
Team und sie werden auf höchstem Niveau spielen.
Geht nach Hause, macht euer Nickerchen vor dem
Spiel, esst eure Kohlehydrate, findet euer Glücks-was-
auch-immer-es-ist, macht eure Rituale und kommt
zurück mit dem Vorsatz, auf die richtige Art Railers-
Hockey zu spielen."

Er wartete nicht auf Zustimmung. Er ging einfach,
die anderen Coaches folgten ihm und schlossen die Tür.

Wir waren allein und alle Augen richteten sich auf Connor.

Er hob seinen Blick an die Decke und seufzte dann. „Ich möchte diesem Mann wehtun für das, was er Ten angetan hat. Ich habe mich gefühlt, als ob unser Team in dieser Nacht zerstört worden wäre. Ich dachte, es wäre alles vorbei. Was für einen Sinn ergab es?" Er hielt inne, aber niemand sagte etwas. Er konnte nicht einfach nur hier stehen, um uns zu sagen, dass er dachte, wir wären erledigt. Er verschränkte seine Arme vor seinem Brustkorb. „Der Punkt ist, wir sind immer noch ein Team und Ten zu verlieren schmerzt, aber wir können die Reihen hier schließen. Charlie, ich weiß, dass du eine Scheiß-Position hast, als Center von Tens Block, aber solange er nicht hier ist, ist es nicht sein Block. Es ist deiner."

„Ja, Boss", sagte Martin „Charlie" Brown. Er war so lange der Center des vierten Blocks gewesen, dass es schwer sein musste, in den Block zu wechseln, der gegen die besten Verteidiger antrat, die die anderen Teams hatten.

„Verteidiger, wir müssen vor dem Netz enger werden. Flügel, wir haben Lücken in allen vier Blocks, die wir füllen müssen und Gids?"

Gideon „Gids" Levesque hob überrascht den Kopf. Der arme Kerl war aus dem Rush geholt worden, um das Loch im vierten Block zu stopfen, nachdem alle Spieler umbesetzt worden waren. Niemand wollte diese Position ausfüllen, wenn der Grund dafür so beschissen war. Er hatte den Gesichtsausdruck eines ständig verängstigten Hasen, aber sein Spiel war in der

letzten Begegnung konsistenter gewesen als vom Rest
von uns.

„Kapitän?"

„Der Grund, warum du hier bist, ist beschissen, aber
du verdienst die Position und im letzten Spiel warst du
solide. Mach weiter so."

Gids richtete sich auf, zog die Schultern zurück. „Ja,
Kap."

„Stan, Bryan, ihr seid unsere letzte Verteidigung
hier, ihr haltet diese Pucks auf, wenn sie durchgehen.
Stan, du musst dich für mich zusammenreißen,
Kumpel."

Stan murmelte auf Russisch und in seinen wütenden
Gesichtsausdruck waren absolute Konzentration und
Entschlossenheit gemischt.

„Was Stan gesagt hat", antwortete ich. Ein paar der
Jungs lachten darüber, was die Stimmung ein wenig
aufhellte und es Connor gestattete, seine Arme zu lösen
und sich ein wenig zu entspannen.

„Gut", sagte Connor und rieb sich die Hände.
„Schlaf, Kohlehydrate, Rituale, Glücksscheiß, wieder
hierher,   um   Washington   fertigzumachen.
Einverstanden?"

Ich war bei dem Spiel gegen Washington der Ersatz, in
der Lage, diese Begegnung mit leidenschaftslosem Auge
zu betrachten. Wir spielten gut, konzentriert, waren
nicht wutgeleitet, nicht lustlos und fertig. Es gab ein paar
Schilder, die hochgehalten wurden, aber keines war
hasserfüllt. Was es zu sehen gab, ergab für mich

absoluten Sinn. Die Fans schlossen die Reihen um uns herum, hielten uns fest und halfen uns auf eine Weise, die sie niemals verstehen würden und es befanden sich mehr als ein paar Leute mit Jerseys in Railers-Blau auf den Rängen.

Ich wusste genau, wo Gatlin saß und ich fuhr direkt zum Plexiglas und fing seinen Blick, tippte das Glas mit meinem Schläger an und warf ihm einen Kuss zu. Er fing den Kuss auf komische, übertriebene Weise und tat so, als würde er ihn in seine Tasche stecken.

Ich war so in diesen Mann verliebt, dass es albern war.

Das Spiel war hart, aber nach zwei Dritteln stand es unentschieden, jede Seite hatte ein Tor. Gids machte sein erstes NHL-Tor wenige Sekunden, nachdem das letzte Drittel anfing, ein wunderschöner Faceoff-Sieg am Washingtoner Ende des Eises. Es war reine Poesie, das anzusehen und als Gids an mir vorbeifuhr und wir die Fäuste aneinanderschlugen, jubelte er vor Freude. Wir hielten diese Führung knapp und als der Gong erklang, waren wir fertig. Wir hatten gewonnen.

Ich glaube, das hatten wir gebraucht.

Für die Stürmer, die sich angestrengt hatten. Für Gids mit seinem ersten NHL-Tor. Für Jared und seine Verteidiger. Für die Coaches, die zugesehen hatten, wie wir anfingen, zu implodieren, und die gebetet hatten, dass wir es überwanden und für die Fans, die diesen Sieg verdienten.

Aber vor allem für Ten.

SECHZEHN

Gatlin

Bryan und ich dekorierten meine Wohnung über dem
Laden auf halbherzige Weise für Weihnachten. Er
hängte etwas Lametta auf und wir holten einen
künstlichen Baum, der bereits mit goldenen
Zuckerstangen, winzigen goldenen Kugeln aus Plastik
und wirklich widerlichen, mit goldenem Glitter
zugekleisterten Lebkuchenmännern bestand. Keiner von
uns hatte große Lust, Weihnachten zu feiern, das in zwei
Wochen war. Tennant war ständig in unseren
Gedanken, genau wie bei allen Railers, dessen war ich
mir sicher.

Er war aus dem Krankenhaus entlassen worden, was
großartige Neuigkeiten waren, aber er war nicht nach
Hause gekommen. Die Gehirnspezialisten hatten darauf
bestanden, dass er Zeit in der Reha-Klinik für
Hirnverletzungen in Hershey verbrachte. Tennant war
darüber nicht glücklich gewesen, aber seine Mutter, die
vorläufig bei Tennant bleiben würde, damit Jared wieder
anfangen konnte zu arbeiten, und sein fester Freund,

konnten den schlecht gelaunten jungen Mann
überzeugen, der Einrichtung eine Chance zu geben.
Zwei Wochen. Nur vierzehn Tage, dann würde er, wenn
seine Therapeuten und Ärzte zustimmten, nach Hause
gehen und seine Therapie ambulant fortführen. Für den
Rest der Saison würde Tennant Rowe offensichtlich
nicht Hockey spielen. Darum beteten wir jetzt alle, dass
er sich schnell genug erholte, um im nächsten Jahr zu
spielen.

Pläne, Ten im Reha-Zentrum zu besuchen, waren
für den folgenden Tag gemacht. Bryan arbeitete immer
noch an den unglaublichen Schuldgefühlen, die er
empfand, was der Grund war, warum ich Pläne für eine
Party gemacht hatte. Seine Gasteltern und meine
Eltern. Würden hierherkommen, zum Essen, für ein
verfrühtes Weihnachtstreffen, das mich so nervös
machte wie einen Floh am Badetag.

„Dieser Baum ist traurig", kommentierte Jess, als ich
um meinen alten Tisch herumging, dabei das ganze
Besteck berührte, um sicherzustellen, dass es gerade lag.
„Warum kaufen die Leute überhaupt künstliche Bäume?
Warum keine lebendigen? Und warum kaufst du einen,
den jemand, der keinerlei Sinn für Dekorationen hat, für
dich geschmückt hat?" Sie zupfte einen glittergoldenen
Lebkuchenmann von einem herunterhängenden Ast
und hielt ihn an einem Arm in die Höhe. „Das ist
wirklich grauenvoll."

Garrett folgte mir um den Tisch herum, schob das
Besteck ein wenig nach links.

„Würdest du aufhören, das zu machen?", bellte ich
meinen Bruder an. Er hob eine Braue. Ich atmete

schwer aus. „Tut mir leid, tut mir leid. Je näher der Moment kommt, dass sie durch diese Tür treten, umso nervöser werde ich."

„'Nervös' ist nicht das Wort, das ich benutzen würde", meinte mein Bruder, schob dann alle Gläser ein paar Zentimeter nach rechts. Der Drang, den Mann in dem ordentlich gebügelten dreiteiligen Anzug zu schlagen, war überwältigend. „Eher neurotisch."

Ich schaute zu Jess. Sie nickte zustimmend zur Einschätzung ihres Vaters über mein Benehmen und warf dann den glitzernden Lebkuchenmann Voodoo zu, der nach dem Black Sabbath-Song mit dem gleichen Titel benannt war, der schwarze Straßenkater, den Bryan vor ein paar Tagen ins Haus eingeladen hatte. Der Kater hatte es sich heimisch gemacht und angefangen, bei uns zu schlafen. Wir hatten ihn an dem Tag, als er eingezogen war, zwei Mal mit Flohshampoo gewaschen. Wir beide hatten Schlachtennarben von diesem kleinen Abenteuer. Voodoo schlug die Deko unter das Sofa, marschierte dann davon, als ob dieses Spiel ihn langweilte, seinen dünnen schwarzen Schwanz in die Luft gereckt.

„In Ordnung, ja. Ich bin nervös. Und wenn ich nervös bin, werde ich gestresst. Und wenn ich gestresst bin, werde ich-"

„Neurotisch", sagten Garrett und Jess gleichzeitig.

Ich hatte eine schlagfertige Antwort bereit zum Abfeuern, als ich Schritte auf der Treppe hörte. Ich schlug Garretts Hand von dem Glas neben meinem Teller weg, eilte zur Tür, mein Magen war gefüllt mit Säure, zweifellos von meinem neurotischen Verhalten.

Als ich die Tür aufstieß, Schneeflocken einlud, die aus dem dunklen Nachmittagshimmel fielen, lächelte Bryan mich an.

„Wir haben deine Eltern vor dem Laden getroffen. Sie parken hinter uns", informierte Bryan mich, stahl sich einen schnellen Kuss, trat dann zur Seite, damit die Leute, die er dabeihatte, aus der Kälte kamen.

Da war diese Entkopplung von mir und dem Rest der Welt, die mehrere lange Sekunden dauerte, als meine Mutter und mein Vater in meine kleine Wohnung kamen. Mom schüttelte den Schal aus, den sie um ihren Kopf gebunden hatte, schickte Schneekristalle auf den Boden. Dann begegnete ihr Blick meinem.

In all den möglichen Szenarien, die ich mir je vorgestellt hatte, seit wir Gina verloren hatten, war, meine Mutter und meinen Vater in diesem Apartment zu sehen, nie vorgekommen. Doch sie waren da. Schauten mich mit Tränen in den Augen an.

Ich hörte vage, dass Garrett sich räusperte. Mom biss sich auf ihre Unterlippe, der Blick voller Trauer. Ich ging zu ihr, umarmte sie, hielt sie und weinte an ihrer Schulter, während sie an meiner weinte. Garrett und Jess traten vor. Ich ließ meine Mutter los, damit sie ihren ältesten Sohn sehen und das Enkelkind umarmen konnte, das sie noch nie gesehen hatte. Dad schüttelte meine Hand, seine Lippen waren aufeinandergepresst und seine Augen feucht. Wie Garrett gesagt hatte, wir waren nie ausdrucksstark gewesen und all das Weinen und Schluchzen, das meine Mutter jetzt veranstaltete, würde meinem Vater wahrscheinlich für die nächsten zwanzig Jahre reichen.

„Wir haben euch Jungs vermisst", sagte Dad rau, sein Griff verstärkte sich für einen Moment, bevor er zurücktrat, damit Bryans Gasteltern sich für eine warme Begrüßung zwischen uns schieben konnten. Daisy und George waren unglaubliche Leute, offen und scheinbar immer lächelnd. Ich konnte sehen, warum Bryan sie so sehr liebte.

Das Essen war seltsam. Seltsam auf die Art, wie etwas sich surreal anfühlt, man es aber dennoch lebt, darum weiß man, dass es passiert, weil man den Hackbraten schmecken, die Knoblauchkartoffeln riechen, den schweren Fleischteller anfassen kann, den man an seine Nichte weitergibt und man kann seine Familie sehen, die einem gegenübersitzt. Jess glich den Mangel an Konversation, der von Garrett und mir kam, aus. Ich warf von Zeit zu Zeit etwas ein, aber die Jahre, die wir getrennt verbracht hatten, in denen ich gehasst worden war, hingen schwer über meinem Kopf und würden das noch für eine Weile tun. Garrett, nun, er war Garrett. Trocken wie die Sahara, aber nicht unhöflich. Bryan lächelte mich immer wieder unsicher an, sein Knie war unter dem Tisch neben meinem. Insgesamt war es der erste raue Entwurf von etwas, das, wie ich hoffte, in der Zukunft wieder einer Familie ähneln würde.

Nach dem Dessert, einem rot-weißen Marmorkuchen, den Jess gebacken hatte, gingen meine Eltern, sagten, sie müssten einen Flug früh am Morgen nach Arizona erwischen, um die Schwester meiner Mutter über die Feiertage zu besuchen. Bryan, Garrett und ich bekamen von meinem Dad die Hände geschüttelt und einen Kuss auf die Wange von meiner Mutter. Jess wurde umarmt und ihre Wange von ihrer Großmutter gekniffen. Großvater umarmte sie nur kurz und führte meine Mutter dann wieder hinaus in die Kälte.

Bryans Eltern, ich weigerte mich, sie als „nur seine Gasteltern" zu bezeichnen, weil sie all die guten Dinge darstellten, die Eltern für ihn sein sollten, blieben bis Mitternacht für Kaffee und fröhliches Plaudern. Dann fuhr Bryan sie zurück zu ihrem Hotel. Sie würden für das Spiel am nächsten Abend bleiben und dann am darauffolgenden Tag um fünf Uhr morgens zurück nach Hause fliegen.

Als Voodoo und ich alleine waren, Garrett und Jess hatten noch geholfen aufzuräumen und waren dann ebenfalls gefahren, saß ich auf dem Sofa, mental ausgelaugt, aber mit einem friedlichen Gefühl in meinem Brustkorb.

Motörheads Album *Overkill* drehte sich auf dem Plattenteller, Voodoo hatte sich über meine in Socken gekleideten Füße gelegt, die auf dem Kaffeetisch ruhten und ich hatte eine Tasse heißen Kaffee und einen Stapel Post, um sie durchzusehen, meine und das Durcheinander, das Bryan immer bei sich zu Hause holte und dann zu meiner warf, während ich darauf wartete, dass Bryan zurückkam. Natürlich hatte ich *absolut* keine Ahnung, wo meine Brille war, und ich hasste es, den Kater zu stören, der zufrieden auf meinen Beinen schnurrte. Ich hielt den obersten Umschlag so weit von mir, wie mein Arm es gestattete und konnte gerade so lesen, dass es eine handgeschriebene Adresse zu sein schien, mit Bryan als dem Adressaten. Ich sah, dass die Rücksendeadresse auf dieselbe schwungvolle Art geschrieben worden war wie die Postadresse.

Ich legte ihn zur Seite, fing dann an, meine Post zu öffnen, bis meine Augen vom Blinzeln brannten. Bryan schlenderte gefühlte zehn Minuten später mit Schnee auf dem Kopf herein. Ich war vielleicht eingenickt, würde das aber niemals zugeben, sollte er fragen.

„Schläfst du?", erkundigte er sich, zog seinen Mantel und die Schuhe aus, um sich zu mir auf das Sofa zu setzen.

„Nein."

„Du bist ein schlechter Lügner", meinte er mit einem sanften Lächeln.

„Ich habe nur nach Löchern in meinen Augenlidern gesucht."

„Genau." Er strich mit einer Hand über Voodoo, der laut genug schnurrte, um Lemmys Stimme Konkurrenz zu machen, und fiel dann zurück in die Kissen. Ich rieb mir die Augen und gähnte. „Wo ist deine Altherrenbrille?"

„Keine Ahnung." Ich ließ zu, dass meine Augen sich wieder schlossen, weil sie müde waren und Bryan warm und sicher neben mir saß. Er rutschte ein wenig herum. Dann hörte ich das leise Reißen von Papier, als er den Umschlag aufriss. Schlaf schlich sich an mich heran, als er einen Laut wie ein verwundetes Tier von sich gab. Ich zwang meine erschöpften Augen auf und drehte meinen Kopf in seine Richtung. Sein Kiefer war angespannt, sein Mund verzogen. „Musst du schon wieder zu viel für deine Kabelrechnung bezahlen?"

„Es ist ein Brief von meinen Eltern."

Vor Erschöpfung nachlässig und nicht klar denkend, saß ich da und fragte mich, warum seine Eltern ihm einen Brief geschrieben hatten, wo sie doch hier gewesen waren. Und wer schrieb überhaupt noch Briefe? Zur Hölle, die nächste Generation würde nicht mehr wissen, wie man in Schreibschrift schrieb, weil ja Texten erfunden worden war.

„Oh", murmelte ich, als die angespannten Worte in mein Hirn einsanken. „Deine biologischen Eltern?"

Es schien seltsam, sie so zu nennen, weil Bryan nie wirklich zur Adoption freigegeben oder von Daisy und George adoptiert worden war, aber im Ernst, legten offizielle Stempel und Gerichtspapiere fest, wen wir als Familie liebten? Nein, taten sie nicht.

Hunderte Fragen lagen mir auf der Zunge, aber ich ließ ihn in Stille lesen. Nun, so still es sein konnte, wenn Kilmister und seine Crew auf dem Plattenteller lagen.

„Scheiße", sagte er schließlich, das Wort eine Explosion an Gefühlen auf einem zittrigen Flüstern. „Das tun sie mir nicht an, nicht schon wieder." Er riss den Brief in zwei Hälften, dann in Viertel und dann in kleinere und kleinere Teile, bis nur noch ein Haufen Konfetti auf dem Kaffeetisch zurückblieb, den Voodoos dünner Schwanz aufwirbelte, als er ihn träge vor- und zurückbewegte.

„Was antun?", Ich legte eine Hand auf seinen Nacken, die kurzen Haare dort so weich wie der Bauch eines Kätzchens. Ich arbeitete meine Finger in die angespannten Muskeln.

„Alles. Nur-"

„Hey, du musst es mir nicht erzählen, wenn du das nicht möchtest. Ich verstehe absolut, wie schwierig es ist, Familienangelegenheiten aufzuwärmen." Mann und wie ich das tat.

„Nein, Mitch sagt in der Therapie, dass wir über die schlimmen Sachen reden müssen." Er hob den Kater von meinen Füßen, kuschelte ihn unter sein Kinn und fiel dann rückwärts auf das Sofa, Voodoo so schlaff wie ein nasser Lumpen in Bryans großen Händen. „Wenn man darüber redet, liegt es offen da und man ist gezwungen, sich damit auseinanderzusetzen."

Oh. Mich mit all meinen Problemen auseinanderzusetzen, würde Jahre dauern. Ich starrte meinen Liebhaber an, der eine Straßenkatze liebkoste und musste zugeben, dass er mit seiner Therapie gute Arbeit leistete. Vielleicht war an dieser ganzen ‚rede mit einem Profi darüber'-Sache doch mehr, als ich gesehen oder mich geweigert hatte zu erkennen.

Ich strich mit meiner Hand durch seine Haare. Er mochte das und reagierte darauf so wie Voodoo auf ein Kratzen am Kinn. Die Stressfalten um seinen Mund wurden kleiner, als ich seine Kopfhaut massierte.

„Sie werfen das Geld zum Fenster raus", sagte er leise, seine Stimme war tief. Ich drehte mich auf dem Sofa, um ihn anzusehen, meine Fingerspitzen kneteten die Anspannung fort. „Seit ich Profi geworden bin, bitten sie mich immer wieder um Geld. Ich glaube, dass sie es für betrügerische Priester ausgeben … vielleicht. Ich weiß es nicht. Sie sagen Nein, aber das läuft seit ein oder zwei Jahren so. Ich fühle mich schuldig, weil ich ihnen nicht helfe, wenn sie mich darum bitten, aber ich weiß, dass ich es nicht tun sollte. Sie benutzen mich nur, oder?"

Mann, Scheiße. „Ja, das tun sie wahrscheinlich, Babe." Ich umfasste zärtlich seinen Kopf, zog ihn zu mir. Ich drückte einen Kuss seitlich auf seinen Kopf, inhalierte den Geruch seines Shampoos, wünschte mir, dass ich schöne Worte hätte, um ihn besser zu trösten. „Ihr beschissenes Verhalten ist aber nicht deine Schuld."

„Ja, aber ich gebe immer wieder nach, weil ich denke, dass wenn ich ihnen Geld gebe, sie mich so lieben werden, wie Eltern das sollten."

Er rutschte zur Seite, er mit Voodoo und lag auf meinem Brustkorb. Ich hatte sie perfekt bei mir, sein Rücken an meinem Brustkorb und die Katze lag wie eine schwarze Nerzstola mit zuckendem Schwanz auf seiner Kehle.

„Du und ich, wir beide wissen, dass wir keine Kontrolle über andere Menschen haben." Ich streichelte sein Gesicht, meine Fingerknöchel strichen über seinen starken Kiefer.

„Ja, ich weiß."

Sein Gewicht war angenehm. Ich lächelte über seine langen Beine, die über dem Arm des Sofas baumelten.

„Und wir können unsere Eltern genauso wenig dazu bringen, uns zu lieben, wie wir andere Menschen dazu bringen können, uns zu lieben. Es schmerzt nur mehr, wenn es sich um die Familie handelt, denn … nun, sie sind die Familie."

„Stimmt. Ich kann wirklich darauf verzichten, dass sie sich um meine Seele sorgen. Meine Seele befindet sich in hervorragenden Händen. Dieselben Hände, die mein Herz halten. *Deine* Hände."

„Ich bete dich einfach nur an."

Er schmolz in mich. Die Platte war zu Ende und Stille füllte jetzt den Raum. Sogar der Kater war ruhig geworden, sein Schnurren verstummte, als er in einen tiefen Schlaf glitt. „Du solltest darüber nachdenken, mit Mitch zu reden. Er ist gut. Er hilft mir wirklich."

„Ich weiß, dass er das tut." Wow, das war kurz angebunden. „Ich bin mir nur nicht sicher, ob ich schon bereit bin, mit einem Fremden über all das zu reden. Ich bin alt und in meinen Gewohnheiten festgefahren und-"

„Suchst nach Ausflüchten."

Verdammte kluge Jugend. Jess hatte vor nicht zwei Tagen dasselbe zu mir gesagt. Tatsächlich hatte sie ihren Vater und mich geschimpft, weil wir Dinge in uns hineinfraßen oder unterdrückten oder was auch immer wir taten, von dem sie das Gefühl hatte, dass es unserer Gesundheit entgegengesetzt war.

„Ja, ich suche Ausflüchte." Er hob seinen Kopf an und spitzte seine Lippen. Ich drückte meinen Mund für einen Moment auf seinen. Voodoo hob eine schwarze Pfote, um mein Kinn zu berühren.

Ahem, Menschlinge, bitte küsst nicht eure Gesichter, wenn ein absolut perfekter Kater willens ist, euch zu gestatten, seine Großartigkeit mit Streicheln und Küssen und ein paar knusprigen Katzenleckerlis zu ehren.

Bryan lachte den Kater leise an. „Ich denke, wir sollten ihm ein Leckerchen geben."

„Ich weigere mich, aufzustehen und ihm etwas zu holen", sagte ich mit so viel falscher Empörung, wie ich zustande brachte. „Ich werde jedoch seinen Bauch kraulen."

„Katzen mögen es nicht, am Bauch gekrault zu werden."

Ich schob meine Hand unter sein Oberteil und bewegte meine Handfläche langsam über seinen festen Bauch.

„Du bist ein harter Hund, ja?", fragte ich, meine Stimme wurde ganz Sam Elliott, rau und sexy. Bryan nickte, während seine Augen sich schlossen. Eine ziemlich unanständige Vorstellung meiner Hand, die in seine Hose glitt, erwachte, kurz bevor der Kater sich auf die Hand stürzte, die sich unter Bryans Oberteil bewegte.

Im nächsten Moment, als wir Peroxid auf meinen Handrücken schütteten, wagte ich einen Blick auf Bryan, der sich um die vier tiefen Löcher in meiner Haut kümmerte.

„Es tut ihm leid", sagte Bryan, klebte dann ein kleines rundes Pflaster auf Katzenkrallenloch Nummer eins.

„Er hat nicht so ausgesehen, als würde es ihm leidtun."

„Vielleicht braucht er eine andere Katze, mit der er spielen kann?" Seine sinnlichen Augen hoben sich von seiner Erstversorgungsarbeit. Ich starrte ihn an, wusste, dass dieser Mann vorschlagen konnte, dass wir einen Elefanten besorgen sollten, mit dem Voodoo spielen konnte und ich würde gleich am nächsten Tag losziehen, um riesige Pinkel-Pads zu kaufen. „Weißt du, er ist jung und hat all diese Energie, die er loswerden muss."

„Hmm, nicht unähnlich jemand anderem, den ich kenne."

Sein Blick leuchtete in einem sexuellen Versprechen auf. Dann nahm er sich eine Stunde, um mir zu zeigen, wie viel Energie er wirklich hatte.

AM NÄCHSTEN TAG, nach dem Morgentraining, fuhren wir nach Hershey. Bryan hatte darauf bestanden, Tennant zu besuchen, und ich würde ihm das nicht abschlagen ... oder irgendetwas anderes.

Die Reha-Klinik war neu gebaut, auf der Höhe der Zeit und angefüllt mit lächelnden Angestellten, die jenen die sonnigen Flure entlanghalfen, die schreckliche Gehirnverletzungen erlitten hatten. Als wir uns an der Rezeption eintrugen, wurde uns gesagt, dass wir Tennant im westlichen Wintergarten finden konnten und dass wir der blauen Linie auf dem Boden folgen sollten.

Wir kamen an Räumen vorbei, in denen sich Swimmingpools verbargen, Gewichte und alle möglichen Reha-Utensilien. Alles war makellos, die Böden gewienert, die Wände strahlend weiß mit einer gelben Tapetenbordüre oben an der Decke.

Bryan eilte dahin, meine Hand in seiner, bis die blaue Linie auf den glänzenden Böden vor einem wunderschönen Raum endete, der mit Pflanzen gefüllt war und dessen Glaswände auf den weitläufigen Rasen schauten. An einem Tisch neben einem kleinen Steinbrunnen saßen Tennant, seine Mutter und Max van Hellren. Ich hatte einen kleinen Fan-Moment, als ich den im Ruhestand befindlichen Starspieler gegenüber von Ten an einem Damespiel sitzen sah. Ich hatte die Art, wie Max Hockey spielte, immer geliebt. Wir gingen durch den Raum, traten vorsichtig um Therapeuten und Familien, die Patienten besuchten, herum. Einige der Patienten arbeiteten mit kleinen Bällen, andere schrieben mit Bleistift oder Kreide, wieder andere versuchten, kleine Dinge aufzuheben, die sie dann in Behälter legen mussten.

Tennant hob den Blick, als wir uns dem runden Tisch näherten. Er lächelte uns breit an. Max reckte seinen Hals, um zu sehen, wen sein Dame-Partner anlächelte. Dann erhob er sich und nahm Bryans Hand.

„Bin froh zu sehen, dass jemand sich entschieden hat, herzukommen und eine Runde zu übernehmen. Ich bin es leid, dass dieser Welpe mich fertigmacht." Max pumpte Bryans Hand, dann meine.

„Er redet … uh … redet Unsinn", sagte Ten, seine Stimme schön und stark, wenn auch ein wenig genuschelt. „Ich habe ihn … uh … vielleicht … uh … zwei Mal besiegt?"

„Genau. Versuch es mit fünf von sieben Spielen." Max bot Bryan seinen Sitz an, stand dann hinter Mrs Rowe, die ein Buch auf einem E-Reader las.

„Sobald Ben aus dem Büro des Managers zurückkommt, müssen wir los. Es ist schön, dass das Team ihn nicht vergessen hat", flüsterte Max mir zu, als Bryan das Spielfeld für eine weitere Runde vorbereitete. Tennants zögerliches Sprechen war ein Zeichen, dass, obwohl es dem jungen Mann besser ging, er noch einen verdammt langen Weg vor sich hatte.

„Er ist nie weit weg von unseren Gedanken, glaub mir das."

Mrs Rowe schaute zu uns und lächelte traurig. Max klopfte ihre Schulter, schaute dann zu Ben, der auf uns zukam. Ich hatte, seitdem Max seine Karriere beendet hatte, ein paar Bilder von ihnen zusammen gesehen. So sah ein Traum-Leben aus. Draußen auf einer Farm für gerettete Nutztiere und kleine Haustiere.

„Es tut mir leid, dass es so lange gedauert hat", meinte Ben, nachdem wir einander vorgestellt worden waren. „Wir hoffen, ein Besuchsprogramm für kleine Tiere aufzubauen oder es sogar zu einem Teil der Reha zu machen, dass die Patienten sich um ein paar Hasen kümmern, die wir vor Kurzem gerettet haben."

„Das wäre großartig", meine Bryan, während er darauf wartete, dass Ten seinen Zug machte. Der Junge brauchte eine Weile und man konnte sehen, wie frustriert er war, dass er ständig nachfragen musste, ob er bestimmte Züge machen konnte. „Ben, du hast nicht zufällig irgendwelche Katzen, die ein gutes Zuhause brauchen, oder? Welche, die gut mit anderen Katzen klarkommen?"

Max' gut aussehender fester Freund lächelte, als ob jemand ihm ein Siegerlos für die Lotterie gereicht hätte.

„Bryan, lass mich dir alles über die Katzen erzählen, die wir haben und die nach einem guten Zuhause suchen."

Ben zog sich einen Stuhl heran, um sich neben Bryan zu setzen, der ein Bild reiner Unschuld abgab. Max und ich wechselten einen Blick.

„Du kannst dich genauso gut setzen, Gatlin. Das

könnte eine Weile dauern", sagte Max mit einem wissenden kleinen Zwinkern.

Ich hatte für den Rest des Tages nichts geplant und das Glühen in Bryans Blick zu sehen, ließ die nächste Stunde, in der wir über Katzen und Adoptionspapiere redeten, vorbeifliegen. Irgendwie. Schön, nicht wirklich, aber wenn es Bryan glücklich machte, wäre ich auch für einen Monat dort gesessen.

Epilogue

BRYAN

Es gab keinen Zweifel. Die Kätzchen hatten unser Leben übernommen.

„Erinnere mich noch einmal, warum wir zwei genommen haben?", murmelte Gatlin, als er Kätzchenkrallen aus seinem Hals zog.

„Gesellschaft", erinnerte ich ihn und hob Lemmy aus Gatlins ausgestreckten Händen.

Er schüttelte den Kopf, als der kleine Fellball sich aus meinem Griff wand und sich erneut auf ihn stürzte, dieses Mal sein Railers-Jersey als Leiter benutzte, sich am Logo hochzog und weiter zu seiner Schulter, wo meine Nummer auf dem Arm stand. Gatlin nahm ihn hoch und hielt ihn in einer Hand, das winzige Kätzchen schlug nach seinen Fingern. Ich sah das Lächeln auf seinen Lippen. Er konnte so tun, als würden Lemmy und seine Schwester, Fox, ihn nerven, aber ich hatte ihn gestern schlafend auf dem Sofa erwischt, mit beiden Kätzchen auf seinem Brustkorb zusammengerollt und seine Hände um sie gelegt, um sie zu halten.

„Komm her, Kleiner", murmelte er und trug ihn durch den kleinen Bereich, den wir Kätzchen-freundlich gestaltet hatten. Fox hatte einen alten Hockey-Helm gefunden und dort schlief sie, schnarchte leise und war so ziemlich das Gegenteil von Lemmy. Während Fox schlief und fraß und dann wieder schlief, war Lemmy ein Unruhestifter, der in alles hineinwollte.

Er hatte mir von der Matte aus beim Duschen zugesehen und ich schwöre, dass ich Entschlossenheit in seinen Augen gesehen hatte und stellte darum sicher, dass die Glastür fest verschlossen war, da mir bewusst war, dass ein Kätzchen, das an meinem nackten Körper nach oben kletterte, es nicht auf die Liste *Guter Dinge* schaffte.

Schließlich konnten wir ihnen die Tür vor der Nase zu machen und dann war es Zeit, ins Stadion zu fahren. Heue Abend spielten wir gegen Florida und ich freute mich, der Starting-Goalie zu sein, während Jamie Rowe versuchte, an mir vorbeizukommen. Ich mochte Tens Bruder sehr, genau wie Brady, aber zur Hölle, ich würde nicht zulassen, dass sie ein Tor an mir vorbei schossen. Auf gar keinen Fall.

Wir waren halb die Treppe unten, als mir auffiel, dass ich meine Glücksmünze vergessen hatte. Jeder Hockeyspieler hatte sein Glücks-irgendwas. Meines war eine Münze, die Daisy mir an meinem ersten Tag mit der Gastfamilie für den Bus gegeben hatte. Meine neue *Mom* hatte sicherstellen wollen, dass ich genügend Geld hatte, aber ich war zu schüchtern gewesen, um in den Bus zu steigen und war zu Fuß gegangen. Wir hatten an diesem Abend das Spiel gewonnen und seitdem war die

Münze immer bei mir. Dumm, ich weiß, aber so ist es nun einmal, wir alle klammern uns an Dinge, die dafür sorgen, dass wir uns gut fühlen.

„Ich mache den Motor an", sagte Gatlin und ging die letzten Stufen hinunter. Er fuhr mit mir ins Stadion, hatte einen Platz im Familienbereich und hatte sich schnell mit Connors Frau und ihren Kindern angefreundet. Tatsächlich war er gut mit Kindern *und* Kätzchen. Ein Familienmann.

Als ich das Apartment wieder betrat, klingelte mein Handy. Ich hatte angefangen, es zu Hause zu lassen, weil mir aufgefallen war, dass sein Klang meine Konzentration durcheinanderbrachte. Weil ich wusste, dass das Telefon Erinnerungen an Aarni und die Raptors triggerte, arbeitete ich mich durch diese Probleme.

Ich hatte nicht vorgehabt, hinzusehen, aber ein Blick auf den Bildschirm und Aarnis Namen zu sehen, reichte aus, um mich ins Trudeln zu bringen. Ich kämpfte gegen das Bedürfnis, sofort ranzugehen, für den Fall, dass ich ihn wütend gemacht hatte und der Anruf ging auf die Voicemail. Meine Münze war dort, wo ich sie gelassen hatte, direkt neben meinem Deo und ich steckte sie ein und wollte gehen.

Nur, dass das Handy wieder klingelte.

Ich hob es hoch und mein Daumen schwebte über dem „Annehmen", um die Verbindung herzustellen. Ich erinnerte mich nicht, dass mein Daumen auf das Icon drückte, aber das tat er und ich hörte Aarnis Stimme.

„Endlich gehst du an dein verdammtes Handy",

schnappte Aarni. Ich legte das Telefon auf die Küchenplatte und starrte es an. „Bryan? Bryan!"

Ich trat zurück und weg, konnte meinen Blick aber nicht von dem verdammten Ding nehmen.

„Bryan, bist du da?"

Ich streckte die Hand aus und schaltete auf Lautsprecher.

„Ich bin da", sagte ich schließlich.

„Verdammt, Bryan, ich habe versucht, dich zu erreichen."

Ich hatte keine Anrufe in Abwesenheit gesehen, darum war dies erst das zweite Mal, dass er es versuchte und er war wütend, weil ich nicht sofort rangegangen war. Eine Entschuldigung lag mir auf der Zungenspitze, aber ich zwang sie hinunter. Ich war damit fertig, mich zu entschuldigen und mir wegen ihm Sorgen zu machen.

„Was willst du?", fragte ich stattdessen.

„Das ist dämlich. Du hast gesehen, was passiert ist. Ich habe dieses Arschloch nicht absichtlich verletzt, aber die verdammten Railers geben keine Ruhe. Ich habe eine Pressemitteilung gemacht. Was sonst wollen alle noch?"

Ich blieb stumm und das war Öl auf seinen Flammen.

„Verdammt, Bryan, sag deinem verdammten Arschloch von einem Center, dass er eine Mitteilung herausgeben soll, damit alle mich in Ruhe lassen."

Ah. Darum ging es hier also.

Ich spürte Gatlin neben mir und er schloss seine Hand um meine, verflocht unsere Finger. Er bedeutete mir alles, meine Stärke, meine Liebe, meine Zukunft und ich hatte nie gewusst, dass ich jemanden so sehr lieben konnte wie ich Gatlin liebte. Ich verließ mich nicht darauf, dass er Entscheidungen für mich traf oder machte mir Sorgen, was er dachte. Ich hatte keine Angst vor meinem eigenen Schatten, wenn ich mit ihm zusammen war.

Er machte mich stärker, einfach, indem er in meinem Leben war.

„Bryan, hörst du mir zu? Sag Ten, dass er eine Pressemitteilung herausgeben soll."

Gatlin drückte meine Hand und ich schaute zu ihm, sah das Mitgefühl und die Sorge in seinen Augen.

„Nein."

Das Wort war so einfach. Ich glaubte nicht, dass ich je zuvor auf genau diese Weise zu jemandem Nein gesagt hatte, nicht mit solcher Überzeugung.

„Bryan-"

„Nein, ich werde Ten nicht sagen, dass er irgendetwas tun soll. Du hast ihm und mir gedroht und du hast ihn absichtlich über deinen Schlittschuh gerissen und fallenlassen. Du wolltest ihn verletzen, nicht in der Hitze des Getümmels, sondern mit Absicht."

„Das ist verdammter Unsinn-"

„Du verdienst alles, was du bekommst. Du bist nachtragend, bedrohlich, kontrollsüchtig und spielst für ein Team, das bis ins Mark verfault ist und ich schwöre, ich bin mit dir fertig."

Ich streckte die Hand nach meinem Handy aus, schnitt ihn mitten in seiner Tirade ab und beendete den Anruf.

Dann stand ich für ein paar Momente schweigend da, bis Gatlin mich an sich zog und ich ließ mich willig in seine Arme fallen, legte meine Wange an seine Schulter und inhalierte seinen Duft. Ich wartete auf die Panik oder die Schuldgefühle, aber stattdessen fühlte ich mich leichter.

„Ich liebe dich", murmelte ich und verstärkte meinen Griff um ihn.

Er schob mich leicht von sich und benutzte dann seine Fingerspitze, um mein Kinn anzuheben.

„Liebe dich mehr", flüsterte er. „Immer."

Dann machten wir uns Hand in Hand auf den Weg ins Stadion und gottverdammt, ich würde jeden Schuss auf das Tor halten. Ich konnte es in meinen Knochen spüren.

Ich war unverwundbar.

Lest mehr über Jareds Sohn, Ryker und Tens Genesung in Ryker (Owatonna U. Hockey #1) von RJ Scott und V.L. Locey.

Ryker (Owatonna U. Hockey #1)

Ryker ist Hockey-Adel, Jacob ist ein armer Junge vom Land. Können zwei vollkommen unterschiedliche Menschen eine gemeinsame Basis finden und zu den Männern werden, die sie sein möchten?

Ryker entstammt einer langen Reihe Championship-gewinnender Hockeyspieler. College-Hockey zu spielen, um sein Spiel zu entwickeln, ist sein einziger Fokus und nichts wird sich ihm in den Weg stellen, daran zu arbeiten, der beste Spieler zu werden, der er sein kann. Er hat keinen Platz für Beziehungen, Menschen, die seine Fehler sehen oder irgendjemanden, der ihn wegen seiner Träume anspricht. Er hat ganz sicher keinen Platz für die Liebe und Jacob kennenzulernen ist nichts als eine nützliche Ablenkung nebenher. Schließlich ist der Versuch, seinen Teamkollegen von den Owatonna Eagles ins Bett zu bekommen weniger Arbeit und mehr Spaß. Als seine Familie von einer Tragödie erschüttert wird, zerbricht sein zauberhaftes Leben und die einzige Person, an die er sich wenden kann, ist der Mann, der behauptet, ihn zu hassen.

Jacob Benson hat sein ganzes Leben lang nur harte Arbeit und erstickende konservative Werte gekannt. Geboren und aufgewachsen in der kleinen ländlichen Gemeinde Eden Crossing, Minnesota, ist er der einzige Sohn einer hart arbeitenden, aber in Geldnöten steckenden Familie, die eine Milchwirtschaft betreibt. Jacob nutzt sein Können im Hockey, um seinen Abschluss in Landwirtschaftswissenschaften zu finanzieren. Diese vier Jahre an der Owatonna U. werden wahrscheinlich die einzige Zeit sein, die er haben wird, um das Leben zu genießen, seine sexuelle Orientierung akzeptiert zu sehen und offen zu leben, ehe er unausweichlich auf die Farm zurückkehrt. Einen reichen hübschen Jungen wie Ryker Madsen zu treffen, dämpft seinen Genuss des Lebens weit weg von zu Hause. Rykers leichtfertige, sorgenfreie Einstellung geht Jacob auf die Nerven. Wenn Ryker also alles ist, was er nicht mag, warum will er dann nichts mehr, als die sündigen Träume zu erkunden, in denen sein nerviger Teamkollege jede Nacht die Hauptrolle spielt?

Harrisburg Railers Hockey

Blockwechsel (Harrisburg Railers Buch 1)

**Kann Tennant Jared zeigen, dass Alter nur eine Zahl
ist und dass nur die Liebe zählt?**

Die Rowe Brüder sind berühmte Hockey Teufelskerle, aber als
jüngster des Trios musste Tennant immer gegen den Ruf
seiner Brüder anspielen. Um aus ihrem Schatten zu treten,
und gegen ihren Rat, nimmt er einen Wechsel zu den
Harrisburg Railers an, wo er Jared Madsen trifft. Mads ist ein
alter Freund der Familie und der ehemalige Teamkollege
seines Bruders. Mads ist Tennants neuer Coach. Und Mads ist
der attraktivste Mann, den er je gesehen hat.

Jared Madsens Hockey-Karriere wurde von einem Herzfehler

frühzeitig beendet, aber durch die Arbeit als Coach bleibt er nahe am Spiel. Als Ten ins Team wechselt, wird seine akribisch geordnete Welt ins Chaos geworfen. Weil er neun Jahre jünger und der Bruder seines besten Freundes ist, weiß Mads, dass er unbedingt die Finger von Ten lassen muss, aber sobald er Tens Bewegungen sieht, auf dem Eis und im richtigen Leben, weiß er, dass sein Herz ihn wieder in Schwierigkeiten bringen könnte.

Harrisburg Railers Hockey

Ryker (Deutsche Ausgabe) (Owatonna U. Buch 1)

Lernt in dieser fesselnden Romanze die Männer des Hockeyteams der Owatonna University kennen!

Hockey liegt dem reichen Ryker im Blut – während der Junge vom Land, Jacob, nur versucht, durchs College zu kommen. Dennoch haben diese beiden absoluten Gegensätze bald Schwierigkeiten, an etwas anderes als einander zu denken.

Ryker ist Hockey-Adel, Jacob ist ein armer Junge vom Land. Können zwei vollkommen unterschiedliche Menschen eine gemeinsame Basis finden und zu den Männern werden, die sie sein möchten?

Ryker entstammt einer langen Reihe Championship-gewinnender Hockeyspieler. College-Hockey zu spielen, um sein Spiel zu entwickeln, ist sein einziger Fokus und nichts wird sich ihm in den Weg stellen, daran zu arbeiten, der beste Spieler zu werden, der er sein kann. Er hat keinen Platz für Beziehungen, Menschen, die seine Fehler sehen oder irgendjemanden, der ihn wegen seiner Träume anspricht. Er hat ganz sicher keinen Platz für die Liebe und Jacob kennenzulernen ist nichts als eine nützliche Ablenkung nebenher. Schließlich ist der Versuch, seinen Teamkollegen von den Owatonna Eagles ins Bett zu bekommen weniger Arbeit und mehr Spaß. Als seine Familie von einer Tragödie erschüttert wird, zerbricht sein zauberhaftes Leben und die einzige Person, an die er sich wenden kann, ist der Mann, der behauptet, ihn zu hassen.

Jacob Benson hat sein ganzes Leben lang nur harte Arbeit und erstickende konservative Werte gekannt. Geboren und aufgewachsen in der kleinen ländlichen Gemeinde Eden Crossing, Minnesota, ist er der einzige Sohn einer hart arbeitenden, aber in Geldnöten steckenden Familie, die eine Milchwirtschaft betreibt. Jacob nutzt sein Können im Hockey, um seinen Abschluss in Agrarwissenschaften zu finanzieren. Diese vier Jahre an der Owatonna U. werden wahrscheinlich die einzige Zeit sein, die er haben wird, um das Leben zu genießen, seine sexuelle Orientierung akzeptiert zu sehen und offen zu leben, ehe er unausweichlich auf die Farm zurückkehrt. Einen reichen hübschen Jungen wie Ryker Madsen zu treffen, dämpft seinen Genuss des Lebens weit weg von zu Hause. Rykers leichtfertige, sorgenfreie Einstellung geht Jacob auf die Nerven. Wenn Ryker also alles ist, was er nicht mag, warum will er dann nichts mehr, als die sündigen

Träume zu erkunden, in denen sein nerviger Teamkollege jede Nacht die Hauptrolle spielt?

Owatonna U. Hockey

1. Ryker
2. Scott
3. Benoit

Arizona Raptors

Von Küste zu Küste (Arizona Raptors, Buch 1)

- *Gegensätze ziehen sich an*
- *Ein bissiger Team-Eigentümer, der von seiner Familie enterbt wurde*
- *Gefangen in einer Klausel in einem Testament*
- *Ein Coach, der sich nicht fürchtet, Dinge zu ändern*
- *Geheimer Motel-Sex*
- *Leidenschaftliche Diskussionen und sture Hitzköpfe*

Als Gegensätze sich anziehen, wird dieses Team von ganz unten in der Liga nie wieder so sein wie zuvor.

Eine Bedingung im Testament seines Vaters zwingt Mark zurück in die Arme einer Familie, die ihn verstoßen hat und macht ihn zu einem Drittel zum Eigentümer eines Hockeyteams, das kurz vor dem finanziellen Ruin steht. Er schaut sich Hockey nicht einmal an, mag es auch nicht und will nichts mehr, als wieder zurück nach New York zu gehen. Dann ist da noch der neue Coach, ein sturer, eigensinniger, irritierender Mann mit einem Überlegenheitskomplex und fragwürdigem Musikgeschmack. Sich mit Rowen anzulegen, wird zur neuen Normalität, aber dazu kommen auch leidenschaftliche Diskussionen und eine alles verschlingende Lust.

Als ihm angeboten wird, eines der schlechtesten Teams der Liga zu einem zukünftigen Mitbewerber um den Cup umzubauen, kann Rowen sich diese Gelegenheit nicht entgehen lassen. Noch nie in seinen zwanzig Jahren Hockey hat er ein Team gesehen, das so schlecht geführt wurde oder Spieler, die so voller Feindseligkeit und Engstirnigkeit sind. Aber etwas an diesem Team und dieser Stadt überzeugt ihn, seine Ärmel hochzukrempeln und anzufangen, alles auseinanderzunehmen. Wenn nur Mark, einer der drei Geschwister, denen die Raptors jetzt gehören, nicht so verdammt stur und doch so verdammt reizvoll wäre, könnte sein Job leichter sein. Es sieht nicht so aus, als ob einer von beiden nachgeben möchte, aber eine Nacht in einem dunklen, abseits gelegenen Hotel verändert alles.

Da viele LeserInnen wohl keine eingefleischten Hockey-Fans sind, habe ich hier eine kleine Sammlung der Hockey-Begriffe, die in diesem Buch vorkommen. Eventuelle Fehler oder Ungenauigkeiten bitte ich zu entschuldigen.

1. Von Küste zu Küste
2. *Über den Großen Teich*

Chesterford Coyotes YA Hockey

Abseits des Eises (Chesterford Coyotes Buch 1)

Eine Coming of Age Liebesgeschichte mit High School, Hockey-Rivalitäten, Freundschaft, Familie und Coming out.

Sorens Welt verändert sich auf einen Schlag, als er und sein jüngerer Bruder von Hockey-Adel adoptiert werden. Sein neues Leben zu begreifen, ist schwer genug, doch als er in einer Privatschule angemeldet wird, bedeutet das, dass er sich einer ganzen Reihe neuer Probleme stellen muss. Durch Freundschaften, Familie und Hockey zu navigieren ist eine Sache, aber sich zu dem Jungen hingezogen zu fühlen, der ihm auf die Nerven geht, ist eine ganz andere.

Felix muss einen Ruf schützen. Er ist der Junge, der alles zu haben scheint, aber Äußerlichkeiten können täuschen. Mit seinen Lügen über sein perfektes Leben hat er eine Fantasiewelt geschaffen, an die er mittlerweile sogar selbst glaubt. Nur, dass es nicht lange dauert, bis alles in sich zusammenfällt, all seine hübschen Lügen kommen ans Licht und nur sein größter Rivale sieht durch seinen Schmerz hindurch und steht zu ihm.

Kämpfen ist einfach, Freundschaft ist schwierig, aber Liebe ist alles.

Eine Coming of Age Liebesgeschichte mit High School, Hockey-Rivalitäten, Freundschaft, Familie und Coming out.

Sorens Welt verändert sich auf einen Schlag, als er und sein jüngerer Bruder von Hockey-Adel adoptiert werden. Sein neues Leben zu begreifen, ist schwer genug, doch als er in einer Privatschule angemeldet wird, bedeutet das, dass er sich einer ganzen Reihe neuer Probleme stellen muss. Durch Freundschaften, Familie und Hockey zu navigieren ist eine Sache, aber sich zu dem Jungen hingezogen zu fühlen, der ihm auf die Nerven geht, ist eine ganz andere.

Felix muss einen Ruf schützen. Er ist der Junge, der alles zu haben scheint, aber Äußerlichkeiten können täuschen. Mit seinen Lügen über sein perfektes Leben hat er eine Fantasiewelt geschaffen, an die er mittlerweile sogar selbst glaubt. Nur, dass es nicht lange dauert, bis alles in sich zusammenfällt, all seine hübschen Lügen kommen ans Licht und nur sein größter Rivale sieht durch seinen Schmerz hindurch und steht zu ihm.

Kämpfen ist einfach, Freundschaft ist schwierig, aber Liebe ist alles.

Weitere Bücher von RJ Scott

Für eine vollständige Liste der Ebooks und Links scanne bitte
den Code oben oder besuche rjscott.co.uk/buchliste

Weitere Bücher von V.L. Locey

Für eine vollständige Liste der Ebooks und Links scanne bitte den Code oben oder besuche vllocey.com/deutsche

Lernt RJ Scott kennen

RJ Scott ist die Bestsellerautorin von über hundert Gay Romance Büchern. Sie schreibt emotionale Geschichten mit komplizierten Charakteren, Cowboys, alleinerziehenden Vätern, Hockeyspielern, Millionären, Prinzen und den Männern, die sie lieben.

Sie lebt etwas außerhalb von London und verbringt jede wache Minute, die sie nicht mit ihrer Familie zusammen ist, damit, zu lesen oder zu schreiben. Das letzte Mal, als sie eine Woche Pause vom Schreiben hatte, hat es ihr gar nicht gefallen. Und sie ist bis heute auf der Suche nach der Tafel Schokolade, der sie nicht gewachsen ist.

www.rjscott.co.uk / rj@rjscott.co.uk

Newsletter - rjscott.co.uk/de

instagram.com/rjscott_author

amazon.com/author/rj-scott

bookbub.com/authors/rj-scott

patreon.com/RJScott

Lernt V.L. Locey kennen

V.L. Locey liebt abgetragene Jeans, Yoga, aus vollem Herzen zu lachen, spazieren zu gehen, lesen und Geschichten voller Lust zu schreiben, griechische Mythologie, die New York Rangers, Comicbücher und Kaffee. (Nicht unbedingt in dieser Reihenfolge.) Sie lebt mit ihrem Ehemann, ihrer Tochter, einem Hund, zwei Katzen, einer Gruppe Hühner und zwei Jersey-Rindern zusammen.

Wenn sie keine peppigen Geschichten schreibt, genießt sie es, den Tag mit ihren Tieren in den sanft abfallenden Hügeln von Pennsylvania zu verbringen, mit einer frischen Tasse Kaffee in der Hand. Sie kann auch online auf Facebook, Twitter, Pinterest und Goodreads gefunden werden.

Webseite: vlloceyauthor.com

facebook.com/124405447678452

x.com/vllocey

instagram.com/vl_locey

bookbub.com/authors/v-l-locey

goodreads.com/vllocey

pinterest.com/vllocey

amazon.com/author/vllocey